AᵗV

FRED VARGAS, geboren 1957, »ist mit allen Wassern der Seine gewaschen. Von Haus aus Archäologin, hat sie ein feines Händchen. Damit buddelt sie dem Leser kleine Fallgruben, in die er gerne reinfällt. Das ist mit soviel Raffinement, soviel Witz gemacht, daß es … in helles Lesevergnügen ausartet.« *(Die Zeit)* Im Aufbau-Verlag liegen von ihr vor: *Die schöne Diva von Saint-Jacques, Der untröstliche Witwer von Montparnasse, Es geht noch ein Zug von der Gare du Nord, Bei Einbruch der Nacht* und *Das Orakel von Port-Nicolas.*

PASCAL BRUCKNER, geboren 1948, Romancier und Essayist, wurde international bekannt mit seinem 1992 von Roman Polanski verfilmten Roman *Bitter Moon. Die Geschichte von Liebe und Haß.* Im Aufbau-Verlag sind von ihm erschienen: *Diebe der Schönheit, Ich leide, also bin ich* und *Verdammt zum Glück.*

NINO FILASTÒ, geboren 1938, lebt in Florenz als Rechtsanwalt. In der literarischen Tradition von Leonardo Sciascia schreibt er seine beliebten Romane um die Figur des Anwalts Corrado Scalzi, in denen eine kriminalistische Fabel immer auch zum Instrument der Gesellschaftskritik wird. Im Aufbau-Verlag liegen von ihm vor: *Der Irrtum des Dottore Gambassi, Alptraum mit Signora, Die Nacht der schwarzen Rosen, Swifts Vorschlag* und *Forza Maggiore.*

MARC LEVY, geboren 1961, ist von Haus aus Architekt und lebte viele Jahre in San Francisco, bevor er 1990 nach Frankreich zurückkehrte. Sein 2000 erschienener Roman *Solange du da bist* (Rütten & Loening) wurde ein Welterfolg und in 28 Sprachen übersetzt. Marc Levy lebt als freier Schriftsteller in London und Paris.

FRANCO MIMMI, geboren 1942, hat als Journalist für verschiedene namhafte italienische Zeitungen gearbeitet. Zur Zeit lebt er in Madrid und schreibt für »Il Sole – 24 Ore«. Für *Unser Agent in Judäa* (Aufbau Taschenbuch Verlag), seinen fünften Roman, bekam der Autor den Premio Scerbanenco, einen der renommiertesten italienischen Krimi-Preise.

Schwarze Gedanken

Kriminelle Geschichten

Fred Vargas
Pascal Bruckner
Nino Filastò
Marc Levy
Franco Mimmi

Aufbau Taschenbuch Verlag

Titel der Originalausgaben

Fred Vargas, *Salut et liberté*
Pascal Bruckner, *Les Ogres Anonymes*
Nino Filastò, *Fuga da Eden*
Marc Levy, *À une seconde près*
Franco Mimmi, *Del padre e del figlio*

Das Zitat auf Seite 127 ist entnommen aus Maurice Maeterlinck, »La Vie des abeilles«, © Maître André Schmidt, 11 Boulevard Malesherbes, Paris. Das Zitat auf Seite135 ist entnommen aus Jean Sendy, »Ces dieux qui firent le ciel et la terre«, © Éditions Robert Laffont S. A., 1969.

Leider konnten nicht alle Rechteinhaber der in »Flucht von Eden« verwendeten Zitate ermittelt werden. Etwaige Forderungen bitten wir an den Verlag zu richten.

ISBN 3-7466-1852-5

1. Auflage 2002
© Aufbau Taschenbuch Verlag GmbH, Berlin 2002
Salut et liberté © Éditions Viviane Hamy, 1997
Les Ogres Anonymes © Éditions Grasset & Fasquelle, 1998
Fuga da Eden © 1993 Nino Filastò
À une seconde près © 2000 Marc Levy
Del padre e del figlio © 2002 Franco Mimmi
Umschlaggestaltung Preuße & Hülpüsch Grafik Design
unter Verwendung eines Fotos von Barnaby Hall, photonica
Druck Elsnerdruck GmbH, Berlin
Printed in Germany

www.aufbau-taschenbuch.de

INHALT

Fred Vargas
SALUT ET LIBERTÉ

Der alte Vasco hatte sich auf einer Bank gegenüber dem Kommissariat des 5. Arrondissements von Paris breitgemacht und spuckte Olivenkerne. Fünf Punkte, wenn er den Sockel der Straßenlaterne traf. Er hielt Ausschau nach einem großen blonden Polizisten mit schlaffem Körper, der jeden Morgen gegen halb zehn aus dem Kommissariat kam und mit mürrischem Gesicht ein Geldstück auf die Bank legte. Im Augenblick war der Alte wirklich abgebrannt. Er war Schneider, und der Thermokleber tötet den Künstler, wie er jedem, der es hören wollte, lang und breit erklärte.

Der Kern flog zwei Zentimeter an dem Metallsockel vorbei. Vasco seufzte und nahm ein paar Schlucke aus einer Literflasche Bier. Es war Juli, es war heiß, und schon ab neun Uhr hatte man Durst, von den Oliven ganz zu schweigen.

In den gut drei Wochen, die der alte Vasco nun jeden Morgen außer sonntags auf dieser Bank saß, hatte er schon eine ganze Reihe von Gesichtern in dem Kommissariat geortet. Das war ein schöner Zeitvertreib, erheblich besser als gedacht; verrückt, was diese Leute da drin für einen Wirbel veranstalteten. Wozu auch immer, das konnte man sich fragen. Jedenfalls waren sie von morgens bis abends ständig in Bewegung, jeder auf seine Weise. Mit Ausnahme des kleinen Dunkelhaarigen, des Kommissars, der sich immer sehr langsam fortbewegte, so als befände er sich unter Wasser. Mehrmals am Tag kam er raus, um zu laufen. Der alte Vasco erzählte ihm kurz was und sah ihm dann nach, wie er sich die Straße entlang leicht schlingernd entfernte, wie ein Schiff, die Hände in den Taschen einer zerknitterten Hose. Dieser Typ bügelte seine Sachen nicht.

Der große blonde Bulle kam gegen zehn Uhr die drei Stufen vor dem Eingang herunter, einen Finger an die Stirn gepreßt. Er war heute morgen spät dran, entweder hatte er Kopfschmerzen, oder das Kommissariat hatte einen dicken Fall abbekommen. Sowas konnte ja mal passieren, wenn man es sich recht überlegte, wo sie dort immer soviel Wirbel veranstalteten. Mit ausholenden Gesten deutete Vasco auf seine erloschene Zigarette. Aber Oberleutnant Adrien Danglard schien es nicht eilig zu haben, die Straße zu überqueren, um ihm Feuer zu geben. Er starrte einen großen hölzernen Kleiderständer neben der Bank an, über dem tadellos ein schmutziges Jackett hing.

»Ist es das hier, was dir gegen den Strich geht, Bruder?« fragte der alte Vasco und deutete auf den Kleiderständer.

»Was hast du da für einen Mist auf die Straße gestellt?« rief Danglard und kam herüber.

»Zu deiner Information, dieser Mist nennt sich *Stummer Diener* und dient dazu, den Anzug aufzuhängen, ohne daß er knittert. Was hat man dir bei der Polizei eigentlich beigebracht? Schau her, über diese Stange hängst du die Hose, und hierüber hängst du vorsichtig das Jackett.«

»Hast du vor, das auf dem Bürgersteig stehenzulassen?«

»Nein, Monsieur. Ich habe ihn gestern bei den Mülltonnen in der Rue de la Grande-Chaumière gefunden. Nachher werde ich ihn mit nach Hause nehmen, und morgen bringe ich ihn wieder mit. Und so weiter.«

»Und so weiter?« rief Danglard. »Wozu, um Gottes willen?«

»Um meinen Anzug aufzuhängen. Wozu sonst?«

»Mußt du den mitten auf der Straße aufhängen?«

»Einen Anzug kann man nicht genug pflegen.«

Danglard warf einen Blick auf das abgenutzte Jackett des alten Mannes.

»Na und?« fragte der Alte. »Ich mache eine schwere Zeit durch. Das Jackett stammt von einem der besten Schneider Londons. Willst du das Etikett sehen?«

»Dein Etikett hast du mir schon mal gezeigt.«

»Von einem der besten Schneider, sag ich dir. Und du wirst sehen, was ich aus einem schönen Stoffrest eines Tages für ein Futter dazu nähen werde. Du wirst mich noch anflehen um meinen englischen Anzug. Man sieht dir an, daß du elegante Kleidung magst. Du bist ein Mann mit Geschmack.«

»Du kannst das Ding nicht hierlassen. Das ist verboten.«

»Es stört doch keinen. Fang nicht an, den Bullen zu spielen, ich werd nicht gern gegängelt.«

Danglard haßte es, in Schubladen gesteckt zu werden. Außerdem tat ihm der Schädel weh.

»Du nimmst jetzt deinen stummen Diener da weg«, sagte er bestimmt.

»Nein. Er ist mein Eigentum. Er ist meine Würde. Die kann man einem Menschen nicht nehmen.«

»Scher dich zum Teufel!« erwiderte Danglard und wandte sich um.

Der Alte kratzte sich am Kopf, während er ihm nachsah. Heute vormittag würde er kein Geld bekommen. Seinen Diener wegwerfen? Einen solchen Fund? Das kam gar nicht in Frage. Denn er leistete gute Arbeit. Und vor allem leistete er Gesellschaft. Es stimmte, Vasco langweilte sich unglaublich, so jeden Tag auf dieser Bank. Der blonde Bulle machte nicht den Eindruck, das alles verstehen zu wollen.

Der alte Vasco zuckte mit den Schultern, nahm ein Buch aus der Tasche und begann zu lesen. Unnötig, auf den kleinen dunkelhaarigen Kommissar zu warten. Wie gewöhnlich war er bereits in aller Frühe gekommen. Man konnte seinen Schatten hinter dem Fenster seines Büros hin und her gehen sehen. Der

Typ lief viel, lächelte häufig, redete gerne, schien aber nicht viele Geldstücke in der Tasche zu haben.

Danglard betrat mit zwei Tabletten in der Hand das Büro von Kommissar Adamsberg. Adamsberg wußte, daß er wegen des Wassers kam, und streckte ihm die Flasche hin, ohne ihn richtig anzusehen. Er hielt ein Blatt Papier in der Hand und fächelte sich damit Luft zu. Danglard kannte den Kommissar gut genug, um an der veränderten Intensität seines Gesichts zu erkennen, daß an diesem Morgen etwas Interessantes vorgefallen war. Aber er war mißtrauisch. Er und Adamsberg hatten sehr unterschiedliche Vorstellungen davon, was interessant zu nennen war. Der Kommissar fand es zum Beispiel sehr interessant, nichts zu tun, etwas, das Danglard in schiere Panik versetzte. Der Oberleutnant warf einen mißtrauischen Blick auf das weiße Blatt Papier, das in Adamsbergs Hand flatterte. Er schluckte seine Tabletten, verzog aus Gewohnheit das Gesicht und machte geräuschlos die Flasche wieder zu. Um die Wahrheit zu sagen: Er hatte sich an diesen Menschen gewöhnt, obwohl ihn dessen Verhalten, das mit seiner eigenen Lebensweise unvereinbar war, weiterhin irritierte. Adamsberg vertraute auf den Instinkt und glaubte an die Kräfte der Menschlichkeit, Danglard vertraute auf das Nachdenken und glaubte an die Kräfte des Weißweins.

»Der Alte von der Bank verletzt Grenzen«, verkündete Danglard und stellte die Flasche weg.

»›Vasco da Gama‹?«

»Ganz richtig, ›Vasco da Gama‹…«

»Welche Grenzen verletzt er?«

»*Meine* Grenzen.«

»Aha! Das ist schon genauer!«

»Er hat einen Kleiderständer angeschleppt, den er als stummen Diener bezeichnet und an den er seinen Fetzen gehängt hat, den er als Jacke bezeichnet.«

»Ich hab's gesehen.«

»Und er hat die Absicht, mit dem Ding im öffentlichen Raum zusammenzuleben.«

»Haben Sie ihn gebeten, es zu entfernen?«

»Ja. Aber er sagt, es sei seine Würde und die könne man einem Menschen nicht nehmen.«

»Natürlich nicht …«, murmelte der Kommissar.

Danglard breitete seine langen Arme aus und ging im Raum umher. Seit fast einem Monat hatte dieser Alte – der zu allem Überfluß noch verlangte, daß man ihn Vasco da Gama nannte, als wäre er nicht so schon lästig genug – sein Sommerquartier auf der Bank gegenüber aufgeschlagen. Dort aß er, schlief, las und spuckte tonnenweise Olivenkerne und Pistazienschalen in die Umgebung. Und seit einem Monat schützte ihn der Kommissar unauffällig, als wäre er aus Porzellan. Mehrfach hatte Danglard versucht, Vasco zu verscheuchen, dessen Anwesenheit er zwar nicht verdächtig, aber doch lästig fand, und jedes Mal war Adamsberg ausgewichen und hatte gemurmelt, man werde sich später darum kümmern, der Alte werde schon irgendwann den Ort wechseln. Inzwischen war bereits Juli, und Vasco war nicht nur immer noch da, sondern brachte auch noch seinen stummen Diener mit.

»Behalten wir den Alten noch lange?« fragte Danglard.

»Er gehört uns nicht«, erwiderte Adamsberg und hob einen Finger. »Stört er Sie so sehr?«

»Er kommt mich teuer zu stehen«, sagte Danglard. »Und er nervt mich, wie er den ganzen Tag da sitzt und nichts tut, die Straße beobachtet und haufenweise Unrat sammelt, den er irgendwo findet und in seine Taschen stopft.«

»Ich glaube, er tut etwas.«

»Er tut etwas? Zum Beispiel einen Zweig in einen Umschlag stecken und den dann in die Brieftasche stopfen? Nennen Sie das ›etwas tun‹?«

»Ja, das ist ›etwas tun‹, aber davon rede ich nicht. Ich glaube, gleichzeitig tut er etwas anderes.«

»Und deshalb lassen Sie ihn da sitzen? Interessiert Sie das? Wollen Sie's rausfinden?«

»Warum nicht?«

»Das geht wirklich nur, weil Sommer ist und wir Zeit zu verschwenden haben.«

»Warum nicht?«

Danglard entschied sich wieder einmal, die Sache auf sich beruhen zu lassen. Adamsberg war mit den Gedanken sowieso schon ganz woanders. Er spielte mit dem weißen Blatt Papier.

»Seien Sie so gut und legen Sie eine neue Akte an, Danglard, wir haben da etwas für die Ablage.«

Adamsberg lächelte offen und hielt ihm mit den Fingerspitzen das Blatt hin. Auf dem Papier standen nur drei Zeilen, zusammengesetzt aus kleinen ausgeschnittenen Buchstaben, die jemand sorgfältig in Reih und Glied gebracht und aufgeklebt hatte.

»Ein anonymer Brief?« fragte Danglard.

»Genau.«

»Davon haben wir ganze Waschkörbe voll.«

»Der hier ist ein bißchen anders: Er beschuldigt niemanden. Lesen Sie, lesen Sie, Danglard, das wird Sie amüsieren, ich weiß es.«

Danglard runzelte die Stirn und las.

4. Juli

Herr Kommissar,

Sie mögen ja gut aussehen. Aber im Grunde sind Sie ein richtiger Idiot. Ich hingegen habe vollkommen straffrei getötet.

Salut et liberté
X

12

Adamsberg lachte.

»Gut, was?« fragte er.

»Ist das ein Streich?«

Adamsberg hörte auf zu lachen. Er wippte mit seinem Stuhl und schüttelte den Kopf.

»Es macht mir nicht den Eindruck«, sagte er schließlich. »Die Sache interessiert mich sehr.«

»Weil jemand sagt, daß Sie gut aussehen, oder weil jemand sagt, daß Sie ein richtiger Idiot sind?«

»Ach … Einfach, weil mir jemand etwas sagt! Da ist ein Mörder – wenn es denn einer ist –, der etwas sagt. Ein Mörder, der redet. Der ein unauffälliges Verbrechen begangen hat, auf das er sehr stolz ist, das ihm aber nichts nützt, weil niemand da ist, der ihm applaudiert. Ein Provokateur, ein Exhibitionist, der unfähig ist, seine Schweinereien für sich zu behalten.«

»Ja«, bemerkte Danglard. »Das ist nichts Besonderes.«

»Aber das macht die Partie schwierig, Danglard. Man kann auf einen weiteren Brief hoffen, aber er kann genausogut damit aufhören, zufrieden, daß er seinen Dreck gezeigt hat, und zu vorsichtig, um sich weiter vorzuwagen. Wir können nichts tun. Es ist seine Entscheidung. Das ist unangenehm.«

»Man kann ihn provozieren.«

»Danglard, Sie haben noch nie verstanden zu warten.«

»Nie.«

»Das ist schade. Ihm zu antworten würde unsere Chance auf einen weiteren Brief zunichte machen. Frustration setzt die Leute in Bewegung.«

Adamsberg war aufgestanden und sah aus dem Fenster. Er musterte die Straße und Vasco, der neben seinem großen Kleiderständer stand und in einer Stofftasche wühlte.

»Vasco hat einen Schatz gefunden und nimmt ihn in Besitz«, kommentierte er sanft. »Ich gehe runter und laufe ein Weilchen, Danglard. Ich komme wieder. Bringen Sie den Brief ins Labor und sagen Sie denen, daß ich ihn angefaßt habe.«

Adamsberg konnte nicht den ganzen Tag im Büro bleiben. Er mußte laufen, beobachten, betrachten. Ohne die Bewegung jedoch nutzen zu können, um auf logisch zusammenhängende Weise nachzudenken. Sich ein Problem zu stellen, um dann eine Lösung dafür zu finden, war eine Vorgehensweise, die er bereits seit langem aufgegeben hatte. Seine Handlungen gingen seinen Gedanken voraus, niemals umgekehrt. Zum Beispiel mit dem Alten, diesem Vasco da Gama. Ihm lag daran, daß der Alte noch auf seiner Bank blieb, aber er hätte nicht sagen können, warum. Ihm lag daran, das war alles. Und da ihm daran lag, mußte es einen guten Grund dafür geben. Eines Tages würde er wissen, welchen, es blieb nichts anderes übrig, als darauf zu warten, daß dieser zur gegebenen Zeit zutage treten würde. Eines Tages würde er beim Laufen begreifen, warum.

Oder zum Beispiel dieser Brief. Danglard hatte recht, es war nur ein anonymer Brief unter anderen. Aber er fand ihn eigenartig und ein bißchen beunruhigend. Als Idiot bezeichnet zu werden beunruhigte oder überraschte ihn nicht, nein, das dachte er selbst häufig genug. Zum Beispiel, wenn er vor einer Maschine mit mehr als sechs Knöpfen resignierte oder wenn er nach zwei Stunden Laufen zurückkam und nicht mehr wußte, woran er gedacht hatte. Oder wenn er nicht sagen konnte, ob der Buchstabe G vor oder nach dem Buchstaben K kommt, ohne sich mit leiser Stimme das gesamte Alphabet vorzusagen. Oder ob es Vormittag oder Nachmittag war. Aber was konnte der Mörder von all dem wissen? Nichts natürlich. Es müßten noch weitere Briefe kommen. Die Sache hatte nichts von einem Witz. Aber er hätte nicht sagen können, warum. Ein Mord, der irgendwo begangen wurde, und keiner hat's gemerkt. Jetzt wagte sich der Mörder aus seinem Versteck vor, behutsam und angeberisch. So wirkte das jedenfalls. Gleichzeitig hatte Adamsberg den Eindruck, in eine Falle gelockt zu werden, oder vielleicht in einen

Abgrund. Als seine Schritte ihn zum Kommissariat zurückführten, wiederholte er sich, daß er aufmerksam sein müsse, daß etwas ziemlich Mieses begonnen habe. »Verhalt dich nicht wie ein richtiger Idiot, vor allem, achte gut darauf«, murmelte er. »G kommt vor K.«

»Führst du Selbstgespräche?«

Vasco da Gama sah ihn lächelnd an. Der Alte, der im übrigen gar nicht so alt war, höchstens siebzig, hatte einen schönen schmalen Kopf unter dichtem, eher langem silbernen Haar. Seine Lippen waren unter dem herabfallenden Schnurrbart nicht zu sehen; aber seine große Nase, seine feuchten Augen, seine hohe Stirn, seine wirren Reden und die Gedichtsammlung, die er nachlässig auf die Bank legte, machten aus ihm eine etwas penetrante Karikatur des gescheiterten Denkers. Unter seinem Hemd konnte man die Schulterblätter erkennen. Adamsberg zweifelte nicht daran, daß die Gestalt echt war, aber an diesem Vormittag hütete er sich lieber vor allem.

»Ich führe Selbstgespräche, ja«, erwiderte Adamsberg und setzte sich auf die Bank. »Ich gebe mir kleine Ratschläge.«

»Willst du eine Olive? Fünf Punkte, wenn du die Laterne triffst.«

»Nein danke.«

»Willst du einen Keks?«

Vasco hielt ihm eine Pappschachtel unter die Nase.

»Hast du keinen Hunger? Es sind gute Kekse, weißt du. Ich habe sie für dich gekauft.«

»Das ist nicht wahr.«

»Es ist nicht wahr, aber es ist auch nichts Schlimmes dabei, es zu sagen.«

»Was tust du hier?«

»Ich sitze. Jede Tätigkeit hat ihren Wert.«

»Warum sitzt du hier?«

»Weil hier eine Bank ist. Hier oder anderswo …«

Adamsberg seufzte.

»Gefällt es dir, gegenüber von einem Kommissariat zu sitzen?« fragte er dann weiter.

»Das ist mal was anderes. Ein bißchen Abwechslung. Außerdem ist es wie mit allem, man beginnt es liebzugewinnen. Ich fange schnell an, etwas liebzugewinnen. Einmal habe ich angefangen, eine Garnele liebzugewinnen. Einen Vogel, das geht ja noch, aber eine Garnele, kannst du dir sowas vorstellen? Alle zwei Tage habe ich ihr Wasser in der Schüssel ausgetauscht. Das hat mich vielleicht Salz gekostet, glaub mir. Nun, sie war zufrieden in ihrer blauen Wanne. An so etwas merkst du, daß Menschen und Garnelen zwei paar Schuh sind. Dein blonder Kollege, der ohne Schultern, war heute vormittag ziemlich stinkig auf mich. Nicht wegen der Garnele, die jetzt, wo ich mit dir rede, verstorben ist, sondern wegen diesem Diener. Der Blonde ist ziemlich nervig, aber ich mag ihn, außerdem ist er großzügig. Er stellt sich unentwegt grundlose Fragen, das verursacht so ein Wellenrauschen, die Musik kenne ich. Du dagegen wirst nicht gerade von Fragen erdrückt. Das sieht man an der Art, wie du läufst, du folgst deinem Wind. Ein Dickschädel halt. Wenn ich deine Ansichten verändern wollte, hätte ich ganz schön was zu tun. Da, sieh dir die Streichholzschachtel an, die ich eigenhändig verziert habe. Tüchtig, was?«

Vasco gab einer seiner ausgeprägtesten Schrullen nach, leerte gewissenhaft seine Taschen und verteilte den Inhalt auf der Bank und dem Bürgersteig, als ob er ihn zum ersten Mal sähe. Seine äußerst zahlreichen Taschen enthielten unerschöpfliche Mengen von nicht zu klassifizierenden Gegenständen. Adamsberg warf einen Blick auf eine kleine, zerdrückte bunte Pappschachtel.

»Woher weißt du diese Dinge über Danglard und mich?« fragte er.

»Einfach so. Ich bin ein Dichter, alles spricht mit mir. Ha!

Man nennt mich nicht umsonst Vasco! Da drin ist alles auf Reisen«, fügte er hinzu und schlug sich auf den Kopf.

»Das hast du schon gesagt.«

»Das ist sogar ganz gewaltig auf Reisen. Gut, stell dir kurz vor, da sei eine große dreckige Wasserpfütze auf dem Bürgersteig. Kannst du's dir vorstellen?«

»Sehr gut.«

»Gut. Dein blonder Freund kommt, er sieht die Pfütze. Er bleibt stehen, untersucht die Sache und umkreist sie, bereitet sich sorgfältig vor. Du dagegen bemerkst erst, wenn du reingelaufen bist, daß da eine Pfütze war. Eine ganz andere Art, die Welt zu erfassen. Verstehst du? Aber in den allermeisten Fällen läufst du instinktiv an der Pfütze vorbei, ohne es zu bemerken. Du bist wie ein Zauberer. Der Blonde vertraut seiner Zauberei nicht. Nicht im geringsten. Siehst du hier den kleinen Kopf auf dem Foto? Zerknick es nicht, das ist mein Vater. Und hier, da wirst du staunen, das ist meine Mutter. Ich ähnele ihr, nicht wahr? Ich habe ihr einen kleinen Goldrahmen drumgemacht. Das hier ist ein Paßfoto von einem Unbekannten, das ich auf der Erde gefunden habe. Frag mich nicht, wer das ist. Der hier dagegen ist Valentin, er ist wie ein Sohn. Mein Vater hat seine Großmutter vor den Türken gerettet und ihr geholfen, aus Armenien zu fliehen. Das ist lange her. Wart, ein kleiner Zweig. Stell dir vor, gestern laufe ich so daher, da fällt mir dieser kleine Zweig ins Haar. Paß auf, daß du ihn nicht kaputtmachst. Wart, ein gelber Klapp-Aschenbecher. Den hat mir ein Mädchen in einem Café gegeben, und ich habe das Mädchen nie wiedergesehen. Von der kleinen Schere allerdings weiß ich nicht mehr, wo ich sie herhab.«

»Kann ich sie haben?«

»Oh, nein! Nicht die Schere! Die ist viel zu nützlich. Nimm den Aschenbecher, wenn du magst. Oder das hier, ach ja, ein Uhrarmband.«

»Vielen Dank, ich trage keine Uhr.«

»Aber sowas ist nützlich. Du bist ein Idiot.«

»Ja. Das hat man mir heute schon mal gesagt.«

»Ach ja? Merkwürdig. In den Zeitungen sagen sie das Gegenteil.«

»Du weißt ja einiges, Vasco. Wirklich.«

»In der Tat! Ich gebe meine eigene Zeitung heraus und verkaufe sie sogar. Also lese ich die der anderen, um auf dem laufenden zu sein. Vor zwei Monaten haben sie von dir gesprochen, mit deinem Foto und allem Drum und Dran. Du bist ein geachteter Kerl. Das ist gut. Wenn ich geachtet würde, könnte ich Anzüge aus Seide schneidern, bessere als in London.«

»Du bist Schneider?«

»Ganz recht, Schneider. Aber der Kunde ist rar. Die Thermokleber töten den Künstler. Soll ich dir den Artikel über dich vorlesen? Oder kennst du ihn? Ich habe ihn in irgendeiner Tasche.«

»Findest du es normal, daß du einen Artikel über mich in einer Tasche hast?«

»Das ist nicht wegen dir. Es ist wegen dem armen Kerl, der sich hat in die Seine stürzen lassen, dem Clochard vom Pont Henri IV, der ›Karo-Bube‹ genannt wurde. Ein Freund. Mein Wort drauf, ich kannte deinen Namen nicht, bevor ich den Artikel gelesen habe. Du hast seinen Mörder in drei Wochen gefaßt. Tüchtig, was?«

»Ich weiß es nicht.«

»Doch, sie sagen, du seist tüchtig. Hättest, ohne danach auszusehen, eine Ader für diese Dinge. Ich habe eine Ader für die Poesie. Jedem sein Kreuz, mein Lieber. Ich schwör dir, ich hab eine Ader für die Poesie, ich schreibe Gedichte für meine Zeitung. Nur, um Verse zu schmieden, muß man gegessen haben, das weißt du. Im Augenblick bin ich pleite.«

Adamsberg gab Vasco die Münzen, die er noch in der Tasche hatte.

»Gehst du wieder arbeiten?«

»Ja.«

»Ich mach dich sicherheitshalber drauf aufmerksam, daß sich vor der Tür zu deinem Kommissariat eine eklige Wasserpfütze befindet. Paß auf damit. Der große Blonde hat sie sofort entdeckt.«

Adamsberg bedankte sich und ging langsam über die Straße.

In den beiden darauffolgenden Wochen kam nicht ein einziger anonymer Brief. Jean-Baptiste Adamsberg, der mit einer für ihn unüblichen Leidenschaft die tägliche Post erwartete, hatte alle Phasen enttäuschter Liebe durchgemacht, von der Hoffnung bis zum dumpfen Grübeln. Er befand sich im letzten Stadium, dem der Auflehnung und des Hochmuts, und spielte jetzt den Gleichgültigen, wenn das Bündel mit Briefen in seinem Büro eintraf.

Der Laborbericht war enttäuschend gewesen. Weder das Papier noch der Umschlag, noch der Klebstoff hatten irgend etwas Merkwürdiges zutage gefördert. Die Buchstaben waren mit einer kleinen Schere und nicht mit einem Rasiermesser ausgeschnitten worden. Keinerlei Fingerabdrücke. Keinerlei Rechtschreibfehler. Die Buchstaben stammten wahrscheinlich aus der regionalen Tageszeitung *La Voix du Centre*. Das führte zu nichts, denn der Umschlag war in Paris eingeworfen worden, und die Zeitung war an allen Bahnhöfen zu haben. Über den Verfasser schließlich konnte man mutmaßen, daß er gebildet und gewissenhaft war. All diese Informationsfetzen führten nirgendwohin, Adamsberg kannte sie auswendig.

Die träumerische Unbekümmertheit des Kommissars wurde durch das Auf und Ab der Kriminalfälle nur selten beeinträchtigt. Ohne Ungeduld ließ er sich vom Fortgang der Ermittlungen bis zur vorausgeahnten Lösung tragen. Er verstand es, wochen- oder, wenn nötig, monatelang abzuwarten, bevor er das Ziel anvisierte, was Danglard rasend machte. Er verstand es, ruhig zu zielen. Während seines Jahres bei der

Armee war er bei den Scharfschützen gewesen, und seine Vorgesetzten hatten ihn wie einen Esel von Wettbewerb zu Wettbewerb geschickt. Er hatte sein ganzes Jahr damit verbracht, auf Kartonstückchen zu schießen. Er hatte nie bewußt gelernt zu zielen. Er hatte nie geübt. Wenn der entscheidende Moment gekommen war, legte er langsam an, zielte, schoß. Und das tötete ja auch nur den Karton. Er hatte den Eindruck, bei seinen Ermittlungen ein bißchen auf dieselbe Weise vorzugehen, weit entfernt von Zwangsmärschen umherzuschlendern und dann, wenn der entscheidende Moment gekommen war, zu zielen. Er dachte, daß er den Augenblick, in dem der Mörder sein Territorium betrat, bemerken müßte, daß er auf irgendeine Weise alarmiert wäre und dann handeln würde. Danglard sagte, das sei Blödsinn.

Adamsberg widersprach ihm nicht, überwachte aber trotzdem sein Territorium, ließ seinen Blick darübergleiten, wie ein Netz über die Wellen. Seinen Blick gleiten zu lassen war eine seiner Lieblingsbeschäftigungen. Dieses Mal lief es ein bißchen anders. Er driftete weniger gut. Es gab keine Ermittlungen und kein Verbrechen. Und wegen eines einfachen Briefs, in dem er als Idiot beschimpft wurde, lag er auf der Lauer und war unzufrieden. Schon deshalb war er der Ansicht, der Kerl habe von Anfang an einen Vorsprung.

Danglard dagegen bestärkte das Ausbleiben weiterer Briefe in dem mangelnden Interesse, das er dieser Post entgegengebracht hatte. Dafür verstimmte ihn die belastende Anwesenheit Vasco da Gamas, der noch immer auf seiner Bank postiert war, täglich mehr. Jeden Abend nahm der Alte seinen stummen Diener mit, an dem jetzt neben dem Jackett eine fast passende Hose hing.

Daß Vasco am letzten Morgen auch noch mit einer Bürostehlampe erschienen war, hatte Danglard vollends fertiggemacht. Es war eine mannshohe Stehlampe mit verrostetem Schaft und einem dunkelgrünen Metallschirm. Vom Gang-

fenster aus sah Danglard, wie Vasco ihm zuwinkte, eine Keksschachtel und eine Tüte Pistazien auf die Bank legte und dann
seine Stehlampe gegenüber dem Kleiderständer aufstellte, als
ob er sich Licht machen wollte, um besser lesen zu können.
Seine gesamte Ausrüstung hatte Vasco auf einer Sackkarre her-
transportiert, die reif für den Schrottplatz war. Er trat ein paar
Schritte zurück, um den Gesamteindruck seines neuen Wohn-
zimmers zu begutachten, verteilte seine Plastiktaschen auf
dem Boden, reihte ein paar Fundstücke auf, die er nach sorg-
fältiger Prüfung aus seinen Tüten hervorholte, und begann zu
lesen. Danglard stand da, das Gesicht an die Scheibe gedrückt,
und schwankte zwischen dem repressiven Wunsch, ihn wegen
Landstreicherei und Erregung öffentlichen Ärgernisses einzu-
buchten, und dem dumpfen Verlangen, sich neben ihm auf der
Bank in die Sonne zu setzen – unter die Stehlampe, die nicht
funktionierte. Er hörte, wie Adamsberg näher kam. Der Kommissar stellte sich neben ihn, die Stirn an der Scheibe.

»Man könnte meinen, er richtet sich da ein«, bemerkte
Adamsberg.

»Man muß diesen verrückten Alten wegschaffen lassen. Er
nervt mich. Er bringt mich durcheinander.«

»Wir sollten ihn vorerst nicht anrühren. Vielleicht ist er gar
nicht verrückt.«

»Haben Sie schon mal mit ihm gesprochen? Haben Sie
nicht gemerkt, daß er verrückt ist?«

»Jedem sein Kreuz, wie er sagt. Wann hat er noch mal den
stummen Diener angeschleppt?«

»Heute vor sechzehn Tagen.«

»Und der Brief kam kurz danach?«

Danglard sah ihn verständnislos an.

»Ja, am nächsten Morgen. Was soll das für eine Bedeutung
haben?«

»Keine. Ich sehe, daß er gestern eine Stehlampe angebracht
hat.«

»Ja, und?«

»Und heute ist ein Brief in der Post.«

Danglard sah Adamsberg ungläubig an.

»Eine Stehlampe hat nichts mit einem Brief zu tun«, bemerkte er achselzuckend.

»Das stimmt«, erwiderte Adamsberg. »Es ist nur ein Zufall, den man aber nicht übersehen kann.«

»Wenn man sich anstrengt, kann man ihn sehr wohl übersehen.«

»Einverstanden. Aber kommen Sie und lesen Sie den Brief, Danglard.«

Brief und Umschlag steckten bereits in einer Plastikhülle. Die Buchstaben waren ebenso sorgfältig aneinandergereiht wie in dem vorangegangenen Brief.

20. Juli

Herr Kommissar,

  haben Sie auf Nachricht von mir gewartet? Waren Sie verzweifelt über mein Schweigen? Sind Sie heute morgen erleichtert? Und doch hätte ich Sie um ein Haar aufgegeben. Sie sind ja so blöd bei der Polizei. Sie erkennen nur das Auffällige und können mich gar nicht treffen. Sie beunruhigen mich nicht im geringsten. Für mich sind Sie bereits besiegt.

Salut et liberté

X

»Eine Mischung aus Brutalität und Manieriertheit«, kommentierte Danglard.

»Der Typ muß reden, er hat sein Briefchen länger gemacht. Das waren eine ganze Menge kleine Buchstaben, die er zu kleben hatte! Ein Geduldiger, ein Methodischer. Die Buchstaben sind am Ende genauso sorgfältig aneinandergereiht wie am Anfang.«

»Zweifellos sagt er die Wahrheit. Er wird gezögert haben, bevor er noch mal geschrieben, bevor er sich in unser Räderwerk begeben hat. Er wird das Für und Wider schon sorgfältig abgewogen haben, ich meine das Risiko oder die Lust.«

»Im Augenblick riskiert er nichts. Aber es stimmt, die Maschinerie ist bereit, sich in Gang zu setzen. Es sei denn, er würde erneut zögern. Der Umschlag ist ein bißchen zerknittert, er hat ein Weilchen in seiner Tasche gelegen. Entweder überlegt der Typ, bevor er zur Tat schreitet, oder er fährt bis Paris, um seinen Brief einzuwerfen. Der Brief kommt nicht aus derselben Postfiliale. Er hat den Briefkasten gewechselt.«

»Glauben Sie an sein Verbrechen?«

»Ich weiß nicht. Ich glaube schon.«

»Man weiß weder wo noch wann, noch wen.«

»Ich weiß, Danglard. Wir werden nicht die ganze Vergangenheit von Frankreich durchforsten. Da sind wir halt machtlos. Es sei denn, wir hätten einen Ansatzpunkt.«

»In dem Brief?«

»Auf der Straße. Ein Ansatzpunkt, der uns seit anderthalb Monaten von der Bank gegenüber beobachtet.«

Danglard setzte sich schwerfällig hin und ließ die Schultern sinken.

»Nein«, sagte er.

»So ist das, mein Lieber. Der Typ ist nun mal da. Beides ist miteinander verquickt.«

»Klar ist das verquickt«, sagte Danglard schroff. »Es sind die einzigen nennenswerten Dinge, die sich seit dem Anfang des Sommers ereignet haben. Aber nur weil sie beide existieren, hängen sie doch nicht miteinander zusammen. Man kann nicht immer alles durcheinanderwerfen.«

Adamsberg hatte sich ein Blatt Papier geschnappt und war aufgestanden, um zu zeichnen. Seitdem der Kommissar seine Stelle angetreten hatte, hatte Danglard ihn Hunderte von Blättern vollkritzeln sehen. Manchmal fischte Danglard am

Abend eins davon aus dem Papierkorb. Adamsberg hatte die Serie mit den Baumblättern aufgegeben und war zu Gesichtsfragmenten und Händen übergegangen.

»Da«, sagte Adamsberg und streckte Danglard das Blatt hin. »Ich habe Ihr Porträt gezeichnet. Ich laufe ein Weilchen. Ich komme wieder.«

Natürlich würde er wiederkommen. Warum sagte er das immer? Zweifellos, dachte Danglard, weil er fürchtete, eines Tages nicht zurückkommen zu wollen und geradeaus bis in die Berge zu laufen, und sich lieber vor sich selbst schützte.

Danglard hörte, wie sich die Tür des Kommissariats leise schloß, und er sah Adamsberg nach, der sich auf der Straße entfernte, nachlässig, die Hände in den Taschen. Es war das erste Mal, daß Adamsberg ihn mit einem Porträt überraschte. Von der Seite warf er einen vorsichtigen Blick auf die Zeichnung. Dann, etwas sicherer, einen weiteren. Das Porträt schien ihn mit sich selbst versöhnen zu wollen, und das rührte ihn unvermittelt. Danglard war schnell gerührt. Er war der Ansicht, er brauche ein Glas Weißwein, um diese Schwäche in den Griff zu bekommen. In Wirklichkeit war es eine so hartnäckige Rührung, daß es einer ganzen Menge Gläser bedurfte, um sie zu vertreiben. Vormittags war Danglard nicht zu gebrauchen.

Innerhalb einer Woche kamen drei neue Briefe, die in verschiedenen Pariser Vierteln aufgegeben worden waren. Adamsberg war darüber so zufrieden, daß er häufig vor sich hin pfiff, Danglard gegenüber keinerlei Bemerkung über den Weißwein am Vormittag machte und noch mehr zeichnete als gewöhnlich. Die fünf Briefe hingen in ihren Plastikhüllen an der Wand seines Büros. Er konnte sich nicht mehr von ihnen trennen. Danglard sagte dem Kommissar, der Mörder habe ihn verblendet, aber Adamsberg antwortete nicht. In regelmäßigen Abständen erhob er sich, blieb vor seiner Wand stehen und las erneut. Danglard sah ihm dabei zu.

Herr Kommissar,

natürlich kommen Sie nicht drauf. Sie können noch so oft lesen und wieder lesen, Sie wissen, daß Sie keinerlei Chance haben. Ihre Ratlosigkeit bereitet Vergnügen. Ich denke an ein neues Verbrechen. Die Bullen sind so blöd. Ich werde es zu der von mir gewählten Zeit ausführen, ohne viel Federlesens. Was halten Sie davon? Vielleicht gebe ich Ihnen Bescheid.

Salut et liberté
X

»Das ist schwülstig«, murmelte Adamsberg. »Schwerfällig und geschraubt. Warum? Das ist die Frage.«

Sein Blick richtete sich auf den nächsten Brief.

Herr Kommissar,

meine Briefe enttäuschen Sie. Nichts, was Ihnen erlaubte, den Faden zu erhaschen, der Sie bis zu mir führen würde. Es sei Ihnen außerdem gesagt, daß mein Erscheinungsbild völlig unauffällig ist: normale Augen, gewöhnliches Haar, keine besonderen Kennzeichen. Ich habe Ihnen nichts weiter anzubieten.

Salut et liberté
X

Und schließlich der letzte aus der Reihe:

Herr Kommissar,

wir kennen uns langsam recht gut, nicht wahr? Schade, daß ich im Gegenzug nichts von Ihnen lesen kann. Der Tag war eher trübe.

Ich brauchte Sie gar nicht zu entmutigen: Sie sind einfach unfähig, aber jeder andere wäre ebenfalls gescheitert. Ich hatte

meine Tat haarklein vorbereitet. Keine Verwirrung zwischen
uns: Ich bin ein Mörder, Sie sind ein Bulle, wir sind nicht ge-
schaffen, einander zu begegnen.

Salut et liberté

X

Adamsberg ging von einem Brief zum nächsten, pfiff vor sich
hin, nahm wieder Platz. Jetzt, wo der Mörder sich mit dem
Schreiben nicht mehr zurückhalten konnte, war er beruhigt.
Aber der Mörder würde kaum mehr von sich preisgeben. Er
würde sich sicherlich darauf beschränken, so vor sich hin zu
schreiben, nur, um das Vergnügen zu haben, sich damit eine
Existenz zu verleihen, und aus dem Bedürfnis heraus, zu gefallen, ohne sich zu enthüllen. Er schwankte zwischen Be-
schimpfungen und Geständnissen, war bösartig genug, um zu
wagen, und geschickt genug, um sich zurückzuhalten. Adamsberg hatte den Eindruck, seine Geständnisse seien von der
seltsamen Sorge diktiert, den Kommissar nachsichtig zu stimmen. So als ob der Verfasser der Ansicht wäre, man dürfe
nicht Zeit und Aufmerksamkeit anderer in Anspruch nehmen,
ohne im Gegenzug einen kleinen Ausgleich zu bieten. Die
kleinen Geschenke waren nicht viel wert, aber sie erlaubten es
dem Verfasser, seine Korrespondenz fortzusetzen.

»Es ist ein ganz Höflicher«, schloß Adamsberg.

»Fällt Ihnen nichts anderes auf?« fragte Danglard.

»Doch. Die Haare.«

»Aha! Haben Sie's bemerkt?«

»Es gab sie ab dem zweiten Brief. Er verteilt sie überall. Der
Kerl denkt zu viel daran.«

»Im letzten Brief redet er nicht von Haaren.«

»Nein. Er sagt ›haarklein‹, das ist dasselbe.«

Danglard hob zweifelnd die Hände.

»Auch in dem vom 23. gibt es keine«, bemerkte er.

»Doch, mein Lieber. Es gibt Federn. Federn oder Haare,

das macht keinen großen Unterschied. Auch in jenem Brief also Haare, wenn auch im verborgenen.«

Danglard brummelte.

»Doch, Danglard. Sicher. So läuft das. Das Wort windet sich, verschwindet, aber die Idee ist immer da.«

»Merkwürdig«, bemerkte Danglard seufzend. »Es gibt haufenweise Typen, die sich für Haare interessieren. Mir sind sie ziemlich egal.«

»Jedem sein Kreuz, mein Lieber. Was noch?«

»Die Daten, an denen die Briefe abgeschickt wurden: der 23., der 26., der 28. Es ist nicht sehr wahrscheinlich, daß der Typ weit weg wohnt und alle zwei Tage nach Paris kommt, um seine Post einzuwerfen. Er muß in der Hauptstadt oder in der Umgebung wohnen. *La Voix du Centre* bekommt man an allen Bahnhöfen. Und wenn wir die Bahnhöfe überwachen würden?«

Adamsberg schüttelte den Kopf. Danglard fand ihn jetzt häßlich, dabei hatte er gerade eben noch gar nicht übel ausgesehen. Immer wenn der Kommissar ihm widersprach, fand Danglard ihn plötzlich häßlich. Er dachte bei der Gelegenheit über seine eigene Unbeständigkeit nach und über die Relativität ästhetischer Urteile. Wenn Schönheit verschwand, kaum daß man sich aufregte, was hatte sie dann für Überlebenschancen in dieser Welt? Worauf sollte man dann stabile Kriterien für wirkliche Schönheit gründen? Und wo befand sich diese verdammte Schönheit? In einer alles übertreffenden Form? In der Verbindung einer Form mit einer Idee? In der Idee, die durch eine Form angeregt wird?

»Verdammt«, sagte Danglard. »Ich habe mich in der Frage der Ästhetik verzettelt, mit allem, was sich daraus ergibt.«

»Ein übles Problem«, erwiderte Adamsberg. »Und es harrt schon ziemlich lange einer Lösung.«

»Ich muß was trinken«, sagte Danglard.

»Nicht jetzt. Wir waren bei den Bahnhöfen. Ich glaube

nicht, daß unser Typ unbedingt in Paris oder der direkten Umgebung wohnt. Die fünf Umschläge haben ein Weilchen in seiner Tasche gelegen. Sorgfältig, wie er ist, wird er vor ein paar Hin- und Herfahrten nicht zurückschrecken, um seine Tarnung zu verbessern. Wir brauchen keine Zeit in den Bahnhöfen zu verlieren. Wir gewinnen nichts, wenn wir da anfangen.«

»Aber müssen wir denn überhaupt anfangen? Müssen wir uns überhaupt mit diesen fünf Scheißbriefen beschäftigen?«

»Darüber muß ich nachdenken«, sagte Adamsberg und zog ein neues Blatt Papier aus seiner Schublade.

Der Kommissar zeichnete ein Weilchen, während Danglard schweigend wieder über die Frage der Relativität der Schönheit nachsann, wohl wissend, daß er keine Antwort darauf finden würde.

»Das führt uns zu Vasco zurück«, nahm Adamsberg den Faden wieder auf.

»Seit der Stehlampe hat er nichts mehr angeschleppt, und trotzdem hat es drei neue Briefe gegeben. Sie sehen doch, daß das nichts miteinander zu tun hat.«

»Und doch werden wir da anfangen, bei Vasco«, erklärte Adamsberg beharrlich.

»Das hat keinen Sinn«, erwiderte Danglard.

»Macht nichts, um die Frage nach dem Sinn kümmern wir uns später. Ich muß wissen, was dieser Kerl anstellt, während er da vor unserer Tür kampiert.«

»Um diese Uhrzeit brauchen Sie sich keine Mühe mehr zu geben. Er ist schon weg, mit seiner ganzen Ladung.«

»Egal, das kann warten bis morgen.«

Der Abend war sehr warm. Man konnte im Hemd herumlaufen. Danglard schwitzte, als er die Einkäufe in seine Wohnung hinauftrug. Er hatte Kartoffeln und Würstchen für die Kinder zum Abendessen gekauft, und außerdem Erdbeeren. In zwei

Tagen würden seine fünf Sprößlinge in die Ferien aufbrechen. Er hatte noch nicht darüber nachgedacht, auf welche Weise er die kurze Einsamkeit ausfüllen würde. Er stellte sich vor, daß er viel schlafen und sicherlich nicht wenig trinken würde, was er unter dem mißbilligenden Blick seiner Töchter nicht in aller Ungezwungenheit tun konnte. Danglard schälte die Kartoffeln. Er fand sich begabt dafür. Arlette sagte immer, er würde Schale dranlassen, aber Danglard verschwendete nicht gern Zeit an Lappalien. Er hatte entschieden, daß das Beste in der Schale liege. Danglard dachte an die Stehlampe von Vasco da Gama. Er hätte gern das Zimmer gesehen, das Vasco in einer kleinen Straße im 14. Arrondissement bewohnte. Der Alte hatte ihm ein Schwarz-Weiß-Foto davon gezeigt, auf dem es so vollgestopft aussah, daß Danglard den Fußboden nicht von der Decke hatte unterscheiden können. Vasco hatte ihm gesagt »Hier ist unten« und das Foto entrüstet umgedreht. Adamsberg würde morgen nichts herausbekommen. Adamsberg war verrückt. Es wurde Zeit, daß der September kam mit ein paar ordentlichen neuen Kriminalfällen. Der Sommer bestand nur aus heißem Papierkrieg, trügerischem Schein und phantasmatischen Verhören. Seiner Meinung nach war der Sommer nicht gut für Adamsberg. Er hätte besser daran getan, in sein Gebirge zu verschwinden, anstatt wie ein Raubtier vor diesen fünf elenden Briefen auf und ab zu laufen. Das heißt, wie ein kleinformatiges Raubtier, korrigierte Danglard in Gedanken, irgend etwas nicht so Großes, sagen wir ein Luchs. Danglard schnalzte unzufrieden mit der Zunge, während er die Kartoffeln zum Waschen in eine Schüssel gab. Nein. Adamsberg hatte nicht das geringste mit einem Luchs oder was auch immer dieser Art zu tun. Jetzt ging er wohl gerade wieder mit einem Bleistift in der Gesäßtasche draußen spazieren. Danglard beneidete ihn ein bißchen.

Adamsberg schlenderte über die Seinequais. Wie viele Menschen aus der Provinz mochte er diesen Spaziergang, während die Pariser fanden, es rieche dort vor allem nach Pisse. Die große Hitze des Tages hatte die Steine der Brüstung gewärmt, auf der er nun saß. Geduldig erwartete Adamsberg das Gewitter. Es begann mit einem schönen starken Windstoß und kleinen, zögerlichen Wassertropfen, die ihn fürchten ließen, es würde verkümmern. Aber am Ende bekam er alles. Donnerkrachen, Doppelblitze, sintflutartigen Regen. Adamsberg blieb sitzen, die Hände auf der Brüstung, und ließ sich nicht das Geringste entgehen. Die Menschen waren alle weggerannt. Er saß allein im Abendgewitter am Ufer der Seine. Zu seinen Füßen ergossen sich bereits Sturzbäche. Dieses Spektakel kam wie gerufen nach all den Tagen, an denen er nichts anderes getan hatte, als Papierkram zu erledigen, auf die Post zu warten und Vasco da Gama zuzusehen, wie er Kerne spuckte. Seine Hose klebte ihm schwer an den Schenkeln. Er hatte den Eindruck, sich nicht mehr bewegen zu können, von der Wassermasse verschlungen zu werden, aber zugleich Mittelpunkt und Ordner des Gewitters zu sein. Diese gewaltige Macht, die ihm ohne Mühe oder Verdienst gratis zugefallen war, begeisterte ihn. Adamsberg wischte sich über sein triefendes Gesicht. Wenn der Mörder, so wie er, bei jedem Gewitter sein Viertelstündchen Glanz und Gloria hätte erleben können, wenn er sich wirklich, wie er, bei jeder Sintflut für Gott gehalten hätte, hätte er vielleicht nie jemanden umgebracht. Man mußte annehmen, daß Gewitter dem Mörder gleichgültig waren, und das war wirklich schade. Das Beunruhigende war dieser zweite Mord, auf den er sich vorbereitete. Adamsberg neigte zu der Annahme, daß diese Drohung nicht einfach Prahlerei war, daß wirklich jemand in Gefahr sein könnte. Aber wer, verdammt noch mal, und wann? Es war dieses Phantomhafte, was ihn lockte, diese Ermittlung, die nur aus Leere, Abwesenheit und Dunkel bestand.

Tief befriedigt lauschte Adamsberg dem Gewitter, das sich jetzt entfernte, dem Geräusch des Regens, der sanft das Register wechselte. Er baumelte mit den Armen, wie um herauszufinden, ob sie noch funktionierten. Und als kehrte er aus einer weit entfernten Welt zurück, begann er vorsichtig die Stufen wieder hinaufzugehen, um auf den Quai zu gelangen. Er wußte, in welchem Café Vasco den Anfang der Nacht verbrachte, sich rechts und links an die Tische setzte, von den Gesprächen der zu Abend Essenden schmarotzte und sich mühte, seine »Wochenzeitung« zu verkaufen, die komplett handgeschrieben und –gezeichnet und dann fotokopiert war. Adamsberg war Vasco im Laufe der vergangenen vierzehn Tage mehrfach gefolgt, ohne Danglard etwas davon zu sagen, der noch nicht reif war, um sich aufrichtig für den Alten zu interessieren. Das würde noch kommen, Adamsberg hatte absolutes Vertrauen in Danglard. Jedes Mal hatte Vasco seinen Abend in dieser relativ teuren amerikanischen Bar beendet, in der er jeden kannte und am Ende immer zu einem kostenlosen Abendessen kam, das er sich an mehreren Tischen zusammenschnorrte.

Adamsberg ging zunächst nach Hause. Er trocknete sich ab, zog frische, verknautschte Sachen an und ging dann, wiederum zu Fuß, zu der amerikanischen Bar. Es war halb zwölf. Der Mann am Klavier spielte, die Leute aßen, ein paar einzelne Gäste beobachteten die anderen. Vasco hatte den Inhalt einer seiner Taschen auf einem Tisch ausgebreitet und untersuchte ihn mit pedantischer Miene, alles war normal. Adamsberg ließ sich, ermüdet von all der Arbeit, die ihm das Gewitter gemacht hatte, auf eine Bank fallen und bestellte etwas zu essen. Vasco drehte sich um und sah ihn aufmerksam an. Adamsberg schenkte sich ein Glas Wein ein und begann den Brotkorb zu leeren, während er auf sein Essen wartete. Er gab Vasco nicht einmal ein Zeichen, sich zu nähern. Er wußte, daß er ohnehin zu ihm an den Tisch kommen würde.

Nach kurzer Zeit räumte Vasco seine Sachen zusammen. Das dauerte immer ein ganzes Weilchen. Er stopfte allerlei

Kleinkram in Umschläge, die er in Stoffbeutel steckte. Das alles verfrachtete er scheinbar wahllos in seine Taschen. Nachdem er alles eingesammelt hatte, kam er, setzte sich Adamsberg gegenüber und begann, wieder alles auszuleeren. Adamsberg hörte sich seine Kommentare an, während er aß. Diese Masse von disparaten Gegenständen und die Erklärungen, mit denen Vasco sie umgab, hypnotisierten ihn. Er durfte sich erneut das Foto des Vaters, der Mutter, des Unbekannten und das von Valentin ansehen, die verzierte Streichholzschachtel, den Zweig, den gelben Aschenbecher und auch das Foto von Vascos Zimmer, auf dem er nicht unterscheiden konnte, wo oben und wo unten war, was Vasco aufregte, der sagte, ganz offensichtlich seien die Bullen alle gleich, schließlich viele Papierfetzen, auf die Vasco unleserliche Notizen gekritzelt hatte, Versuche von Landschaftszeichnungen, Stoffmuster, eine Hotelseifenschachtel, eine Fadenspule und einen blankgeriebenen Olivenkern. Adamsberg sah, wie der Tisch sich nach und nach mit dem heiligen Trödel füllte. Von diesem Schauspiel entspannt, dachte er schließlich, genau wie Danglard, daß es albern sei, den Alten zu befragen, daß niemand auf die Idee käme, ein solches Verhör durchzuführen. Aber gerade weil es unsinnig schien, hatte Adamsberg Lust dazu. Wäre er im Büro gewesen, hätte er sicherlich darauf verzichtet. Aber in dieser Bar, am Ende des Abendessens, konnte er mit Vasco reden, ohne daß sich irgend jemand darum scherte.

Er hatte Mühe, die Aufzählung des Alten zu unterbrechen, der seine Kommentare jetzt mit Passagen aus Gedichten und verworrenen Anekdoten spickte. Adamsberg war noch niemandem begegnet, der derart rasch von einem Thema zum nächsten wechselte. Er schenkte ihm zum fünftenmal nach. Vascos Redefluß schwoll an. Er klopfte Adamsberg auf die Schulter, sagte ihm, er sei ein tüchtiger, toller Kerl, und sein Widerstand ließ nach. Denn Adamsberg merkte durchaus, daß

– so warmherzig Vasco auch sein mochte – ein dumpfer Instinkt ihm befahl, sich vor den Bullen in acht zu nehmen, was der Kommissar nur gutheißen konnte. Und trotz des Weines krümmte sich Vasco ein wenig zusammen, als Adamsberg anfing, ihn geradeheraus zu befragen.

»Diesmal würde ich gerne Antworten bekommen, Vasco. Ja, ich brauche sogar Antworten. Ich will nicht, daß du mir sagst, du setzt dich da hin, weil da eine Bank ist. Das stimmt nicht. Du langweilst dich mordsmäßig auf dieser Bank, das ist sonnenklar. Sobald es fünf Uhr schlägt, machst du dich davon wie ein Schüler, wenn es läutet. Du sitzt da nicht zum Vergnügen.«

»Du täuschst dich, Kommissar. Ach, übrigens, heute hat eine Frau auf der Straße ihr Einstecktuch verloren, hab ich dir das erzählt? Du weißt, ein Einstecktuch, so ein kleines Tuch, das man in die Brusttasche steckt. Sie hat es verloren, weil sie rennen mußte, und es ist wie ein Vogel auf meine Knie geflattert. Ich zeig es dir. Wie ein Vogel.«

»Das zeigst du mir später. Was machst du auf der Bank? Was tust du da, verdammt?«

»Nichts. Ich reise. Bänke sind meine Schiffe. Deshalb nennt man mich Vasco. Magst du einen Keks? Wir hissen das Großsegel, und dann komme, was wolle!«

Auf der Suche nach seiner Keksschachtel tauchte Vasco in seine Taschen ab.

»Gib mir keinen Keks. Antworte auf meine Frage.«

»Deine Frage gefällt mir nicht. Du bist gar nicht komisch, wenn du so bist.«

Adamsberg sagte nichts, weil Vasco recht hatte. Er ließ sich nach hinten auf die warme Bank zurückfallen, und beide Männer schwiegen. Adamsberg aß. Vasco räumte seine auf dem Tisch ausgebreiteten Fetische hin und her, als spielte er eine absurde Partie Schach, während er sich von innen auf die Backe biß. Adamsberg fand ihn pathetisch.

»Du bist nur ein armes Würstchen«, murmelte Adamsberg, »ein Ramschdichter, Scheißreisender und Aufschneider.«

Vasco hob einen glasigen Blick zu Adamsberg.

»Du hältst dich für sehr stark, sehr listig, sehr tüchtig, wenn du da den originellen Idioten auf deiner Bank spielst«, fuhr Adamsberg fort, »aber in Wirklichkeit siehst du nicht weiter als bis zu deiner Nasenspitze – und genau deshalb wird dein Schiff am Ende als Strandgut in der Zelle meines Kommissariats landen.«

»Warum bist du so fies? Was erzählst du da?«

»Pack deine Nippes ein«, sagte Adamsberg plötzlich, fuhr mit dem Arm über den Tisch und schob alles zusammen. »Du zappelst wie ein infantiler Schwätzer hinter deiner Mauer aus Fetischen, und reden kann man nicht. Pack deinen Mist ein, sage ich dir!«

»Für wen hältst du dich, daß du mir Befehle erteilst?«

»Ich werde dir keine Befehle erteilen, Vasco, sondern dir was flüstern. Einen Tip, der dir ein bißchen Hochseewind durch die Ohren bläst und das pathetische Floß, an das du dich klammerst, kräftig durchschütteln wird: Weißt du, was bei uns Bullen ankommt, seitdem du dich da niedergelassen hast? Seit dem Tag, an dem du deinen stummen Diener mitgebracht hast? Briefe, mein Lieber, die Briefe eines spottenden Mörders, die Briefe eines Kerls, der gemordet hat und der morden wird, die Briefe eines selbstsicheren Dreckskerls, der gut geschützt ist. Und, siehst du, das ist auch überhaupt nicht komisch, wie du sagst. Und all das, während du vor unserer Nase kampierst. Glaubst du mir nicht?«

»Nein«, sagte Vasco und packte eilig seinen Müll in Umschläge.

»Geh jetzt nicht, Vasco«, sagte Adamsberg und erwischte ihn am Ärmel.

Adamsberg zog die Fotokopien der fünf Briefe aus seiner Jacke und hielt sie Vasco unter die Nase. Der Alte warf einen

Blick auf die Blätter und wandte den Kopf ab. Adamsberg drückte sie ihm wortlos in die Hand. Vasco überflog sie mit bockigem Gesicht, dann schob er sie von sich.

»Das sagt mir nichts«, knurrte er. »Ich will nichts mit deinen Angelegenheiten zu tun haben.«

»Du verstehst nicht, Vasco: Du bist mitten drin, in meinen Angelegenheiten. Es geht nicht mehr darum, ob du damit nichts zu tun haben willst, sondern ob du da wieder rauskommst. Denn mach dir klar, daß du in einem gewaltigen Saustall steckst.«

»Glaubst du denn, daß *ich* es bin, der dir schreibt?«

»Daß du mit der kleinen Schere, die sich in deiner sechsten Tasche rechts befindet, die Buchstaben ausschneidest und sie so sorgfältig anordnest, wie du deine Schätze aufreihst ... Ja, das kann man sich vorstellen.«

Vasco schüttelte heftig den Kopf.

»Oder daß es jemanden gibt, der dir einen Mord anhängen will. Such's dir aus. Denk nach.«

»Du bist nicht so, wie ich gedacht habe«, sagte der Alte und verzog angewidert das Gesicht.

»Oh, doch.«

»Ich dachte, deine Lieblingsbeschäftigung wäre, durch die Straßen zu laufen, und nicht, Leute zu nerven.«

»Doch. Ich nerve auch gern Leute. Du nicht?«

»Möglich«, brummte Vasco.

»Und ich mag nicht, daß jemand umgebracht wird. Und ich mag nicht, daß man es mir ankündigt und sich über mich lustig macht. Und ich mag den Typen nicht, der mir diese Briefe schreibt. Und ich mag nicht, daß man den Unbesiegbaren spielt, außer während Gewittern, ausschließlich während Gewittern. Und ich mag nicht, daß du hier den stumpfsinnigen Träumer gibst. Und ich mag Bullen nicht. Und ich mag Hunde nicht.«

Adamsberg sammelte die fünf durcheinandergebrachten

Blätter wieder ein und steckte sie sorgfältig in seine Tasche zurück.

»Reg dich nicht so auf«, sagte Vasco. »Versuch, dich nicht aufzuregen.«

»Ich rege mich auf, wann ich will. Stell dir vor, ich habe Gründe dafür. Irgendwo wird jemand umgebracht, und meine Arbeit besteht darin, das zu verhindern, merk dir das. Ob du das komisch findest oder nicht, es bleibt doch meine Arbeit. Und ich habe nichts in der Hand, um mit dieser Arbeit anzufangen. Nichts außer dir, vielleicht. Und du schweigst; du spielst den großen Herrn, weil es rühmlich ist, vor einem Bullen nicht auszupacken. Nun, jetzt ist nicht der Augenblick, rühmlich zu sein! Denn du bist mein einziger Ansatzpunkt, der einzige!«

»Das ist das erste Mal, daß mir jemand sagt, ich sei ein Ansatzpunkt«, sagte Vasco behutsam. »Das schmeichelt mir, ehrlich«, fügte er hinzu.

Unzufrieden legte Adamsberg sein Besteck quer über den Teller und bestellte noch einen Krug Wein. Er fuhr sich langsam mit der Hand über das Gesicht, rieb sich die Wangen, die Stirn, wie um sie zu säubern und mit den Fingern seinen Ärger fortzuwischen. Vasco runzelte die Stirn und kratzte sich mit beiden Händen den Kopf.

»Du sagst, da sei ein Kerl umgebracht worden?«

»Es sieht ganz so aus.«

»Wer?«

»Ich habe keine Ahnung.«

»Und welche Rolle soll ich dabei spielen?«

»Den Mörder, den Sündenbock, das Groteske, den Zufall oder überhaupt nichts. Such's dir aus. Denk nach.«

Adamsberg leerte sein Glas und ließ zwei Scheine auf der Untertasse liegen. Er war fast beruhigt.

»Ich gehe jetzt«, sagte er. »Ich lasse dir meine Adresse da, falls du dich entscheiden solltest zu helfen. Wenn es dich überkommt, dann halt dich bloß nicht zurück. Du kannst auch nachts kommen. Salut.«

Er ging hinaus, drückte langsam die schwere Drehtür auf und ließ Vasco vor seinem Weinkrug, der Adresse und seinem über den Tisch verstreuten Wust zurück.

Adamsberg legte sich schlafen und vermied es nachzudenken. Wenn er nachdachte, fand er sich immer zu zehnt in einer einzigen Haut wieder, und das machte ihn schwerfällig. Er war mit seiner Art, Vasco hart anzugehen, unter dem Vorwand, daß er nur ihn habe, nicht sehr zufrieden.

Die Nacht war zu warm, um eine Decke ertragen zu können. Adamsberg legte sich auf sein Bett, nachdem er für den unwahrscheinlichen Fall, daß Vasco kommen würde, ein paar Shorts angezogen hatte.

Vasco blieb in der Bar, bis sie zumachte, und rührte sich nicht, setzte sich nicht mal an die Tische der letzten Trinker. Er mochte den kleinen dunkelhaarigen Kommissar, aber er mochte die Bullen nicht. Sein Vater, der vor den Türken geflohen war und Armenien verlassen hatte, hatte ihm eine altertümliche Nähmaschine, den Argwohn gegenüber jeglicher behördlichen Autorität sowie ein paar Tweedreste vermacht. Vasco kaute auf seinem Schnurrbart und dachte nach. Andererseits würde der kleine Dunkelhaarige so lange keine Ruhe geben, bis er Antwort bekäme. Vasco sammelte seinen Kram ein und stopfte alles in seine Taschen. Er ging nicht nach Hause, sondern lief bis zum Morgengrauen durch die Gegend, bevor er sich entschloß, bei Adamsberg zu klingeln.

Die beiden Männer setzten sich in die Küche vor eine Schale Kaffee. Vasco fragte nach Brot und nach Sardinen zum Eintunken. Adamsberg hatte keine Sardinen.

»Sardinen sollte man immer im Haus haben«, erklärte Vasco vorwurfsvoll. »Man weiß nie.«

»Ich bin kein vorausschauender Mensch«, erwiderte Adamsberg.

»Ich bin zu dir gekommen, weil ich dir was zu sagen habe, wie du dir vorstellen kannst. Aber ich hab dir nichts anzubieten.«

›Nichts anzubieten‹. Adamsberg warf dem Alten einen raschen Blick zu. Ungefähr so endete der vierte Brief. Sicher, Vasco hatte die Briefe in der Bar überflogen. Es war möglich, daß er Bruchstücke daraus rekonstruierte, ohne daß es ihm bewußt war. Außerdem war die Formulierung alltäglich. Adamsberg wachte richtig auf.

»Wenn ich nicht gekommen wäre«, fuhr Vasco fort, »hättest du dir weiter irgendwas vorgestellt. Du bist ein verdammter Dickkopf. Nur weil man etwas angefangen hat, muß man es noch lange nicht zu Ende bringen. Du scheinst das nicht zu kapieren.«

»Also?« fragte Adamsberg. »Warum sitzt du auf der Bank?«

»Verdammter Dickkopf! Mit einem hast du recht: Ich langweile mich auf der Bank.«

»Bezahlt dich jemand?«

Vasco brummte.

»Bezahlt dich jemand, damit du da bist?«

»Ja, ich werde bezahlt! Bist du zufrieden? Das schadet doch niemandem, verdammt.«

»Nicht das geringste, aber erzähl trotzdem.«

»Eines Abends war ich in der Bar. In der Bar, die du kennst. Da habe ich eine Nachricht bekommen.«

»Hast du die Nachricht noch?«

»Nein, ich hab sie nicht mehr.«

»Merkwürdig, normalerweise bewahrst du doch alles auf.«

»Das ist nicht wahr. Ich sortiere aus! Ich sortiere wahnsinnig viel aus!«

»Gut, du sortierst aus, Entschuldigung. Erzähl weiter.«

»Man hat mir geschrieben, es gebe Arbeit für mich. Ich

brauchte am nächsten Tag nur um zwei neben einer Telefonzelle zu warten.«

»Welcher Telefonzelle?«

»Rue de Rennes. Was interessiert dich das?«

Vasco tauchte seine Brotscheibe lange in den Kaffee, und ein Stück davon löste sich und fiel in die Tasse. Er angelte es mit den Fingern heraus.

»Da bin ich angerufen worden. Die Arbeit war nicht sehr anstrengend, und wie ich dir gesagt habe, hatte ich seit ein paar Monaten keine Anzüge mehr zu nähen, nicht mal mehr was zu säumen. Die Thermokleber sind der Tod des Künstlers. Ich habe eingewilligt. Das schadet niemandem, sag ich dir.«

»Worin bestand die Arbeit?«

»Auf der Bank zu sitzen. Jemand würde mich kontaktieren.«

»Dich kontaktieren? Vor einem Kommissariat?«

Vasco zuckte mit den Achseln.

»Na und? Bei den Bullen gibt's ja nicht nur saubere Typen. Ein Kerl aus deinem Kommissariat hätte mir eine Adresse zustecken können, ein Briefchen Koks, was weiß ich …«

»Und hat dich schließlich jemand kontaktiert?«

Vasco lächelte und zündete sich eine Zigarette an.

»Machst du dir Sorgen wegen deiner Leute? Aber nein, Bruder, niemand hat mich kontaktiert.«

»Kam dir das nach ein paar Wochen nicht seltsam vor?«

»Mir egal. Jeden Freitag liegen zweitausend Francs unter meinem Fußabtreter. Ich habe einen Fußabtreter in Form eines Straußes. Also, siehst du, keine sehr anstrengende Arbeit. Zum Glück gibt's das Kommissariat, um mich zu zerstreuen.«

»Wer hat dich angerufen? Ein Mann? Eine Frau?«

»Weiß nicht. Ein Mann.«

»Hat man dir einen Namen genannt?«

»Keinen Namen.«

»Und du hast niemanden gesehen?«

»Niemanden.«

Adamsberg erhob sich und stützte sich mit beiden Armen auf die Rückenlehne seines Stuhls.

»Deine Geschichte ist nicht zu gebrauchen«, sagte er.

»Gefällt sie dir nicht?«

»Nein. Es fehlt etwas.«

»Ich habe nichts anderes.«

»Ich glaube dir nicht, Vasco, aber das ist nicht schlimm. Sobald du wirklich verstanden hast, was mit dir passiert, sobald du wirklich Angst hast, kommt der Rest. Wie lange sollst du noch auf der Bank ›arbeiten‹?«

»Ich bekomme Nachricht, wenn es zu Ende ist. Jetzt gehe ich, ich muß pünktlich da sein.«

Vasco stand auf und überprüfte mechanisch, ob er nichts auf dem Tisch liegenlassen hatte.

»Bis nachher«, sagte Adamsberg.

Adamsberg gehörte zu jenen Menschen, die sich davor fürchten, spät aufzustehen. Nach acht Uhr hatte er den Eindruck, sich einer unerklärlichen Gefahr auszusetzen. An diesem Morgen war er nach Vascos Besuch wider alles Erwarten noch einmal eingeschlafen. Er rannte los, um die Gefahr, in die er sich durch das zu lange Im-Bett-Liegen begeben hatte, zu mindern, und kam gegen halb elf vor dem Kommissariat an. An Vascos Bank hörte er auf zu rennen. Der Alte war nicht da. Verwirrt ging er zu Danglard.

»Was ist mit Vasco? Haben Sie ihn heute morgen gesehen?«

»Nein, nicht gesehen. Er verschwindet genau an dem Tag, an dem Sie ihn befragen wollen. Das nenne ich Pech.«

Adamsberg beobachtete Danglard, der in seinem Bericht blätterte.

»Sie haben ihm nicht zufällig gesagt, er solle abhauen? Sie mochten den Alten nicht.«

Danglard zuckte mit den Schultern.

»Ich mochte ihn. Aber ich werde nicht gern überwacht.«

»Er überwacht niemanden. Er wartet darauf, ›kontaktiert‹ zu werden.«

Danglard hob den Kopf.

»Ich habe ihn bei Tagesanbruch befragt«, sagte Adamsberg. »Das ist alles, womit er rausrückt: daß er bezahlt wird, um dort zu sein, und er weiß nicht, von wem.«

»Er lügt.«

»Natürlich.«

Danglard klappte seine Akte zu und dachte nach, während er den Stift über seine Oberlippe rollte.

»Denken Sie, daß er sich verdrückt hat, um nicht noch mal befragt zu werden?«

»Möglich. Es sei denn, sein ›Arbeitgeber‹ hätte ihn mit mir gesehen und ihm Ärger gemacht. Die Leute mögen es nicht, wenn man mit den Bullen redet.«

»Das ist verständlich.«

»Es sei denn, er hätte die Briefe selbst geschrieben. Es sei denn, er hätte Angst.«

Danglard runzelte die Stirn und rollte nun den Stift von der Nase bis zum Kinn. Adamsberg sah ihm dabei zu. Er hatte es versucht, aber der Stift war immer wieder heruntergefallen.

»Ich denke weiterhin, daß die Briefe und er nicht zusammengehören«, sagte Danglard. »Nur ein Verrückter käme her und würde vor Ort beobachten, was seine Post bewirkt.«

»*Sie* hatten gesagt, er sei verrückt.«

Danglard erhob sich schwerfällig in drei Etappen, Oberkörper, Hintern, Beine.

»Das stimmt«, sagte er. »Aber ein Verfasser anonymer Briefe ist ein Typ, der sich versteckt, der sein Ding von fern ausführt, der geschützt vorrückt. Vasco stellt sich seit Wochen aus wie ein Sammlerstück. Ich verstehe nicht, wie das in Übereinstimmung zu bringen wäre. Wie kann man beides gleichzeitig sein? Hinten und Vorn?«

Adamsberg nickte. Es herrschte Schweigen. Danglard rollte erneut den Stift über sein Profil.

Adamsberg ging zurück in sein Büro. Im Stehen sortierte er mit langsamen Bewegungen seine Post und hielt plötzlich inne. Er hatte den sechsten Brief in der Hand. »Das ist gut«, murmelte er, »das ist gut«, als würde er jemanden anspornen. Der Typ schaffte es nicht, aufzuhören. Damit war er verloren. Denn er, Adamsberg, würde geduldig bis zum Jüngsten Tag warten, nicht dieser Typ.

31. Juli

Herr Kommissar,

und was ist mit der Frau von der Gare de l'Est? Geben Sie auf?

Im Grunde stimmt's, Sie sind so blöd.

Meiner Geschäfte wegen muß ich weg. Das ist schade, ich werde Ihnen nicht so bald wieder schreiben.

Salut et liberté
X

»So siehst du aus«, murmelte Adamsberg.

Er ging mit relativ raschen Schritten in Danglards Büro. Sein Adjutant betrachtete ihn, als er hereinkam, den in eine Plastikhülle gesteckten Brief in der Hand. Schon morgens hing Adamsberg das halbe Hemd aus der Hose, die Ärmel waren hochgeschoben und verknautscht. Er legte das Dokument auf Danglards Schreibtisch.

»›Die Frau von der Gare de l'Est‹. Suchen Sie mir das raus, Danglard, so schnell wie möglich. Ich wußte nicht, daß es einen Mord im Bahnhof gegeben hat.«

Eine halbe Stunde später hatte Danglard die Information. Sieben Wochen zuvor hatte man auf den Gleisen des Bahnhofs eine tote Frau gefunden. Sie war betrunken und zweifellos von der Brücke gefallen und beim Sturz ums Leben gekommen.

Vielleicht eine Schlägerei, ohne Beweise. Auch Selbstmord, ohne Beweise. Der Fall sollte gerade zu den Akten gelegt werden.

»Besuchen Sie den Kollegen vom 10. Arrondissement, und tragen Sie alles zusammen, was Sie über diese Frau herauskriegen. Wie heißt sie?«

»Verny. Colette Verny. Sie lebte allein, ohne ...«

»Erzählen Sie mir das später. Ich mache mich auf und hole Vasco.«

»Wissen Sie, wo er ist?«

»Natürlich weiß ich das. Glauben Sie, ich lasse den Typen zwei Monate lang vor dem Haus lauern, ohne mich über ihn zu erkundigen? Ohne ihm zu folgen, um herauszufinden, wo er wohnt? Wen er kennt? Was er macht?«

Danglard sah den Kommissar erstaunt und irgendwie verraten an, ohne etwas zu sagen.

»Danglard, Sie glauben immer, ich würde nichts tun, unter dem Vorwand, nichts zu tun. Die Wirklichkeit ist nie so einfach, und das wissen Sie besser als jeder andere.«

Adamsberg lächelte ihm zu und hob kurz die Hand, bevor er hinausging.

Das Zimmer, in dem Vasco lebte, befand sich im siebten Stock eines Gebäudes ohne Fahrstuhl. Adamsberg und seine beiden Männer gingen einen ersten langen Gang entlang, der nach Fett und Schweiß stank, dann einen zweiten, völlig dunklen, in dem ein paar durchgebrannte Birnen von der Decke hingen.

»Vasco, mach auf«, sagte er behutsam und klopfte an eine Tür, vor der man auf einem grauen, rutschigen Fußabtreter in Form eines Straußes ausglitt.

»Mach auf«, wiederholte Adamsberg. »Ich habe Post für dich bekommen.«

Die Tür öffnete sich, und Vasco warf einen raschen Blick auf die beiden Polizisten, die Jean-Baptiste Adamsberg einrahmten.

»Bist du nicht allein?«

»Wie du siehst. Laß mich rein. Sie bleiben draußen.«

Vascos Zimmer sah erheblich schlimmer aus, als das Foto hatte erkennen lassen. Es war keine Höhle, keine leere Aushöhlung, in der jemand wohnte, sondern Überfülle, Anhäufung, eine Übersättigung mit Gegenständen, durch die man sich einen Weg bahnen und die zu bewohnen man um Erlaubnis fragen mußte. Adamsberg blieb stehen, ließ den Blick langsam von einer Seite zur anderen schweifen und schätzte das Ausmaß der Aufgabe ab.

»Was suchst du? Was hast du?«

»Bist du heute morgen nicht zur Bank gekommen?«

»Nein. Du hast mich mit deinen Geschichten ganz durcheinander gebracht.«

»Und der Arbeitgeber? Hast du ihm Bescheid gesagt?«

»Ich kenne ihn nicht, sag ich dir. Und außerdem werd ich die Sache sein lassen. Das ist jetzt nicht mehr lustig, so wie vorher, mit deinen Drohungen, deinen Briefen. Ich such nicht unbedingt Ärger.«

»Den hast du schon. Wir wissen jetzt, von wem der Mörder spricht. Es handelt sich um eine Frau, die vor zwei Monaten auf die Gleise der Gare de l'Est gestürzt ist, kurz bevor du aufgekreuzt bist. Vollkommen betrunken. Sie hieß Colette Verny.«

Vasco hatte sich auf einen wackligen Stapel Zeitschriften gesetzt und sah Adamsberg zum ersten Mal verängstigt an.

»Kennst du sie?« fragte Adamsberg sanft.

»Nein«, flüsterte Vasco. »Du weißt, daß ich nichts damit zu tun habe.«

»Ich weiß nichts, Vasco, ich weiß nur von dir, den Briefen und dieser Frau. Erzähl mir von dem Kerl, der dich mit der Arbeit beauftragt hat.«

»Ich kenne ihn nicht, ich hab's dir gesagt.«

»Du bist wirklich ein Trottel, Vasco, der Kerl wird dich

nämlich nicht beschützen, glaub mir. Und wenn ich mich nicht täusche, hat er dich schon ordentlich reingeritten.«

Adamsberg gab den beiden Männern, die rauchend im Gang warteten, ein Zeichen.

»Wir durchsuchen das Zimmer«, sagte er. »Der Herr ist einverstanden.«

Die beiden Männer sahen sich besorgt um.

»Wir fangen hier an, hier, hier und da«, sagte Adamsberg und deutete auf ein paar Stellen freien oder fast freien Parketts. »Wir suchen eine Schere, Papier, Zeitungen und Klebstoff. Du wirst sehen, was dein Arbeitgeber dir für ein Geschenk gemacht hat«, fügte er, an Vasco gewandt, hinzu.

Zwanzig Minuten später fanden die Bullen das Material unter einem Bodenbrett.

Adamsberg packte Vasco ziemlich heftig am Arm.

»Verstehst du jetzt, Vasco? Kapierst du's? Ja oder nein?«

Adamsberg ließ ihn los, setzte ihn auf seinen Zeitungsstapel zurück, ging zur Tür und untersuchte sie.

»Kommt man bei dir leicht rein?«

»Ja«, antwortete Vasco und zuckte mit den Achseln. »Ich bin ein Dichter, ein Reisender, ich werd nicht damit anfangen, Türen zu verschließen und Riegel vorzuschieben. Oh, nein! Muß doch Bewegung sein, alles muß treiben können, strömen … Wir hissen das Großsegel, und dann komme, was wolle.«

»Na, dann freu dich, es gibt mindestens einen, der sich nicht geniert hat, bei dir hereinzuströmen. Aber ich weiß nicht, ob die Dichtung dabei etwas gewonnen hat. Komm, wir gehen. Ich werde dir von dieser Frau erzählen.«

Vasco zog eine Jacke an, strich sie glatt, kontrollierte fieberhaft den Inhalt aller ihrer Taschen, räumte einige Beutel, Umschläge und Schächtelchen aus einer anderen Jacke in diese um, zog die Strümpfe hoch, überprüfte, ob seine Hose gut fiel, glättete seinen Kragen.

»Komm, Vasco«, wiederholte Adamsberg seufzend.

Adamsberg hatte nicht vor, Vasco ins Kommissariat zu bringen, um ihn zu befragen. Es schien ihm unpassend, ihn dort einzuschließen, ja, ein Fehler. Offenbar konnte Vasco nur draußen oder in Cafés reden. Als Adamsberg sich vorhin mit ihm drinnen unterhalten hatte, bei sich zu Hause, bei Tagesanbruch, da war nicht viel Gutes dabei herausgekommen. Zwischen Mauern verlor der Reisende all seine Redseligkeit, er machte ein mürrisches Gesicht. Im Grunde hatte Vasco vielleicht recht, vielleicht war die Bank ein Schiff, warum nicht? Und auf Deck konnte man bequem reden. Es war schönes Wetter, sie würden sich auf die Bank setzen. Adamsberg bat Vasco, am Bug Platz zu nehmen, und rief von der Straße aus nach Danglard. Der streckte sein ablehnendes Gesicht aus dem Fenster und hielt sich die Stirn.

»Danglard, kommen Sie zu uns runter und bringen Sie was zu schreiben mit!« rief Adamsberg. »Wir reden unten«, präzisierte er.

Erst als er auf der Bank saß, stellte Danglard fest, daß der stumme Diener und vor allem die Stehlampe nicht mehr da waren. Er hätte gern wenigstens einmal im Leben in der Sonne unter einer kaputten Stehlampe gesessen und sich Notizen gemacht, wenigstens ein Mal, um zu spüren, was für ein Gefühl das war, ein Gefühl, das er sich interessant vorstellte, und den Kleinen danach davon zu erzählen. Er spürte, wie seine Kopfschmerzen verflogen, und setzte sich in Position, den Füllfederhalter in der Hand. Er wußte, warum Adamsberg ihm alle handschriftlichen Notizen übertrug: So schnell der Kommissar auch zeichnete, er schrieb langsam und umständlich. Außerdem wußte Adamsberg, daß Danglard Füllfederhalter über alles liebte.

»Gut«, sagte Vasco. »Ich bin so weit.«

Danglard beobachtete ihn. Vasco hatte jeglichen Widerstand aufgegeben. Mit überzeugtem Blick und ein bißchen unterwürfig kaute er eine Olive. Die Frau, die auf den Bahngleisen zu Tode gekommen war, hatte ihn offenbar erschüttert und bewirkt, daß er das Register gewechselt hatte. Er war von oberflächlicher Witzelei zu relativ nüchterner Ernsthaftigkeit übergegangen. Er saß sehr gerade da, den Arm auf der Rückenlehne der Bank, mit leicht zitternden Lippen, aber wieder lebhaftem Blick, und war nun gewillt zu reden. Adamsberg dagegen hatte sich auf die Bank sinken lassen und das Gesicht zur Sonne gewandt; er war ruhig und wieder zu seinem gewöhnlichen Tempo zurückgekehrt, das hieß, er war erheblich langsamer als der Durchschnitt und ein wenig mühsam.

»Ich möchte heute nichts von deiner üblichen Konversation hören«, sagte er sanft zu Vasco. »Keine Poesie, keine Anekdoten, keine packenden kleinen Erzählungen, keine aufregenden Lebens-Bruchstücke, keine Exkurse, keine Gedanken, keine Offenheit, keine kühnen Assoziationen. Nein, Vasco, was ich will, ist das Porträt eines Mörders. Das Porträt des Mannes, der dich bezahlt hat, damit du herkommst und deinen Hintern hier vor unsere Fenster setzt. Und ich will weder Zittern und Beben, noch Skrupel, noch sonst was in der Art. Das machst du später.«

»Ich habe verstanden«, sagte Vasco. »Aber ich habe ihn nur zweimal gesehen. Ich weiß seinen Namen nicht, ich schwör es dir.«

»Ich glaube dir. Beschreib ihn zunächst. Wie sieht er aus?«

»Ein Gesicht wie ein Dreckskerl.«

»Ein Gesicht wie ein Dreckskerl ist zwar keine kühne Assoziation mehr, aber noch immer Poesie. Du sollst neutral und sachlich sein, Vasco, ich muß ihn in zwei Stunden auf der Straße erkennen können.«

»Ich schwör's dir, ein Gesicht wie ein Dreckskerl. Er ist bleich, mit ganz dünnem, tiefschwarzem Haar und Zähnen, die man nicht sieht. Er ist ziemlich gut angezogen, aber kein englischer Schnitt. Sein Jackett ist aus Italien, kein Zweifel, sein Hemd ist von irgendeiner falschen englischen Marke, und die Hose ist französisch, etwa drei Jahre alt. Beim Gürtel kann ich genauer sein, auch was die Lieferanten angeht.«

Danglard sah Adamsberg unsicher an.

»Doch, doch«, erwiderte Adamsberg. »Wir schreiben alles auf.«

Der Kommissar breitete die Arme aus und schloß die Augen. Danglard kritzelte Vascos Redefluß rasch mit. Alles in allem wußte Vasco gar nicht wenig über diesen Typen mit dem Gesicht eines Dreckskerls. Es waren nur Bruchstücke seines Verhaltens oder Aussehens, aber aufeinandergetürmt bildeten sie einen kleinen Haufen, der die Aufmerksamkeit auf sich zog. Ein bißchen, wie auch die Sammlung von Fetischen in Vascos Taschen am Ende den Blick auf sich zog. Unter den Worten des Alten nahm der Mann nach und nach Gestalt an. Und, ein nicht zu vernachlässigendes Detail, er stammte ganz offenbar aus Dreux. Vasco hatte seine Zugfahrkarte gesehen, eine Hin- und Rückfahrkarte, die aus seiner Brieftasche herausragte. Nachdem Vasco anderthalb Stunden geredet und Danglard unaufhörlich mitgeschrieben hatte, dachte Danglard, daß nun genügend zusammen wäre, um den Typen mit ein wenig Glück zu erwischen. Er warf erneut einen Blick auf den Kommissar. Adamsberg hielt noch immer die Augen geschlossen, er schien in der Hitze zu dösen, dem Geschwätz des Reisenden gegenüber ebenso gleichgültig wie der Mühe, die sich sein Stellvertreter gab. Aber Danglard wußte, daß Adamsberg kein Wort entgangen war. Übrigens lächelte er in seiner vermeintlichen Reglosigkeit.

Adamsberg schickte vier Männer mit genauen Beschreibungen und guten Phantombildern nach Dreux. Er hatte Anweisung gegeben, mit dem Bahnhof anzufangen, wo alle, die jeden Tag kommen und gehen, relativ bekannt sind. Danach sollten Restaurants, Bars, Tabakgeschäfte, Parfümerien, Friseure und so fort gründlich durchkämmt werden. Sein Kollege vom 10. Arrondissement ließ zwei mit denselben Informationen ausgestattete Männer die Umgebung des Güterbahnhofs absuchen und die Orte, die Colette Verny frequentiert hatte. Inzwischen wußte man mehr über sie. Dreiundvierzig Jahre, alleinstehend, hübsches Gesicht mit verquollenen Augen, chaotische Beschäftigungsverhältnisse, regelmäßige Besäufnisse und, nach Auskunft ihrer Nachbarn in einem trübseligen Mietshaus in der Rue des Deux-Gares, Phasen großer Einsamkeit, die mit bewegten Episoden voller Männer und geräuschvollen Auftritten abwechselten.

In Dreux erkannte ein Bahnhofsangestellter den Mann, wußte aber weder dessen Namen noch dessen Adresse. Er sah ihn hin und wieder vorbeikommen und im Taxi wegfahren. Auch eine Friseuse hatte ihn identifiziert. Der Kunde kam noch nicht lange, vielleicht ein halbes Jahr, sicherlich war er erst ins Viertel gezogen. Mit Hilfe der Polizei von Dreux begann man, allen Wohnhäusern in der Umgebung des Ladens einen Besuch abzustatten.

Den ganzen August über wartete Danglard vertrauensvoll und nervös, während Adamsberg ohne Hast den normalen Dingen nachging. Sein einziger kurzer Augenblick der Spannung war die tägliche Post, dann war es wieder vorbei. Der Mörder schrieb nicht mehr. Etwa ab dem 20. wartete Adamsberg nicht mehr auf die Post und ging immer häufiger spazieren. Er hatte Danglard erklärt, nach dem 15. August müsse man die letzten heißen Tage genießen, anstatt sich in der Büroarbeit zu verzetteln.

Tatsächlich begann es am 27. August morgens in Strömen zu regnen. Adamsberg stand am offenen Fenster, die Hände hinter dem Rücken verschränkt, und sah lange zu, wie das Wasser die Bürgersteige wusch. Es hatte nur sehr wenige Gewitter gegeben seit jenem ersten, das den Beginn des Falls eingeläutet hatte, den Beginn dieses verdammten Bluffs, wie er ihn nannte.

Adamsberg bedauerte das. Manchmal konnte man sich im August jeden Abend für Gott halten, in anderen Jahren blieb man den ganzen Monat jeden Tag einfach nur Bulle.

Er beschloß, ohne Jacke in den Regen hinauszugehen. Das war die Art, wie ihm der Regen am liebsten war.

»Wenn Sie Zeit haben, gehen wir, Danglard!« rief er und steckte den Kopf durch die Tür zum Nachbarbüro. »Es reicht mit dieser Geschichte!«

Danglard nickte, zog seinen Regenmantel über und nahm seinen Schirm. Es war ihm lieber, keine Fragen zu stellen, um eine unnötige Demütigung zu vermeiden. Er kannte Adamsberg nur zu gut, seine Art, manche Fälle bis zur Erschöpfung seiner Kollegen liegenzulassen, bis zu dem Tag, an dem er sich plötzlich in Bewegung setzte, mit relativer Schnelligkeit und ohne irgendwelche Erklärungen abzugeben. Zu Anfang hatte Danglard fälschlicherweise geglaubt, der Kommissar bewahre dieses lächelnde Schweigen aus reiner schikanöser Perversität. In Wirklichkeit erklärte Adamsberg einfach deshalb nichts, weil er nicht daran dachte. Aber Danglard, der unter dem heftigen Regen mit beiden Händen seinen Schirm festhielt, kränkte es, Adamsberg folgen zu müssen, ohne das Ziel zu kennen.

Völlig durchnäßt, mit am Leibe klebendem Hemd, suchte Adamsberg in dem schmalen Eingang eines Hauses Zuflucht, das Danglard noch nie gesehen hatte.

»Hier wohnt Vasco«, erklärte der Kommissar, während er nachlässig sein Hemd und seine Hose auswrang, damit sie nicht tropften. »Wir gehen in den siebten Stock hinauf«, fügte er hinzu.

Dieses Mal klopfte Adamsberg und trat ohne zu warten ein. Die Tür war offen.

»Salut«, sagte er nur.

Er räumte für sich und Danglard rasch zwei Inseln frei, dann schichtete er zwei Zeitschriftenstapel in der richtigen Höhe auf, um sich zu setzen.

»So. Jetzt haben wir es bequem und können uns unterhalten«, erklärte er dann. »Du, Vasco, bleib auf deinem Bett liegen und rühr dich nicht, du hast es da sehr gut.«

Vasco hatte sich auf dem zerwühlten Bett aufgesetzt, sein Buch – auf dessen Titel Danglard einen unauffälligen Blick warf – beiseite gelegt, sich mit dem Rücken an die Wand gelehnt und beobachtete nun neugierig und reserviert die beiden Männer.

»Ist es so weit?« fragte er. »Habt ihr ihn festgenommen?«

»Was denkst denn du«, erwiderte Adamsberg.

»Wo? In Dreux?«

»Nein, nicht in Dreux. Nicht in Dreux und auch nicht anderswo. Wir haben nichts als Wind, Vasco, nur Bluff.«

»Scheiße«, sagte Vasco.

»Es ist wohl dein Porträt von dem Typen, das nicht paßt«, bemerkte Adamsberg.

»Dabei habe ich doch …«

»Nein, es paßt nicht. Viel zu poetisch, wenn du meine Meinung wissen willst.«

Vasco kniff die Augen zusammen, um zu verstehen. Danglard ebenfalls.

»Was ist los mit dir?« fuhr Adamsberg fort. »Gibst du gar kein Lebenszeichen mehr? Vergißt du die Freunde?«

»Hätte ich vorbeikommen sollen?« fragte Vasco zögernd.

»Nein, aber du hättest schreiben können. Briefe schreiben können. Wir bekommen keine einzige Nachricht mehr von dir. Das ist nicht mehr so lustig. Wir langweilen uns.«

Es herrschte Stille. Danglard machte eine plötzliche Bewegung, und ein mit Zeitungen durchsetzter Stapel von Stoffresten glitt zu Boden.

Vasco zog einen Aschenbecher zu sich heran, der in einer Kuhle der Bettdecke stand, und drückte sorgfältig seine Kippe aus.

»Gut«, sagte er mit etwas zittriger Stimme. »Du bist ein

verdammter Dickkopf. Ja, ein verdammter. Wie weit bist du genau?«

»Genau am Ziel.«

»Weißt du alles?«

»Alles.«

»Sag, damit ich sehe.«

»Du hast einen jüngeren Bruder.«

»Stimmt«, erwiderte Vasco und zündete sich eine neue Zigarette an.

»Genauer gesagt, du hast überhaupt nur ihn als Familie.«

»Stimmt.«

»Aber er ist ein Nichtsnutz.«

Vasco nickte nur kurz.

»Schneider wie du, aber er kriegt den größten Teil seines Geldes von Frauen. Ein wirklich Harter mit Frauen und nachweislich gewalttätig. Er erträgt es nicht, wenn man ihn zurückweist, das ärgert ihn. Er braucht bloß was getrunken zu haben, und eine Frau weigert sich, und dein Bruder schlägt zu.«

»Ja«, murmelte Vasco. »Ein wirklich Harter mit Frauen.«

»Aber er ist dein Bruder, und du liebst ihn mehr als alles andere.«

»Er ist anfällig«, sagte Vasco etwas verschämt.

»Anfang Juni, genauer gesagt am 5., ruft er dich morgens an. Er hat eine Frau umgebracht und bittet dich um Hilfe.«

»Ja«, bekannte Vasco und knetete die Falten des Bettlakens. »Er war am Abend davor mit ihr ausgegangen. Sie sind beide sternhagelvoll nach Hause gekommen. Wenn er sternhagelvoll ist, vergißt er sich. Er weiß nur noch, daß sie sich geweigert hat, ihn zu begleiten, und daß er auf der Brücke über den Schienen vor Wut gebrüllt hat. Als er am nächsten Morgen aufgewacht ist, konnte er sich an nichts mehr erinnern, nur noch an die Bahngleise und an das schreiende, um sich schlagende Mädchen. Als er erfahren hat, daß sie unten auf dem Schotter gestorben ist, hat er angerufen.«

»Und du hast ihn geschützt.«

Vasco nickte erneut, mit starren Augen.

»Du hast beschlossen, dir einen angesehenen, schönen Bullendummkopf zu suchen und ihn nach und nach zu verblenden. Mich nach und nach in den Irrtum zu führen, ja, mich den Irrtum selbst konstruieren zu lassen, ganz langsam, durch Provokation, durch kleine geflüsterte Geständnisse, durch ängstliche Mienen, durch Bluff, durch das große letzte Geständnis und das Porträt eines Mörders … Natürlich hat dich niemand je dafür bezahlt, hier zu sitzen. Du hast die Briefe geschrieben, du hast das alles gemacht. Gut gemacht, bemerkenswert gut gemacht, Vasco: Nach zwei Monaten war ich überzeugt und habe mich mit einem durch deine Hilfe erstellten Phantombild auf die Suche nach dem Mörder von der Gare de l'Est gemacht, nach diesem bleichen Mann mit dem dünnen, tiefschwarzen Haar, nach diesem Mann aus Dreux, dem Mann mit dem italienischen Jackett. Den Typen hätte ich lange suchen können, nicht wahr, Vasco? Aber das war dir egal.«

»Vollkommen.«

»Sobald dein Bruder hinter dieser Illusion geschützt war, war deine Arbeit getan. Salut et liberté. Du warst beruhigt und hast dich von der Bank verzogen. Nach einer Weile wäre der Fall ad acta gelegt worden, da man den berüchtigten Mann von Dreux nie gefunden hätte.«

Vasco schniefte und fuhr sich mit der Hand über die Nase. Adamsberg zuckte mit den Schultern.

»Bedaure ihn nicht«, sagte er. »Dein Bruder ist ein Nichtsnutz, ich sag's dir. Er ist keinen Pfifferling wert. Bedaure ihn nicht.«

Vasco sah ihn an, biß die Zähne zusammen, zuckte mit den Schultern.

»Am Ende ist ein Bulle doch immer blöd«, stieß er zwischen den Zähnen hervor. »Irgendwann kommt er doch immer mit einer Schweinerei. Ich hab recht daran getan, dir zu schreiben.«

Adamsberg lächelte, streckte die Beine von sich und breitete die Arme aus. Er wirkte sehr zufrieden.

»Die viele Mühe hast du dir umsonst gemacht«, sagte er. »Zwei Monate Komödie für nichts. Du siehst, die Poesie nützt gar nichts. Aber es gab hübsche Momente, wirklich sehr hübsche Momente. Ich habe das sehr gemocht. Außerdem hast du das beides hier aufgelesen«, fügte Adamsberg hinzu und deutete auf den stummen Diener und die Stehlampe, die wie zwei Liebende von der Straße umschlungen in einer Ecke standen. »Du wirst sie uns mal leihen; ich bin mir sicher, daß Danglard sie im Grunde vermißt.«

Er nickte Danglard lächelnd zu. Da Vasco vor sich hin starrte und nichts sagte, erhob sich Adamsberg, ging zum Bett und faßte ihn an der Schulter:

»Die viele Mühe war umsonst«, wiederholte er sanft. »Es war nicht dein Bruder.«

Vasco hob langsam den Blick zu Adamsberg.

»Es war nicht dein Bruder, hörst du? Der Mörder wurde gestern geschnappt, ein Liebhaber von Colette, ein Wahnsinniger, der Jagd auf sie gemacht hat. Im Augenblick befindet er sich gerade im Kommissariat des 10. Arrondissements. Und brüllt.«

Vasco erhob sich von seinem Bett und streckte Adamsberg eine Hand hin.

»Nein, keine Sentimentalität, Vasco. Gib mir nur die Stehlampe für unser Büro, sei so gut. Aber ich könnte auch verstehen, wenn du sie nicht hergeben magst, weil dir sonst was fehlt.«

Vasco stürzte in die Ecke und löste die Lampe aus der Umarmung des stummen Dieners. Adamsberg übergab sie Danglard, der ihm zunickte.

»Trotzdem«, wagte Vasco zu fragen, »was hattet ihr herausgefunden über diese Frau vom Bahnhof?«

»Nichts. Wir dachten an einen Unfall.«

Vasco stützte sich auf seinen Diener und verharrte ein paar Augenblicke reglos in dieser Haltung.

»Ihr hättet den Mörder also nie bekommen, wenn …?«

»Wenn du nicht aufgekreuzt wärst, um uns zu nerven? Nein, nie.«

»Aha! Da siehst du«, erklärte Vasco lächelnd, »daß die Poesie doch zu etwas nütze ist!«

Die beiden Polizisten verabschiedeten sich und gingen die Treppe hinunter. Adamsberg wollte laufen, um trocken zu werden, bevor er dem Kollegen vom 10. Arrondissement einen Besuch abstattete. Angesichts der durchnäßten und verknitterten Sachen des Kommissars erschien Danglard das vernünftig. Aber selbst in trockenem Zustand blieben sie verknittert. Danglard schüttelte den Kopf. Adamsberg wirkte immer ein wenig wie ein jämmerlicher Wicht, der niemanden beeindruckt.

Der Oberleutnant schlug vor, sich zum Trocknen auf eine Café-Terrasse in die Sonne zu setzen und bei der Gelegenheit einen Weißwein zu trinken. Kurz darauf ließen sich die beiden Männer an einem Tisch nieder, und Danglard machte sich daran, die Stehlampe zwischen ihnen auf dem abschüssigen Bürgersteig hinzustellen, als e#in Kellner auf sie zugerannt kam.

»Das Ding da können Sie unmöglich vor dem Café lassen«, rief er. »Tun Sie das sofort weg.«

»Nein«, entgegnete Danglard, »damit sieht man besser. Es ist mein Eigentum, es ist meine Würde.«

Pascal Bruckner
DIE ANONYMEN MENSCHENFRESSER

An seinem fünfundzwanzigsten Geburtstag versprach Balthus Zaminski, seines Zeichens Oger, seinem Kammerdiener Carciofi, von nun an keine Kinder mehr zu verspeisen. Damit habe es jetzt ein Ende. Großes Indianerehrenwort, wenn nicht, soll ich in der Hölle schmoren. Diesmal war es ihm ernst.

»Ich schwöre dir, mein kleiner Carciofi, du kannst mich mitten in eine Krabbelgruppe setzen, und ich werde so sanft sein wie ein Lamm. Die ganze Sache widert mich mittlerweile an. Wenn du wüßtest, wie befreit ich mich fühle!«

Der Kammerdiener brach in Tränen aus, fiel auf die Knie, dankte Gott und öffnete dann eine Flasche Champagner. Dieses Ereignis mußte gefeiert werden. Und was das für ein Ereignis war! Sein geliebter Herr hatte soeben, kraft seines Schwurs, einen Schlußstrich unter einen jahrhundertealten Fluch gesetzt.

Wie Sie und ich

Balthus Zaminski war keiner von diesen vulgären Menschenfressern, wie man sie auf Bildern sehen kann, mit vorstehendem Bauch, langem, hängendem Schnurrbart und in blut- und fettbespritzte Lumpen gekleidet. Nein, er war keine dieser reißenden, brüllenden Bestien, er war vielmehr ein äußerst eleganter Herr, stets glattrasiert, nur seine Hände waren etwas zu kräftig und seine Zähne extrem spitz zugefeilt. Solange er aber nicht aus vollem Halse lachte – dann nämlich konnte man eine Reihe rasiermesserscharfer Schneidezähne sehen – und solange er Handschuhe trug, fiel beides nicht auf. Die Zaminskis waren Aristokraten. Ursprünglich aus Polen stammend, hatten sie ihre heimatliche Erde vor vier Jahrhunderten verlassen und waren in die ganze Welt ausgeschwärmt. Balthus besaß überall Verwandte. Einer seiner Onkel war Richter in Südafrika, ein anderer Staatsrat in Dänemark, einer seiner Cousins machte ein Vermögen in New York, ein weiterer lebte in Australien. Jedoch waren nicht alle von ihnen Oger. Lediglich die französischen Zaminskis erhoben Anspruch auf diesen Titel, der vom Vater auf den Sohn, von der Mutter auf die Tochter weitergegeben wurde, da gab es keinerlei geschlechtliche Diskrimination. Hatte man das Glück, nicht vor seinem zehnten Lebensjahr von den eigenen Eltern verspeist worden zu sein – da liegt das Verfallsdatum für ein Kind, denn danach wird es zäh und ungenießbar wie Juchtenleder –, erhielt man sodann eine erstklassige Erziehung. Und genau darin bestand die Aufgabe der Dienstboten, nämlich die Kleinen bis zum rettenden Alter zu beschützen.

Um dieses Phänomen besser zu verstehen, muß man wissen, daß die Oger, vermutlich Nachfahren des Gottes Kronos, der seine eigenen Söhne verschlang – hier sind sich die Historiker nicht ganz einig –, einst am Rande der zivilisierten Welt lebten, von wo aus sie Raubzüge in die Dörfer und Städte unternahmen. Sie entführten Dutzende von Kindern, taten sich gütlich an ihnen, um dann, vom Hunger getrieben, ein, zwei Monate später von neuem aufzutauchen. Mit der Zeit organisierte sich der Widerstand, die Oger wurden aus ihren Gebieten vertrieben und mußten sich unters Volk mischen. Sie lebten im Gebirge, in unwirtlichen Gegenden und undurchdringlichen Wäldern. Sie ließen sich uneinnehmbare Burgen erbauen, düstere Festungen, von denen aus sie auf

Beutezug gingen, um die Menschen zu erpressen und kinderreiche Familien ihren Zehnten abführen zu lassen. Zu jener Zeit war in jedem Heim, ganz so wie eines der Kinder für die Kirche bestimmt war, eines dem Oger reserviert: In der Regel das letztgeborene, das man auch »Ogerchen« nannte und für das jeder Tag nur ein Aufschub bedeutete. Klopfte der Oger mit seinen riesigen Händen an die Tür und drohte, das Dach einzureißen oder die Fenster zu zertrümmern, so reichten Vater und Mutter, zitternd und umdrängt von ihrer greinenden Kinderschar, ihm ihren Säugling hinaus, der, ganz in Weiß gewickelt und in jedem Ohr ein Bund Petersilie, in einem Körbchen lag, und der Oger machte ohne Dank, aber unter grauenhaftem, markerschütterndem Gelächter wieder kehrt.

»An die Arbeit, Kameraden«, brüllte er, »beeilt euch, mir ein neues Balg zu machen. Spätestens heute abend wird hier eine Nummer geschoben, oder auch zwei, wenn nötig. Und keine Lieferengpässe, wenn ich bitten darf!«

Ein paar Minuten später hörten sie dann aus den Tiefen des Waldes einen enormen Rülpser schallen. Sie bekreuzigten sich, knieten nieder, flehten die Jungfrau Maria und alle Heiligen an, sie zu verschonen und ihnen noch einmal Fruchtbarkeit zu gewähren. Sodann kamen sie unverzüglich ihren ehelichen Pflichten nach.

Die Könige, Fürsten und Landesherren jedoch verfolgten die Oger bis in ihre Burgen, brannten die Gebäude nieder, enthaupteten ihre Bewohner zu Hunderten und ließen ihre Cousins, Nichten, Neffen und Seitenverwandte über die Klinge springen, damit diese fürchterliche Rasse ein für allemal vom Erdboden verschwände. Einige Oger überlebten, indem sie sich versteckten oder verkleideten, sie nahmen andere Berufe an, zogen in die Städte und mischten sich unter die Leute. Sie erfanden eine Geheimsprache, um einander zu erkennen, ohne ihre Identität preiszugeben, bildeten Geheimbünde nach dem Modell der Carbonari, der Freimaurer oder

der Rosenkreuzer und schufen, trotz polizeilicher Überwachung, neue Netzwerke. Die französischen Zaminskis waren von ebendieser Art: Nach außen hin Geschäftsleute oder Juristen, arbeiteten sie insgeheim daran, ihre Lüste zu befriedigen. Es ist also lange her, daß die Oger aussahen wie Mörder oder Wilde. Heute sind sie Ehrenmänner wie unsereins, die Englisch sprechen, mit Kreditkarte bezahlen und am Computer herumspielen. Und genau da liegt die Gefahr!

Der Bekehrungseifer des Dieners

Als Balthus' Vater Benoit Bronislaw Zaminski sich niederlegte, um an einer seinen exzessiven Eßgewohnheiten geschuldeten Angina Pectoris zu sterben, rief er seinen dreizehnjährigen Sohn zu sich und ließ ihn auf das heilige Buch der Menschenfresser, den *Codex Carnivorum*, schwören, die Familientradition fortzuführen.

»Wenn du eidbrüchig wirst, sollst du verflucht sein, und mein Geist wird dich bis in den letzten Winkel des Universums verfolgen. Von nun an bürgst du für das Überleben der Zaminskis, du hast einen Schwur geleistet, und diesen Schwur wirst du auch deinen eigenen Kinder abnehmen, damit unser Geschlecht nicht ausstirbt. Wir sind etwas ganz Besonderes, Balthus, vergiß das nie!«

Der arme Balthus! Er war hin- und hergerissen. Wie sollte er sein Versprechen halten, wo er doch zwölf Jahre später seinem Kammerdiener ein anderes gegeben hatte, das dem ersten radikal entgegenstand.

Dazu muß man wissen, daß Carciofi kein normaler Domestike war. Er war im Alter von zehn Jahren in den Dienst der Zaminskis getreten. Zunächst nur als Bote, Küchenjunge und Tellerwäscher beschäftigt, stieg er später zum Kammerdiener auf und hatte sich dann ausschließlich dem kleinen Balthus zu widmen, der fünfzehn Jahre jünger war als er selbst. Er gewann ihn lieb wie einen Sohn, wachte über seine Ausbildung, seine Erziehung, half ihm auf jeder Lebensstufe, war ihm ein Halt in allen schwierigeren Momenten. Vom Majordomus entwickelte er sich zum Mentor und Beichtvater. Carciofi selbst war der Sohn eines Bologneser Schlachters, Wurst- und Kaldaunenmachers. Obwohl er zwischen Würsten und Schinken heranwuchs, hatte er ihnen gegenüber rasch einen regelrechten Ekel entwickelt. Mit sechs Jahren versuchte er, empört von der barbarischen Abschlachtung der Tiere, die Schweine des benachbarten Bauernhofes zu einer Revolte anzustacheln und hielt ihnen ganze Rosenkränze von Würsten und Speckschwarten unter die Nase:

»Ringelschwanz- und rüsselbewehrtes Getier, hochgeehrte Schweine und Sauen, hier seht ihr, was aus euch wird, hier seht ihr, welches Schicksal die Menschen euch zudenken! Erwachet!«

Er wandte sich auch an die Kühe und Kälber, die Gänse, Ganter und Hühner und warnte jede Gattung vor dem Verderben, das sie erwartete. Von einem Schemel herab, mitten auf dem Hühnerhof, redete er gegen die allgemeine Teilnahmslosigkeit des Geflügels und Getiers an. Niemand schenkte seinen Worten Beachtung, mit Ausnahme seines Vaters, der ihn eines Tages dabei überraschte, wie er das Federvieh aufstachelte, und ihn mit Ohrfeigen und Stockschlägen nach Hause trieb. Die Vorstellung, daß sein eigener Sohn Ferkel und Wutzen zur Rebellion hatte treiben, daß er absichtlich seinen Broterwerb hatte sabotieren wollen, ließ ihn außer sich geraten. Carciofi erhielt eine Tracht Prügel, an die er sich jahrelang erinnerte, und wurde zu sechs Monaten Mortadella und Speck verurteilt. Was seine Abneigung gegen den väterlichen Berufsstand nur noch steigerte. Nach und nach verweigerte er Salami, Kaldaunen, Schinken, Pökelfleisch, Innereien, Nierchen. Mit acht Jahren wurde er zum Vegetarier, schwor für alle Ewigkeit seiner Familie ab, verließ, sein Bündelchen in der Hand, des Nachts das Haus, überquerte die französische Grenze, schlug sich durch bis hinauf nach Paris und wurde nach zahlreichen Abenteuern schließlich von den Zaminskis angestellt.

Als er dann später erfuhr – bis dahin hatte er keinerlei Verdacht geschöpft –, daß seine Herrschaften Oger waren und sich an Kindern gütlich taten, war er um so verzweifelter. Er stand vor einer echten Gewissensfrage und spielte sogar mit dem Gedanken, zu kündigen. Aber schließlich zog er es doch vor, seine Skrupel runterzuschlucken und die Stellung zu behalten, wo man seine Liebe zu Gemüse und Karottensaft zu schätzen wußte. Schließlich sind Vegetarier gegen den Genuß von tierischem Fleisch, von menschlichem ist nirgendwo die Rede. Immerhin ging es ihm aber doch gegen den Strich, daß Balthus, sein kleiner Liebling, der mittlerweile in die Pubertät kam und auf dessen Gesicht die Akne blühte, nun seinerseits in diesen ungeheuerlichen Verein hineinwuchs. Wie es die Familientradition wollte, war der Kleine von seinem Vater und seiner Großmutter in jene Kunst eingeführt worden. Seit frühester Kindheit hatte man ihm Kinderfleisch unters Essen gemischt, damit er zur gleichen Zeit auf diesen Geschmack kam wie auf den von Milch und Bonbons. Es empörte den Kammerdiener, daß dieser zarte Knabe, der eine solche Ader für Lyrik und Kinofilme entwickelte, vor allem für amerikanische Musicals, auf eine derart blutige Spur gesetzt wurde. Sehr früh schon begann er, gegen die väterliche Propaganda anzureden, aber der Kleine hörte ihm nicht zu und fuhr ihm nur frech über den Mund. Mit etwa sechzehn Jahren entwickelte der junge Mann eine regelrechte Leidenschaft für Kinder und verschlang gut und gerne seine drei Rangen pro Woche. Seine verwitwete Mutter, eine kleine rundliche und kratzbürstige Frau, die von ihrem Ehemann in die Menschenfresserei eingeführt worden war, aber eigentlich lieber Schokolade aß, ganze Hände voll aus Salatschüsseln, die überall in der Wohnung standen, vor allem Zartbitterschokolade mit Mandeln oder Haselnußsplittern, seine Mutter also, die in dem Kult, den sie um den zu früh von ihr gegangenen Gatten trieb, langsam dahinsiechte, hatte größte Mühe, den Bedürfnissen ihres Sohnes nachzukommen, und mußte all ihre Treiber losschicken, um ihn zufriedenzustellen.

Carciofi fluchte und schluckte seinen Ärger hinunter, verlor aber nicht den Glauben daran, den Jungen auf den rechten Weg zurückführen zu können. Als die Mutter schließlich an einem Schlaganfall starb, der die Folge zu fetter Ernährung war, nutzte er die Gelegenheit, um den Einfluß auf seinen Schützling zurückzuerlangen. Tag für Tag kritisierte er seine Angewohnheiten und hielt ihm die Schändlichkeit seiner Neigungen vor. Das Kind, ganz im Banne seiner vom Ungestüm der Jugend noch verdoppelten Gelüste, spottete nur über die Moralpredigten. Doch Carciofi hatte Zeit, Geduld und die Gabe der Überredung auf seiner Seite. Um so mehr, als der sterbende Monsieur Zaminski senior ihm im Vertrauen auf seine Dienste die Obhut über seinen Sprößling anvertraut und ihm ein Gutteil seines Vermögens zur Verfügung gestellt hatte, um dieser Aufgabe nachzukommen. Derart zum Vormund und Lehrer bestellt, besaß Carciofi, als dann auch die Mutter dahingegangen war, alle notwendige Autorität, um den Heranwachsenden in seinem Sinne zu beeinflussen.

Jeden Morgen trichterte er ihm, während er ihn hätschelte, den Respekt vor allen Lebewesen ein, den Vögeln, dem Vieh, den Pferden und vor allem den Kindern. Er wiederholte unaufhörlich, daß es eine Unart sei, letztere zu essen, daß man dergleichen einfach nicht tue.

»Aber warum denn?« begehrte Balthus auf, »wie kann denn etwas ein Verbrechen sein, das mir soviel Spaß macht? Da die Natur mir nun mal diese Veranlagung gegeben hat, gehört die

Gesellschaft, die meine Instinkte zügeln will, geändert. Im übrigen habe ich die Zehn Gebote, die Erklärung der Menschenrechte, das Zivil- und das Strafrecht noch mal studiert: Nirgendwo steht, daß man keine Kinder essen soll. Sag mir nur einen einzigen guten Grund, Carciofi, bei dem es sich nicht um Prinzipienreiterei handelt, und ich höre sofort auf damit.«

»Einen guten Grund? Nichts leichter als das: Kinder sind zu fetthaltig, sie essen Milch, Käse, ihr Fleisch ist gesättigt mit Lipiden, freien Radikalen, allen möglichen anderen schädlichen Säuren. Wenn du so weitermachst, wirst du mit Dreißig denselben Cholesterinspiegel haben wie dein Vater, die gleiche Diabetes wie deine Mutter, du wirst am Rande der Fettsucht stehen, dein Herz wird wie in einem Schraubstock stecken, deine Arterien verkalken ...«

»Hör auf, mein lieber Carciofi, du machst mir ja angst. Aber das sind nun immerhin echte Argumente, die zu denken geben. Andererseits ist das Leben kurz, und man muß ein wenig Spaß haben.«

Und der junge Balthus ging weiter auf seine Raubzüge, begleitet von anderen Früchtchen seiner Art.

Aber mit der Zeit begann die Saat seines Dieners aufzugehen. Nach Jahren orgiastischer Gelage fing Balthus nun an, über den Sinn seines Tuns nachzudenken. Schuldgefühle ergriffen ihn: Er begann die kleinen Wesen, die er aß, zu bemitleiden, auch wenn er sie noch so raffiniert zubereitete und servierte; voller Bewegung dachte er an den Schmerz der Eltern, die von einem Tag auf den andern ohne ihren Nachwuchs dastanden. Er erinnerte sich jener entsetzlichen Nächte, vor allem bei Vollmond, wenn sein Vater und seine Mutter schäumend vor Zorn gegen die Tür seines Zimmers hämmerten und schrien: »Wo ist unser Sohn, wo ist unser Sohn?« Außer sich vor Hunger, hatte sie jeglichen Sinn für das Schickliche verloren. Balthus verging jedesmal vor Furcht, und Carciofi versteckte ihn in der hintersten Ecke einer Kommode oder sogar, in eine Kaschmirdecke gewickelt, im Gemüsefach des Kühlschranks. Am nächsten Morgen war der Anfall vorüber, und Papa und Mama hätschelten ihn wieder liebevoll. Ein anderer war das Opfer ihres Wahns geworden. Und dann kam die Natur Carciofi zu Hilfe: Balthus hatte Verdauungsschwierigkeiten, sein Magen rebellierte. Er bekam einfach keine Kinder mehr runter und war gezwungen, Schonkost zu essen, Diät zu halten und Pillen zu nehmen. Ein gastritischer Menschenfresser, das war nun wirklich das Allerletzte! Sein Pförtner verstopfte sich, seine Galle verschleimte, seine Leber schwoll an. Was für eine Schande! Aber es blieb ihm nichts anderes übrig, als endlich einzusehen, was offenkundig war: Babys zu essen ist höchst gesundheitsschädlich. Doch der Drang war so stark, daß Balthus sich weiterhin damit vollstopfte, mochte es ihn auch noch so krank machen.

Er hatte ein Jurastudium begonnen, eine weitere Familientradition. Sein Vater hatte ihm gesagt: »Tagsüber ein ehrbarer Beruf, deine Leidenschaften kannst du nachts ausleben. Dazwischen müssen die Schotten dicht sein. Nichts in deinem Beruf darf dich an deine besondere Vorliebe erinnern. Werde also niemals Lehrer, Priester, Erzieher, Trainer, Beichtvater, Chorleiter oder Sänger.« Beim Durchackern der Gesetzestexte wurde ihm denn auch bestätigt, daß es tatsächlich unmoralisch war, Kinder zu essen, sogar arme oder ausländische Kinder! Welch verhängnisvolles Vorurteil, dachte er, das die Menschen um so außerordentliche Genüsse bringt. Aber die Sache hatte ihn verwirrt: Eine derart intensive Leidenschaft, von jedermann verdammt, konnte nicht besonders schicklich sein. Er holte in seiner Umgebung diskret Rat ein und bekam die Bestätigung, daß es in allen Breitengraden und Zivilisationen extrem verpönt sei, Menschenfleisch zu verzehren: Man nenne das Kannibalismus, und diejenigen, die ihn praktizierten, würden von allen übrigen verurteilt. Diese Entdeckung erschütterte ihn, seine nächtlichen Ausflüge wurden immer seltener, er brach mit seinen menschenfressenden Freunden und begab sich langsam, aber sicher auf den Pfad der Enthaltsamkeit, ja beinahe völligen Abstinenz.

Zu seinem Glück war Balthus Zaminski ein extrem feinsinniger junger Mann, ein echter Sohn aus gutem Hause, das Produkt eines gehobenen sozialen Umfelds und einer ausgesuchten Erziehung. Nicht nur beherrschte er mehrere Sprachen, er schwärmte auch in kaum vorstellbarem Maße für die schönen Dinge des Lebens und den Komfort. Oft genug zeigte er sich von vermessener Eitelkeit, so konnte er kilometerweit gehen, um bei einem bestimmten Schuhmacher Qualitätsschuhe zu kaufen, zog sich zwei- bis dreimal am Tag um und verschlang Modejournale und Gourmetmagazine. Der sanfte Hauch von Seide, die Üppigkeit von Leder, das Rascheln kostbarer Stoffe versetzten ihn in regelrechte Verzückung. Er schlief in mit seinen Initialen bestickter Bettwäsche. Überdies war er unerhört versnobt: Er hielt sehr auf angemessenen Umgang, wählte mit Bedacht die schicksten Bars und Restaurants und mied jeglichen Kontakt mit vulgären oder unhöflichen Menschen. Gemeinsam mit seinem Kammerdiener bewohnte er eine Fünfzimmerwohnung im Tuilerienviertel (war aber auch Mieter eines Quartiers an der Côte d'Azur und eines Chalets in den Bergen). Mit einem Wort, das Geld verschaffte ihm den unschätzbaren Vorteil, jede seiner Launen befriedigen zu können. Carciofi verwaltete, unterstützt von einem Anlageberater, sein ungeheures Vermögen und händigte ihm jede Woche einen Scheck über eine beträchtliche Summe aus, über die er nach Belieben verfügen konnte. Es ist schon sehr viel leichter, ein Oger zu sein, wenn man das nötige Kleingeld hat!

Balthus liebte klassische Musik, es war ihm daher im Ge-

gensatz zu vielen seiner Artgenossen unmöglich, einen Knaben wie einen Hamburger oder eine Pizza zu verspeisen und dazu Rap, Techno oder Schlager zu hören. Nein, ein schönes, dralles Baby verdiente zumindest seinen Mozart, Bach oder Mahler, andernfalls war das Festmahl verdorben. Denn Balthus war ein vorzüglicher Koch, der noch den Größten der Zunft etwas hätte vormachen können. Er achtete sehr auf sein Aussehen, ließ sich einmal pro Woche maniküren und pediküren und empfing eine Kosmetikerin zur Gesichtspflege. Er hatte die Ermahnungen seines Vaters gut im Gedächtnis: »Vermeide tunlichst, daß dir beim Anblick eines kleinen Jungen oder Mädchens der Speichel aus dem Mundwinkel tropft, das wirkt vulgär. Zeige dein Zahnfleisch nicht, es ist zu rot und weckt nur Mißtrauen. Und vor allem, geh niemals zum Zahnarzt, dem würden deine Zähne sofort auffallen. Kinder zu essen verhindert Karies, Parodontose, Zahnstein und Abszesse, aber wenn man keine mehr ißt, fallen einem die Zähne aus.« Carciofi feilte ihm einmal in der Woche die Eckzähne mit einer Stahlraspel, was ein unangenehmes Geräusch verursachte.

Ihr habt es verstanden, Balthus Zaminski war anspruchsvoll, und er achtete sehr auf sein Äußeres. Er besuchte einen luxuriösen Fitnessclub und hatte sich eine ansehnliche Muskulatur zugelegt. Und seine maßlose Vorliebe für schöne Stoffe, Leinen- oder Alpacaanzüge, Krokodillederschuhe, Kaschmirpullover und Kamelhaarmäntel half ihm, seine Leidenschaften in andere Bahnen zu lenken. Carciofi ermunterte ihn zu diesen Oberflächlichkeiten, nannte ihn »mein Luxusspätzchen« und begleitete ihn ganze Nachmittage lang auf frenetischen Einkaufstouren, von denen sie erschöpft und schwerbeladen zurückkehrten und dabei bereits überlegten, was sie sich am nächsten Tag gönnen würden.

Die Zeit verging, Balthus beendete sein Studium, erhielt seinen Doktorhut und trat in eine franko-amerikanische Kanzlei ein. Trotz seiner Jugend entwickelte er sich rasch zu einem angesehenen Wirtschaftsanwalt, dem man seine exzentrischen Allüren nachsah; er trug sein Haar lang, fuhr auf Rollerblades in den Justizpalast, rauchte seine Zigaretten falschherum, das heißt, mit der brennenden Spitze im Mund, und verbrachte die Nächte in angesagten Clubs. Carciofi, der langsam auf die Vierzig zuging, was, wenn man den Spezialisten glauben will, noch ein sehr unternehmungslustiges Alter ist, verehrte er geradezu. Eine glückliche Zeit schien sich vor Herr und Diener aufzutun.

Eine hartnäckige Krankheit

Aber, ach – die althergebrachte Angewohnheit der Zaminskis war so schnell nicht abzulegen. In den ersten Monaten, die auf das Carciofi gegebene Versprechen folgten, gelang es Balthus, seine früheren Gelüste zu zügeln. Er war schwer beschäftigt, arbeitete wie ein Tier, ging viel aus, hatte keine unverplante Minute. Kaum einmal kam es vor, daß ihn des Nachts die Vision eines rosigen Säuglings, der sich am Spieß drehte, schweißgebadet aus dem Schlaf fahren ließ. Wenn doch, so schlummerte er wieder ein, und der Anblick war wie ausgelöscht. Eines Tages jedoch, auf dem Rückweg vom Justizpalast, wo er einen Prozeß geführt hatte – es ging um geistiges Eigentum bei Computerprogrammen –, blieb er auf der Place du Châtelet in einem Stau stecken. Er hatte an diesem Tag sein Auto genommen, ein Aston-Martin Coupé aus den Sechzigern, ein herrliches Sammlerstück. Da überquerte eine Gruppe von Schulkindern vor ihm die Straße, es war Mittwoch nachmittag, und alle tätschelten sie selig lächelnd die Motorhaube des Wagens. Die Berührung der Karrosserie seines Coupés – also gewissermaßen seiner eigenen Haut – durch diese Dutzende von Pfötchen erregte ihn. Es war wie ein Stromstoß, als hätte der Blitz eingeschlagen. Er mußte aussteigen, um durchzuatmen, auch wenn gehupt und geflucht wurde, andernfalls wäre er erstickt. Kaum zu Hause, warf ihn ein heftiger Fieberanfall aufs Lager. Drei Tage lang schlotterte er, klapperte mit den Zähnen, hatte so hohes Fieber, daß man ihn in eine Wanne voller Eiswürfel stecken mußte, damit die Temperatur zurückging. Als er wieder gesund war, wußte er, daß das Übel sich zurückgemeldet hatte. Der alte Zwang verfolgte ihn von neuem.

»Carciofi«, bettelte er, »hilf mir, ich flehe dich an, ich schaff es einfach nicht.«

Verärgert über dieses Versagen, befahl Carciofi seinem Herrn, liegenzubleiben, verriegelte die Wohnungstür doppelt, verrammelte die Fenster und dachte nach.

Eine Woche später hatte Balthus einen Termin bei einem höchst angesehenen Allgemeinmediziner. Unter dem Siegel der Verschwiegenheit legte er ihm seinen Fall dar, zeigte seine kräftigen Hände und langen Zähne. Der gute Doktor lächelte breit und brach schließlich in herzhaftes Lachen aus.

»Was ist denn so komisch?« fragte Balthus verdutzt.

»Also hören Sie mal, guter Mann, ich habe ja Sinn für Humor, aber Sie treiben es wirklich ein bißchen zu toll. Wenn Sie ein Menschenfresser sind, dann bin ich Dschingis-Khan. Die falschen Zähne sehen übrigens sehr echt aus.«

»Doktor, Sie täuschen sich. Ich meine es todernst, Sie machen sich gar keinen Begriff davon, wieviel Überwindung mich das hier kostet.«

»Mein lieber Herr, ich habe noch andere Patienten, die da draußen warten. Ich verstehe ja, daß Ihre Menschenfresserei eine Metapher für eine Eßstörung ist. Sie haben Gewichtsprobleme, das kommt heutzutage häufig vor. Ich werde Ihnen ein paar Tabletten verschreiben.«

Tatsächlich war Balthus seit dem Tag seines Gelöbnisses dicker geworden. Das ist das Los der Oger, sie setzen Fett an, sobald sie nicht genügend Frischfleisch bekommen, und außerdem räumte der junge Mann die Konditoreien leer, um sein ungestilltes Verlangen zu kompensieren. Der Arzt verschrieb ihm also einen Appetitzügler zusammen mit einem Pflaster, das auf die Schulter geklebt werden mußte, und beides ließ ihn fünf Kilo verlieren, änderte aber strikt nichts an seinen kleinen Extravaganzen.

Carciofi raufte sich die Haare. Alles war so gut gegangen, und jetzt mußte sein Herr ihm entgleiten. Er riet Balthus, es mit einer Analyse zu versuchen. Die sollten schon so manches Wunder bewirkt haben. Er erkundigte sich nach den besten derzeitigen Therapeuten und schickte seinen Herrn schließlich zu einem gewissen Georges Wunderkinder, der seine Praxis in einem herrlichen Gebäude aus dem achtzehnten Jahrhundert in der Nähe des Jardin du Luxembourg hatte. Monsieur Wunderkinder war ein alter Mann mit weißer Mähne, der mit leiser, freundlicher Stimme sprach. Er hörte Balthus interessiert zu, wußte sein Vertrauen zu gewinnen, machte sich Notizen und wiederholte dabei immer wieder: »Wie merkwürdig, wie höchst merkwürdig.« Er wenigstens glaubte ihm und war ihm wohlgesonnen. Woche für Woche ließ er ihn über seinen Vater, seine Mutter und seine Großmutter sprechen, die eine wichtige Rolle bei seiner Initiation gespielt hatte, fragte ihn gezielt nach Details: dem Idealgewicht eines Babys, den Geschmacksunterschieden zwischen einem Jungen und einem Mädchen, einem Blonden und einem Dunkelhaarigen, und so weiter. Balthus improvisierte frei von der Leber weg, sprach sich furchtlos aus. Dazu muß man wissen, daß Balthus' Großvater Zbigniew die berühmte Bibel der Menschenfresser für das zwanzigste Jahrhundert verfaßt hatte, *Die Kunst, Babys anzurichten*, die nach wie vor ein Klassiker ihres Genres ist und in der man schwarz auf weiß lesen kann, daß das beste Alter für ein Kleinkind zwischen zwei und vier Jahren ist. Balthus war erstaunt über die Neugierde seines Gesprächspartners und sagte sich, daß dieser Mann eine kompromißlose Berufsauffassung an den Tag legte.

Mit der Zeit wurde Monsieur Wunderkinder immer indiskreter: Er verlangte, daß Balthus ihm alle Rezepte seines Großvaters verriet, das sei absolut notwendig für den Erfolg der Therapie, und Balthus blieb nichts anderes übrig, als sich schlechten Gewissens, denn er übertrat ein Familienverbot, zu fügen und dem Professor die 1001 Arten der Kinderzubereitung weiterzugeben, die in der Familie seit Jahrhunderten überliefert wurden. Diesmal schnitt Monsieur Wunderkinder alles direkt auf dem Diktaphon mit und sagte dann: »Sehr appetitanregend, ähm, ich meine sehr interessant.«

Er wischte sich den Mund mit einem feinen Batisttüchlein ab und knabberte an kleinen kohlrabenschwarzen Lakritzrollen, wobei er laut mit der Zunge schnalzte. Balthus war von all diesen Fragen verwirrt. Er spielte mit dem Gedanken, Carciofi davon zu erzählen. Um so mehr, als der Professor eines Tages das riesige Bild eines Säuglings an die Wand seines Sprechzimmers gepinnt hatte, der mit gestrichelten Linien in verschiedene Stücke unterteilt war, so wie man es beim Metzger mit Rindern sieht. Dieser Anblick war ein entsetzlicher Schock für den jungen Mann. Die reinste Folter.

»Das ist ein Test«, erläuterte ihm der gute Professor. »Meine Absicht ist, den Teufel mit Beelzebub auszutreiben und Ihre Widerstandsfähigkeit auf die Probe zu stellen. Aus Ihrer Blässe schließe ich nämlich, daß Sie noch weit von einer Heilung entfernt sind. Ich möchte, daß Sie mir mit Hilfe dieses Lineals zeigen, was, Ihrer Erfahrung nach, die besten Stücke sind. Außerdem werden Sie mir erklären, welche Stücke man als Geschnetzeltes, als Kinderpfeffer oder als Ragout zubereitet. Ich habe genügend Zeit mitgebracht, wir haben den ganzen Nachmittag für uns.«

Was Balthus am meisten verblüffte, war, daß Professor Wunderkinder in wenigen Minuten seinen eleganten Tweedanzug gegen eine weiße Küchenschürze und eine Kochmütze eingetauscht hatte. Ohne nachzudenken, ganz mechanisch, sprach Balthus die Parole aller Oger aus, das berühmte Sprichwort, das seit allen erdenklichen Zeiten gilt:

»Alle Teile des Babys sind Delikatessen, nichts davon wird weggeschmissen!«

Der Professor bohrte immer weiter, stellte immer präzisere Fragen (Was ist die ideale Garzeit für eine Hachse, einen Schenkel? Können Sie es auch als Spießchen empfehlen? Und wieviel Koteletts könnte man hier wohl runterschneiden? Braten Sie die Nierchen in Weißwein oder in Rosé? Sagen Sie mal, die Zehen als Appetizer, mit Chips und einem Martini Dry, das müßte doch eigentlich ganz köstlich sein?)

Balthus, der zwar verunsichert war, aber doch an die Heilkraft des therapeutischen Gesprächs glaubte, plauderte in wenigen Stunden ein Gutteil seines von den größten Meistern des Mittelalters und der Renaissance ererbten kulinarischen Wissens aus (darunter auch das berühmte Rezept des »Knaben Süß-Sauer«, einer ganz besonderen Leckerei). Dennoch hatte er nicht das Gefühl, wirklich voranzukommen: Anstatt ihn von seinen Dämonen zu erlösen, führte Wunderkinder sie ihm alle vor Augen und riß damit die Wunde nur noch tiefer. Schließlich redete Balthus doch mit Carciofi. Der nahm das Telefon und rief mit der festen Absicht, eine Erklärung zu verlangen, bei Monsieur Wunderkinder an. Aber eine Hausangestellte mit heiserer Stimme und starkem Akzent nahm ab und erklärte kurz angebunden, der Professor sei verreist und habe nicht hinterlassen, wann er zurückkäme. Im Hintergrund vernahm Carciofi Lachen und das Gemurmel einer großen Runde, die sich wer weiß welchen heimlichen Praktiken hingab. Er legte auf und sagte sich erschrocken, daß jeder Versuch, seinen Herrn zu kurieren, dessen Krankheit nur noch verschlimmerte. Und tatsächlich öffnete, als sich Balthus dann am folgenden Montag zur ersten seiner drei wöchentlichen Sitzungen einfand, niemand die Tür des alten Professors. Er gab nicht so schnell auf, klingelte zehn-, fünfzehn-, zwanzigmal. Ein entnervter Nachbar kam aus seiner Wohnung und teilte Balthus mit, daß Monsieur Wunderkinder nicht mehr hier wohne. Er sei am Wochenende mitsamt seiner weißrussischen Haushälterin heimlich, still und leise verschwunden, ohne eine Adresse zu hinterlassen.

»Ja, aber!« rief Balthus, »wir hätten doch mindestens sieben Jahre lang miteinander arbeiten müssen! Und ich hab ihm meine Sitzungen von letzter Woche noch nicht bezahlt.«

Verzweifelt kehrte er nach Hause zurück und schloß sich in seinem Zimmer ein. Am selben Abend noch türmte er mit Hilfe eines Nachschlüssels, den er sich hatte anfertigen lassen, und traf die Kumpane seiner früheren Ausschweifungen zu neuen Festmahlen. Nein, lange hatte er wirklich nicht durchgehalten!

Das Laster ergriff mit doppelter Gewalt wieder Besitz von ihm, und er warf sich ihm mit ungeteiltem Genuß in die Arme. Er ertrug es nicht mehr, die Familientradition zu verraten und auf der Straße von Unbekannten beleidigt zu werden, die ihm ins Ohr zischten: »Korruptes Schwein!« Um sein Gewissen zu beruhigen, ließ er die Worte seines Vaters Revue passieren:

»Balthus, wir sind Parias, verflucht seit Anbeginn der Zeit. Wir werden verfolgt wie Vampire oder Hexen. Unsere Rasse ist vom Aussterben bedroht. Es gibt Spezialisten, die ihr Leben mit nichts anderem verbringen, als uns aufzuspüren. Aber unsere Stärke ist unsere Überlebenskraft. Laß unsere Traditionen niemals untergehen, denk an all die Opfer, die gebracht wurden, um sie fortführen zu können.«

Dadurch, daß er seine Angewohnheiten wieder aufnahm, fand der junge Mann zu seiner Form zurück, magerte ab (gemäß jenem ominösen, bereits erwähnten Paradoxon, laut dem die Oger verfetten, sobald sie aufhören, Kinder zu essen), verwandelte sich von neuem in den schlanken Playboy, der er jahrelang gewesen war. Jeden Abend wechselte er, um auszugehen, seine Kleidung, wählte entweder klassische Anzüge oder Ledersakkos oder Shorts, trug einen feinen Schnurrbart und einen Ohrring, und im Schutze dieser Verkleidungen, die ihn aussehen ließen wie jedermann, beging er Taten, die ohnegleichen waren. Mit einer kleinen goldenen Feile, die dem Grafen Vaslav Zaminski gehört hatte, schmirgelte er sich selbst die Eckzähne ab, um sie zusätzlich zu schärfen. Manchmal konnte man ihn neben anderen Prominenten in Illustrierten sehen, wie er sein schönes, starres Lächeln vorzeigte (aus gutem Grund, denn echtes Lachen war ihm ja nicht gestattet). Die Leute fanden ihn geheimnisvoll, dabei war er lediglich ausgehungert, umgetrieben von unstillbarer Gier. Auch wenn er sie im Grunde verachtete, verkehrte er nur mit Gesetzlosen, deren Verlangen er teilte; mit ihnen verbanden ihn geheime Beziehungen, und wie sie war er beim *Schnuckelchen International* eingeschrieben, dem weltweiten Verband der Oger.

Carciofi verzehrte sich vor Kummer. All die Jahre der Überzeugungsarbeit und Indoktrination waren für die Katz. Sein Schützling entglitt ihm. Voller Schrecken stellte er fest, daß die bösen Geister, die er aus seiner Seele hatte vertreiben wollen, sich sogar noch vermehrt hatten. Mit immer neuen Therapien versuchte er dem jungen Mann zu helfen, von seinem Irrweg abzukommen. Er brachte ihn dazu, intensiv Sport zu treiben: Stretching, Aerobic, Joggen, Radfahren. Balthus, der sich diesen Praktiken willig unterwarf, schwitzte, keuchte, litt, aber wenn er dann pitschnaß, außer Atem und mit schmerzenden Muskeln nach Hause kam, fragte er sofort: »Um wieviel Uhr essen wir?«

Und Carciofi sah fassungslos mit an, wie seine Schneidezähne, scharf wie Dolche, länger wurden und auf seiner Unterlippe herumkauten. Er vermochte das zartbesaitete Kind, das er geliebt und so oft gerettet hatte, nicht mehr wiederzuerkennen. Er schrieb ihn in einen Yogakursus ein, aber während der Meditation knurrte Balthus' Magen so laut wie eine Klospülung, so daß der Yogi sich gezwungen sah, ihn von seinen Lektionen zu entbinden. Er ließ ihm Elektroschocks verabreichen. Der junge Mann war hinterher zwar ein wenig groggy, doch schon eine halbe Stunde später rief er mit einem breiten Grinsen: »Ich brauch was zu beißen. Zu Tisch, verflucht noch mal, zu Tisch, oder ich schlag alles kurz und klein!« Carciofi verabreichte ihm Prozac, Valium und Lithium, und mochten alle diese Mittel auch die Laune seines Herrn beeinträchtigen, so änderten sie doch nichts an seinem Appetit. Er versuchte es sogar mit Aromatherapie. Mit dem Erfolg, daß Balthus' Geruchssinn so verstärkt wurde, daß er jetzt sogar fähig war, ein Kind auf einen Kilometer Entfernung zu wittern. Sie gingen auf Reisen, besuchten die Pyramiden, die Sambesifälle, das Tadsch Mahal, Borobudur, Tikal, Yukatan. An all diesen Orten verschwand Balthus bei Einbruch der Dunkelheit, wickelte seine Geschäfte ab, bekam seine Rangen und ließ es sich schmecken. Er war einfach unverbesserlich!

Dieser Rückfall war fatal, schrecklich, sein Zustand ernster als je zuvor. Das einzige erfreuliche Ergebnis aller Behandlungsversuche war, daß Balthus' Verdauung sich erholte, das Völlegefühl, die Dyspepsie, die Flatulenzen aufhörten, die Leberwerte sich normalisierten und dem glücklichen Ogerdasein dementsprechend nichts mehr im Wege stand. Balthus wandelte sich zu der Art von grobem und vulgärem Oger, vor der ihn seine Eltern immer gewarnt hatten. Kaum erblickte er so einen kleinen Dickmops, fing sein Herz an zu hämmern, seine Hände wurden schweißig, seine Knie gaben nach, und ein Knurrlaut entrang sich seinem Verdauungsapparat. Der simple Gedanke, solch einen Dreikäsehoch zu schmausen, bereitete ihm Schwindelanfälle und ließ ihm das Wasser literweise im Munde zusammenlaufen. Sein Wunschtraum war, in Nordamerika zu leben, wo so viele Kinder schon von der Wiege an unter Fettleibigkeit leiden und wo ein Kleinkind von drei Jahren leicht seine fünfzig Kilo auf die Wage bringen kann. Fünfzig Kilo frisches, zartes Fleisch, das einem auf der Zunge zergeht: Ist euch eigentlich klar, wie viele Steaks und Entrecôtes man da rausschneiden kann? Mittlerweile ging er jede Nacht aus, nahm sich kaum mehr in acht, und sein Kammerdiener fand ihn am nächsten Morgen auf dem Bett liegen, mit nacktem Wanst, alle Viere von sich gestreckt, schnarchend wie ein Sägewerk und die Mundwinkel noch ganz fettig von seinem Festmahl. Balthus hielt Hof des Nachts in einem abseits stehenden Haus am Ende einer Sackgasse auf dem Montmartre, das er hinter Carciofis Rücken angemietet hatte. Dort war er mit seinen Komplizen verabredet, und dort schlemmte er bei schöner Musik, bei Messen, Oratorien und Concerti und mit Hilfe entsetzlicher Spießgesellen und Köche, die er aus der Unterwelt rekrutiert und deren Schweigen er mit Geld und Drohungen erkauft hatte. Einen dieser Kerle, der seine Vorbehalte gegenüber jenen Praktiken geäußert hatte, biß Balthus in den Arm und brachte ihn so zum Schweigen.

Zur Entlastung des jungen Mannes muß gesagt werden, daß die Welt für jemanden wie ihn voller Versuchungen steckte, vor allem seit in Südeuropa die Geburtenrate wieder anstieg: Überall auf den Straßen schoben Mütter in Buggies und Kinderwagen ihre kleinen Blond-, Schwarz- oder Braunschöpfe umher, einer süßer und pummeliger als der andere, und es war schon zum Verzweifeln, daß man sie sich nicht einfach greifen konnte. Wenn er sah, wie so ein Bengel die Straße überquerte, dachte Balthus: »Schau an, da geht mein zweites Frühstück«, um dann betrübt hinzuzufügen: »Ein zweites Frühstück, das mir durch die Lappen geht.«

Der Gedanke, eine Gelegenheit ungenutzt verstreichen zu lassen, machte ihn rasend. Es kam vor, daß er sich in den öffentlichen Anlagen herumtrieb, bei den Sandkästen, Schaukeln und Karussells, in der Hoffnung, ein Kind stehlen zu können, das sich verlaufen hatte oder zu zutraulich war, dessen Mutter eingeschlafen war oder mit ihren Freundinnen schwatzte. Um die Beute anzulocken, trug er Comic-Alben unter dem Arm, Lucky Luke, Asterix, Gaston Lagaffe oder Micky Maus, aber nie traute er sich, den letzten Schritt zu tun. Das war allein die Arbeit der Treiber, jener Parias des Gewerbes, und sein Vater hatte ihm ausdrücklich untersagt, sich auf das Niveau derartiger Machenschaften hinabzubegeben. Wenn er mit leeren Händen wieder abzog, ließ er die Comichefte auf einer Bank liegen, in der Hoffnung, wenigstens irgendjemandem eine Freude zu machen. Balthus lag nichts mehr am Herzen als das Glück der Kinder. Denn das wirkte sich positiv auf ihre Entwicklung aus und machte ihr Fleisch geschmackvoller und zarter (wie man weiß, sind mißhandelte Kinder fasrig). Im übrigen war Balthus selbst ein großes Kind geblieben: Er ging mit seinen Plüschtieren zu Bett, besaß eine elektrische Eisenbahn, liebte Spielwarengeschäfte und verließ sie auch nie ohne zwei, drei Spielsachen in der Tasche wieder, die er dann an seine jungen Freunde verteilte, um sie zu beschäftigen, bis Essenszeit war.

Entmutigt versuchte Carciofi, seinen Herrn in die vegetarische Küche einzuführen. Er kochte ihm Kessel voll Bulgur und Naturreis, tischte ihm Löwenzahn- und Bohnensalat auf, schrieb ihn in den Verein der Brennesselfreunde ein. Regelmäßig fand er sein Gemüse im Mülleimer wieder. Etwa zu dieser Zeit verfaßte Balthus, der einen hübschen Stil besaß, ein Buch mit dem Titel *Der richtige Wein zum Lausejungen*, das er unter einem Pseudonym zu veröffentlichen gedachte. Jeden Abend nahm er ein Dutzend Flaschen mit und notierte seine Eindrücke, gab den verschiedenen Gewächsen Noten und wies auf die passendsten Kombinationen zwischen unterschiedlichen Rebsorten und verschiedenen Körperteilen hin. Es war die Arbeit eines Profis, eines echten Gastronomiekritikers, auf die sein Vater stolz gewesen wäre.

Entgegen allen familiären Ermahnungen wagte er es eines Abends sogar, einer streng verbotenen Beschäftigung nachzugehen: dem Babysitten. Es war ihm gelungen, die Wachsamkeit des Vermittlungsbüros zu täuschen, er hatte falsche Papiere vorgelegt und einen guten Eindruck gemacht. Eines Samstag abends stand er um zwanzig Uhr mit kurzgeschnittenen Haaren, in Shorts und weißem Hemd, ein Aktenköfferchen in der Hand, vor der Tür eines jungen Paares, der Eltern eines allerliebsten fünfzehn Monate alten kleinen Jungen, der auf den Namen Adrien hörte. Die Eheleute waren zunächst erstaunt über die athletische Figur des Babysitters – Männer sind in diesem Gewerbe eher selten – und seinen voluminösen Koffer aus grauem Aluminium.

»Ich bin Student im Hotelfach«, erklärte Balthus, »ich will Koch werden und habe deshalb heute abend meine Arbeit mitgebracht, um fürs Examen zu pauken. Wenn Sie gestatten, werde ich Ihre Küche benutzen. Ich räume natürlich alles wieder auf, bevor ich gehe.«

»Kennen Sie sich denn mit Säuglingen aus?« fragte die Mutter.

»Und wie, Madame, besser, als Sie glauben. Ich kenne sie in- und auswendig, wenn ich so sagen darf. Seit meinem siebten Lebensjahr habe ich auf meine Brüder und Schwestern aufgepaßt, ich bin der Älteste von neun Geschwistern.«

Und er lachte dem Baby zu, welches seine Freundlichkeit sogleich erwiderte. Denn das ist das Geheimnis der Oger: In einer Menschenansammlung werden Babys sofort auf sie aufmerksam und machen ausgerechnet ihnen große Augen. Sicher spüren sie das Interesse, das jene ihnen entgegenbringen, das tiefe Gefühl, das sie in ihnen wecken. Doch während die Kinder glauben, es handle sich um ein Spiel, geht es dem Oger darum, sich den Magen vollzuschlagen – ein Mißverständnis, das im allgemeinen beim ersten Bissen endet. Wer wird unsere Kinder lehren, daß Oger niemals scherzen? Wie dem auch sei, an jenem Abend zumindest nahm Balthus mit seiner dynamischen Art, durch seine Höflichkeit und seine Bildung und dadurch, daß er Adrien gleich in die Arme nahm und seine Windeln wechselte, die zögernden Eltern für sich ein. Kaum waren sie fort – zu einer Geburtstagsfeier – klappte Balthus seinen Koffer auf, holte Messer, Knochensäge, Geflügelschere, Stampfer, Korkenzieher, Nußknacker, Teller und Gewürze sowie Fläschchen mit kaltgepreßtem Öl und Essig heraus (wie ein professioneller Koch vertraute er nur den eigenen Produkten), hob den kleinen Adrien aus seiner Wiege, entkleidete ihn, zog ihm die Windeln aus, brachte ihn mit Grimassen und Kille-Kille zum Lachen und legte ihn dann in eine passende Keramikpfanne. Er salzte und pfefferte ihn vom Kopf bis zum Popo, steckte ihm Perlzwiebeln in die Ohren, Knoblauchschnitze zwischen die Zehen, etwas Fenchel zwischen die Hinterbacken und ein Bund Petersilie in den Bauchnabel. Während das Baby, entzückt von diesem Spiel, kicherte und prustete und das Salz ableckte, das Balthus auf seinem Körper verteilt hatte, ging dieser daran, einen Gemüsesud vorzubereiten. Er schälte Karotten, Kartoffeln, Rübchen, Poree und sang Opernarien dazu. Dann brachte er alles in einem großen Topf zum Kochen und ließ, mit tropfenden Mundwinkeln und knurrendem Magen, ein halbes Pfund Butter in der Pfanne zergehen. Das Baby auf seinem Kräuterbett plapperte noch immer glücklich vor sich hin, folgte Balthus mit den Augen und schien dieses neue Spiel zu einer Uhrzeit, wo es eigentlich längst hätte schlafen müssen, überaus komisch zu finden. Alle paar Minuten kam Balthus zu ihm, tastete seine Schenkel, Schultern und seinen Bauch ab und rief dabei »Miam Miam!«, was den Kleinen in helles Glucksen ausbrechen ließ. Im übrigen machte er zweimal sein Geschäftchen in die Keramikpfanne, und Balthus mußte mit Engelsgeduld – er besaß ganz unbestreitbar pädagogische Fähigkeiten – alles saubermachen und wieder von vorn beginnen. Er protestierte nicht, da er sicher war, daß alle Anstrengungen in Bälde von einem nie dagewesenen Festschmaus kompensiert würden. Es war gerade erst zehn, die Eltern würden nicht vor Mitternacht oder ein Uhr zurückkommen. Bis dahin hätte er sich längst davongemacht, nicht ohne die Küche vorher blitzblank geputzt zu haben. Es war nicht sein Stil, Unordnung zu machen. Mochte er auch ein Menschenfresser sein, ein Rüpel war er gewiß nicht. Oh, wie er sich den Bauch vollschlagen würde!

So wetzte er also seine Messer an einem Schleifstein. Das Baby war mittlerweile selig lächelnd auf dem Küchentisch eingeschlafen und schnarchte ganz zart aus seinen winzigen Nasenlöchern. Balthus war gerührt. Plötzlich klingelte das Telefon. Es war Adriens Mama: Sie kämen früher als geplant nach Hause, die Geburtstagsfeier war aufgrund des Unwohlseins eines Gastes abgebrochen worden. Balthus geriet in Panik. Eine Minute später, und er hätte den Kleinen in den Gemüsesud geworfen. Was für ein Pech! In größter Eile zog er das Kind wieder an, schlug sich mit den Windeln herum – er verwechselte immer vorn und hinten – und warf es mitsamt seiner Kräutergarnitur und der Petersilie zwischen den Lippen zurück in die Wiege. Als Vater und Mutter den Schlüssel ins Schloß steckten und eintraten, sahen sie, wie der junge Mann mit einem großen Holzlöffel in einem dampfenden Kochtopf rührte und dabei eine Arie aus *La Traviata* sang.

»Nun, Balthus, was machen Sie da Schönes?«

»Ich übe, wie gesagt, Madame. Meine Rezepte fürs Examen.«

»Ja, aber kochen Sie denn weder Fleisch noch Geflügel?«

»Ich habe mich auf vegetarische Küche spezialisiert, Madame, und verwende ausschließlich Gemüse, Nudeln und Reis. Es ist eine Sparte, die im Hinblick auf gesunde Ernährung eine große Zukunft hat.«

»Welch eine reizende Vorstellung! Könnten wir nicht mit

Ihnen zusammen noch ein bißchen zu Abend essen? Wir haben kaum etwas zu uns genommen.«

»Ich … äh … aber gerne.«

Balthus deckte den Tisch für drei, dünstete das Gemüse in der Pfanne, gab ein paar Gewürze dazu, um den Geschmack zu verfeinern, und trug auf. Er mußte sich dazu zwingen, Karotten und Rübchen runterzuwürgen, während Adriens Eltern, die kaum drei Jahre älter waren als er, das Mahl genossen und sich von allem mehrmals auftaten. Als sich Balthus gegen Mitternacht endlich verabschieden konnte – ihm war speiübel –, meinte Adriens Mutter, die ihrem Sohn gerade einen Gutenachtkuß gegeben hatte:

»Merkwürdig, wie salzig der Kleine ist…«

»Ja, das ist meine Schuld«, sagte Balthus verlegen.

»Wie meinen Sie das?«

»Eine Sitte aus meiner Heimat, meine Eltern stammten aus den Karpaten. Wenn man abends ein wenig Salz auf die Wangen eines Kindes streut, wirkt das beruhigend und hält es die Nacht über schön kühl.«

»Und die Petersilie im Mund?«

»Petersilie ist als ausgezeichnetes Schlafmittel bekannt. Genauso wirksam wie ein Schnuller, nur gesünder.«

»Oh, Balthus, Sie sind ja wirklich großartig«, entgegnete ihm die Mutter und umarmte ihn herzlich, vielleicht sogar ein wenig zu herzlich. »Einen so einfallsreichen und begabten Babysitter hatten wir noch nie. Kommen Sie wieder, wann immer Sie wollen, unser Haus steht Ihnen offen.«

Balthus floh hinaus in die Nacht. Er war der Katastrophe haarscharf entkommen. Nie wieder würde er so einen Wahnsinn begehen. Und mit lauter Stimme wiederholte er mehrmals: »Vergib mir, Papa, vergib mir, ich bin unwürdig, dein Sohn zu sein.«

Zu jener Zeit hatte Carciofi, den die Ausschweifungen seines Herrn bereits hatten abmagern und grau werden lassen, eine neue Idee: Er würde Balthus unter die Haube bringen. Eine Ehefrau würde ihn ruhiger machen, seinen Drang kanalisieren und ihn dabei besser überwachen, als er es konnte, teilte sie doch schließlich sein Bett. Dazu muß man wissen, daß Balthus die Gesellschaft von Frauen genoß, sich aber ihren Annäherungsversuchen entzog. Da er mit Männern ebensowenig zu tun hatte, stellte er seine Umgebung vor Rätsel. Man klatschte über ihn, aber ihm war das gleich. Ebenso mysteriös wie charmant, stand er im Ruf eines Mannes, den man nicht einordnen konnte. Carciofi begab sich also auf die Suche nach einer Gattin für ihn. Es ist gar nicht so einfach, wie man meinen sollte, eine Gattin zu finden. Zunächst sprach der Kammerdiener junge Frauen an, die allein durch die Straßen gingen, und wurde rüde abgefertigt. Ungeschickt brachte er sein Anliegen vor – er selbst besaß auch keine große Erfahrung mit dem schönen Geschlecht – , wurde geohrfeigt und beleidigt und einmal sogar von einem Polizisten verwarnt. Daraufhin wandte er sich an spezialisierte Agenturen, bestand aber darauf, die Kandidatinnen vorab zu sehen. Er war der Ältere, der Vertreter des Vaters, er wußte, wer zu Balthus passen würde. So empfing Carciofi einen Monat lang junge Kandidatinnen, die er nach ihren Fotos ausgewählt hatte. Jede bekam eine Tasse Kamillentee und dieselbe Ansprache zu hören:

»Mein Herr ist reich, sehr reich sogar, und kommt aus einer erstklassigen Familie. Eine Mesalliance würde er nicht dulden. Er kann nur eine Gattin wählen, die ebensoviel Klasse hat wie er, die von gleichem Rang und gleicher Bildung ist. Wenn Sie darüberhinaus noch einen Adelstitel haben, um so besser!«

Er empfing Kleine und Große, Hochgewachsene und Mollige, Damen und Heranwachsende, Intrigante und Schüchterne. Alle hatten etwas, das ihm gefiel, er wußte nicht, wie er sich entscheiden sollte, und war froh, selbst Junggeselle geblieben zu sein. Unter derart vielen schönen und außergewöhnlichen Frauen hätte er nie eine Wahl treffen können. Er überlegte immer noch hin und her, als Balthus, der sich normalerweise für diese Dinge nicht interessierte, per Zufall im Pressbook, das sein Kammerdiener angelegt hatte, auf das Foto einer rassigen Rothaarigen stieß. Er war sofort Feuer und Flamme und rief:

»Die will ich!«

Das traf sich gut, da Carciofi am nächsten Tag mit ihr verabredet war. Tatsächlich handelte es sich um ein außergewöhnliches Geschöpf, einen Meter achtzig groß, mit sanfter Stimme und einer derart sinnlichen Ausstrahlung, daß, wo sie ging, selbst die Blumen und Bäume erbebten. Carciofi geriet bei ihrem Anblick in Wallung und fragte sich einen Augenblick lang, ob er sein Junggesellenleben nicht aufgeben und dieser wunderbaren Frau vorschlagen sollte, ihn selbst zu heiraten. Er war erstaunt, daß ein so hübsches Mädchen sich einer solchen Prozedur aussetzte. Aber sie legte nicht das geringste Erstaunen und keinerlei Ungeduld an den Tag. Sie begnügte sich mit einem rätselhaften Lächeln. Die Gelegenheit, die sich dem Kammerdiener bot, war einzigartig: Zum ersten Mal zeigte sich sein Herr am weiblichen Geschlecht interessiert. Womöglich tat sich hier endlich der Weg zur Heilung auf. Er brachte die beiden Turteltauben also zusammen. Die Rothaarige war auf lässige Weise charmant, und Balthus wies alle Anzeichen verliebter Verwirrung auf. Er stotterte, lief rot an, zappelte herum. Mit der Agentur war ausgemacht, daß die beiden mehrere Abende lang zusammen ausgehen sollten, mit Carciofi, der ihnen in diskretem Abstand folgte, als Anstandswauwau. So führte Balthus seine neue Freundin eine Woche lang ins Theater, ins Konzert, ins Kino, ins Restaurant und in Diskotheken. Er hatte seinem

Kammerdiener versprochen, niemals über Kinder zu reden, und abzulenken, falls sie das Gespräch auf dieses Thema bringen sollte. Die Rothaarige, die Barbara Ann hieß – ihr Vater hatte sie in Erinnerung an die Beach Boys so getauft –, war ebenfalls Juristin und strahlte eine Selbstsicherheit aus, die Balthus einschüchterte. Er fand sie von erhabener Schönheit und so perfekt, daß es schon beinahe beängstigend war, aber trotz der Anziehungskraft, die sie auf ihn ausübte, hatte er es jeden Abend eilig, sie nach Hause zu begleiten, um dann bis zum Morgengrauen mit seinen Kameraden zu schlemmen. Selbst die schönste Frau der Welt wird nie ein gutes Festmahl ersetzen können. Dennoch war das erste, was er jeden Mittag tat, wenn er aufwachte, sie anzurufen, und der Klang ihrer Stimme, wenn sie auch nur »Hallo?« sagte, versetzte ihn in nie gekanntes Entzücken. Es war ausgemacht, daß er ihr am Abend des siebten Tages endlich seinen Heiratsantrag machen würde. Die schöne Rothaarige war strahlender Laune, und ihre Augen funkelten schelmisch.

»Balthus«, sagte sie und schob ihre heiße Hand in seine, »ich habe den Eindruck, Sie schon lange zu kennen. Wir haben so viele Gemeinsamkeiten.«

Balthus lächelte höflich und gab darauf acht, seine bedrohlichen Eckzähne hinter den Lippen zu verbergen.

»Mein Freund,« sagte sie dann, als die Kerzen auf dem Tisch schon fast niedergebrannt waren – sie befanden sich im Restaurant eines Grand-Hotels, und Kellner und Ober tänzelten elegant um sie herum –, »ich weiß, daß Sie mich etwas Wichtiges fragen wollen. Doch, doch, streiten Sie es nicht ab, Ihr Mentor hat es mir verraten.«

Balthus schwitzte, er hatte plötzlich den Satz vergessen, den Carciofi ihn hundertmal hatte wiederholen lassen. Als sie sah, in welcher Verlegenheit er sich befand, besaß sie das Feingefühl hinzuzusetzen:

»Ich will Ihnen diese Last ersparen. Ich verstehe gut, daß

das nicht leicht ist für einen täppischen großen Jungen wie Sie. Ich spüre, daß irgendeine heimliche Furcht an Ihnen nagt, womöglich ein Rest jugendlicher Romantik? Wie auch immer, Balthus, seien Sie versichert, meine Antwort lautet Ja. Von ganzem Herzen Ja.«

Balthus stotterte herum, und das Wasser lief ihm derart im Mund zusammen, daß ein kleiner Speichelfaden sein Kinn hinabrann, denn er dachte gerade an den feinen Bissen, den er in einer Stunde genießen würde, sobald er sich von Barbara Ann verabschiedet hätte. Die betastete gerade durch seinen dünnen Pullover mit bewundernder Miene seinen Bizeps.

»Oh, mein lieber Balthus, was für ein Mann Sie sind! Ich habe den Eindruck, wir werden eine ziemlich feurige Hochzeitsnacht verbringen …«

»Ach ja, wieso?«

»Ich spüre schon Ihre Hände auf meinem Körper, sie sind ja so groß …«

Sie nahm seine zehn Finger einen nach dem anderen in den Mund und knabberte mit ihren spitzen Zähnen daran herum.

»Und Ihre Zunge auf meinem Hals …«

»Wirklich?«

»Und wenn wir uns dann ein wenig näher kennen, wenn Sie erst einmal jeden Quadratzentimeter meiner Haut erforscht haben, dann werden Sie mir drei hübsche, gesunde und runde Kinder schenken.«

Bei diesen Worten erstrahlte das Gesicht des jungen Mannes. Er warf seine Hemmungen ab und rief:

»Oh, ja, Barbara Ann, drei Kinder, oder auch gern sechs oder zehn, wenn Sie wollen. Das Älteste serviere ich Ihnen geschmort mit einer Spur Aceto Balsamico. Das zweite schwebt mir eher als Saté-Spießchen vor, ein asiatisches Rezept mit Erdnußsoße, Sie müssen die Schenkel in Würfelchen schneiden …«

»Was?«

Ein wenig zu spät bemerkte Balthus, daß er zuviel gesagt hatte. Die Rothaarige würde panisch die Flucht ergreifen und alle möglichen Scheußlichkeiten über ihn verbreiten. Doch Barbara Ann rührte sich nicht.

»Sie sind also selbst einer, mein großer Spinner?«

»Wovon ... sprechen Sie?«

»Ich habe es doch gleich gewußt.«

»Ich weiß nicht, worauf Sie hinauswollen.«

Doch da steckte Barbara Ann einen Finger in den Mund, und schnalzte gleich darauf mit der Zunge, während ihre linke Hand über den Magen strich und die Lippen ein lautloses »Miam, miam« formten. Das geheime Erkennungszeichen! Das konnte nur eines heißen: Barbara Ann war eine Ogresse! Balthus konnte es gar nicht fassen. Aber sie bestätigte es mit leuchtenden Augen, öffnete die Lippen einen Spalt und ließ einen langen elfenbeinweißen Stoßzahn sehen, der scharf war wie ein Rasiermesser. Jetzt verstand er, warum der Anblick ihres Fotos ihn so verwirrt hatte. Vor lauter Freude vermochte er nicht mehr an sich zu halten und fiel ihr in die Arme. Dann zahlte er und beeilte sich, sie auf den Montmartre in sein geheimes Domizil zu führen. Dieses Teufelsweib übertraf alle Erwartungen und erwies sich ihres Liebhabers als würdig: In Nullkommanichts hatte sie zwei Gören verschlungen, von denen sie außer ein paar Knöchelchen nichts auf ihrem Teller zurückließ. Verrückt vor Liebe, stellte sich Balthus schon vor, was sie beide für ein Paar abgeben würden. Später würde es einmal von ihnen heißen: Und so lebten sie glücklich und aßen viele Kinder.

Als er am nächsten Tag laut pfeifend nach Hause zurückkehrte und Carciofi mitteilte, er werde Barbara Ann noch am selben Abend heiraten, wurde dieser mißtrauisch. Ein derartiger Enthusiasmus paßte nicht zu seinem Herrn. Er knöpfte ihn sich vor, und Balthus, der unfähig war, ein Geheimnis für sich zu behalten, gestand ihm alles in einem nervösen Lachanfall. Carciofi war am Boden zerstört. Unter den Millionen von Frauen, die in Frankreich lebten, hatte die Wahl seines Schützlings aufgrund irgendeines unfehlbaren Instinkts ausgerechnet auf eine der wenigen, wenn nicht sogar die einzige Menschenfresserin fallen müssen. Wie entsetzlich! Welch ein Jammer! Wie spüren sich Menschenfresser untereinander auf? Wittern sie einander? Jedenfalls konnte er nun wieder von vorn anfangen.

Doch wußte Carciofi noch aus dem Unglück neue Kraft zu ziehen. Er ermahnte Balthus, diese Schlampe nicht mehr zu treffen (aufgrund eines merkwürdigen Paradoxons fürchtete der junge Mann ihn und war ihm zugleich ungehorsam), er rief Barbara Ann an und drohte ihr mit den härtesten Repressalien, doch zunächst einmal damit, sie anzuzeigen, wenn sie seinen Schützling noch einmal träfe. Sie protestierte, schwor, daß es sich um ein Mißverständnis handle, daß sie letzte Nacht kaum von den Gerichten gekostet habe und daß das Fleisch überdies nicht einmal durch gewesen sei. Dennoch versprach sie schließlich, die Verbindung abzubrechen, was Balthus seinen ersten Liebeskummer bescherte.

Währenddessen zerbrach sein Diener sich den Kopf. Er war überzeugt, daß sein Herr ein glückliches und normales Leben führen konnte, auch ohne Kinder zu verschlingen. Er hatte ein Recht darauf wie jedermann, und er, Carciofi, würde sich bis zum letzten Atemzug schlagen, um ihm dieses Recht zu verschaffen. Da kam ihm ein neuer, rettender Gedanke. Aus der Zeit seines Dienstes bei den Zaminskis hatte er noch einige Kontakte mit ihresgleichen aufrechterhalten. Um die Menschenfresser und ihre Jäger ist es wie um Verbrecher und Polizisten bestellt: Man kennt und beobachtet einander und lebt gewissermaßen symbiotisch. Er schrieb an Leute, die er seit langem aus den Augen verloren hatte, schickte Faxe und Telegramme und surfte Tag und Nacht im Internet in der

Hoffnung, einen Ausweg aus seiner Bedrängnis zu finden. Endlich wurden seine Mühen belohnt: Nach wochenlanger Suche stieß er in Tel Aviv auf die Spur eines gewissen Tristan Goldman, eines Oger-Jägers und Exorzisten, der sich mittlerweile im Ruhestand befand. Er flehte ihn um Hilfe an, führte ihm den Fall Balthus lang und breit aus – Monsieur Goldman hatte den Namen in seinen Unterlagen – und erweichte ihn schließlich mit seinen Bitten.

Die letzte Chance

Tristan Goldman, dem aus seiner aktiven Zeit die Angewohnheit der Geheimhaltung verblieben war, rief Carciofi jeden Abend aus einer anderen Telefonzelle an. Er erklärte ihm, daß es viele Oger gebe, die es irgendwann, ganz wie Banditen oder Mafiosi, leid seien, außerhalb der Gesellschaft zu stehen, und abtrünnig würden. Für solche Leute sei ein Verein zur Wiedereingliederung geschaffen worden, der sich »Anonyme Menschenfresser« nenne. Alle Mitglieder dieser Organisation seien selbst Ehemalige. Sie kennen die Symptome des Übels, zeigen tiefstes Verständnis für ihre Brüder und Schwestern und helfen ihnen, sukzessive und mittels eiserner Disziplin, ihre schlechten Angewohnheiten abzulegen. Laut Vereinsstatut darf kein Oger, auch wenn er abstinent geworden ist, von sich behaupten, geheilt zu sein, und jedes neue Mitglied wird von einem Paten überwacht, der das Recht hat, zu jeder Tages- und Nachtzeit bei ihm aufzutauchen. Die Hartnäckigsten unter ihnen brauchen mehrere Jahre, bis sie aufgeben.

Tristan Goldman zog diese Methode der Selbst-Rehabilitierung einer simplen Bestrafung vor; man habe auf diesem Wege sehr ermutigende Ergebnisse erzielt. Er teilte Carciofi unter dem Siegel der Verschwiegenheit mehrere Adressen in

Paris mit und bat ihn sodann, seine Existenz zu vergessen, es sei denn, ein Fall von äußerster Dringlichkeit trete ein. Um Erfolg haben zu können, müssen die Anonymen Menschenfresser in völliger Illegalität operieren. Es ist ihr Schicksal, sich kurieren zu müssen, ohne sich erkennen geben zu können, denn ansonsten würden die Normalen, zu denen sie doch gehören wollen, sie aufspüren und vernichten. Sie sind gezwungen, sich ihr Leben gegen die eigenen inneren Widerstände und gegen die der übrigen Menschheit zu erkämpfen.

Carciofi unternahm die notwendigen Schritte, schmierte eine Menge Leute und gab ein Vermögen aus, um seine Ziele zu erreichen. Aber für die Heilung seines Kleinen war ihm nichts zu teuer. Zwei Wochen später tauchte um Mitternacht ein seltsames Trio in Balthus' Zimmer auf, als dieser soeben, geschminkt und als Page verkleidet, im Begriff war, zu einem Maskenball zu gehen. Es handelte sich um drei ehemalige Menschenfresser, drei Herren jenseits der Fünfundsechzig, die der Verein auf Bitten seines gesetzlichen Vormunds, Monsieur Carciofi, mit der Rehabilitierung von Balthus Zaminski beauftragt hatte. Ihrem Aussehen nach wäre niemand je auf die Idee gekommen, daß sie ihre Jugend damit verbracht hätten, Kinder zu verschlingen: Drei gutaussehende, soignierte und mit allen erdenklichen Orden und Abzeichen behängte alte Herren. Einer von ihnen war ein wohlbekanntes Mitglied der Akademie, ein anderer hoher Gewerkschaftsfunktionär, und der dritte ein einflußreicher Provinzbaron. Sie verstanden sich prächtig, lachten lautstark und erzählten sich dreckige Witze. Carciofi, der sich auf drei Rächer eingestellt hatte, war ein wenig enttäuscht. Doch hinter ihrer guten Laune verbarg sich ein unbeugsamer Wille. Sie unterzogen den jungen Mann einem peinlich genauen Verhör und befahlen ihm, sich vierundzwanzig Stunden am Tag zu ihrer Verfügung zu halten. Sein Privatleben gehörte von nun an ihnen. Sein offizieller Pate war das Akademiemitglied, ein gewisser

Alphonse de Dupanloup, der aus einer Familie von Landadligen aus dem Poitou stammte, und auf Pferderennbahnen und an Pokertischen ein Vermögen gewonnen hatte, bevor er in die Akademie gewählt wurde, um sich mit der Grammatik herumzuschlagen. Er war allen sinnlichen Genüssen zugetan und behandelte Balthus mit rauhbeiniger Nachsicht.

»So so, mein Junge, haben wir Dummheiten gemacht, und jetzt ist es uns peinlich? Glaub mir, wir werden dich da rausholen; wir haben schon ganz andere Kandidaten wieder auf den Damm gekriegt.«

Die Sitzungen unter vier oder acht Augen dauerten mehrere Monate. Jede begann mit folgender Erklärung: »Guten Tag, ich heiße Balthus, ich bin Kannibale, ich habe seit drei Monaten keine kleinen Kinder gegessen, und sie fehlen mir nicht im geringsten.« Die Behandlung war hart, ja fast schon brutal: Balthus mußte sich Filme über Kinder ansehen, die im Kindergarten oder auf dem Schulhof herumtollten. Sobald ihm der Speichel aus dem Mund lief, erhielt er eine Ohrfeige, konnte er sich trotzdem nicht beherrschen, einen elektrischen Schlag in die Zunge. Schloß er die Augen, gab es einen Stromstoß durch den ganzen Körper. Schluß mit dem abendlichen Ausgehen, den Nachtklubs, dem schlechten Umgang, der enervierenden Musik. Zu jeder Tageszeit mußte er in Sack und Asche gehen und die Sprüche aufsagen, die man ihm eingetrichtert hatte: »Bonbon ja, ja, ja, Baby nein, nein, nein!« und »Heilig ist das Kind, es zu essen eine Sünd'«. Die Paten beklatschten seine Fortschritte, machten ihn aber fertig, sobald er nur die kleinste Schwäche zeigte, ja warfen ihm sogar in aller Öffentlichkeit Beleidigungen an den Kopf. Dank dieser Radikalkur besserte Balthus sich; die Anfälle wurden seltener. Diesmal sah Carciofi endlich Land: Der Alptraum ging zu Ende. Und er spielte schon mit dem Gedanken, den Anonymen Menschenfressern zum Dank eine beachtliche Spende zukommen zu lassen, irgendein Gemälde aus dem Familienbesitz, zum Beispiel.

Unglücklicherweise war Balthus' böser Genius so stark, daß es ihm nach und nach gelang, seine Überwacher zu korrumpieren. Ja, Ihr habt richtig gelesen: Der Patient schaffte es, seine Ärzte anzustecken. Es begann mit dem alten Schwerenöter von Akademiemitglied, der immer zu Scherzen aufgelegt war. Er lachte über seine Witze, stimmte ihm in allem zu und lullte ihn so ein. Und dann ging er in raffinierten kleinen Schritten zum Gegenangriff über. Er gestand die Schändlichkeit seiner Neigungen ein, beschrieb das Leid und die Qualen seiner Abhängigkeit in ausgesuchten Formulierungen.

»Wie gerne«, sagte er in aufrichtigem Ton, »wäre ich wie andere Leute, die eine Familie gründen und sich mit Kopfsalat und Erbsen begnügen. Unglücklicherweise habe ich immer Appetit, selbst nach den reichhaltigsten Mahlzeiten. Und wissen Sie auch warum, lieber Pate? Weil es nun einmal nichts gibt, was an so ein Kind zwischen dem zweiten und achten Lebensjahr heranreicht, weil das eine solche Gaumenfreude und der Gipfel der Köstlichkeit ist! Dem kommt einfach nichts gleich, nicht einmal ein Rinderfilet oder ein Milchkalb.«

Der alte Herr gestand ihm das zwar zu, entgegnete aber, daß man, gerade weil das Vergnügen so intensiv sei, um so wachsamer sein müsse. Balthus, der sehr sprachgewandt war – schließlich war er Anwalt, vergessen wir das nicht –, zählte ihm daraufhin die tausendundein Rezepte auf, nach denen man ein Menschenkind zubereiten kann.

»Eine Knabenhachse in Basilikum mit Tagliatelle, erinnern Sie sich noch, wie wunderbar das geschmeckt hat, Monsieur Dupanloup?«

»Ah, ich bitte dich, Kleiner, hör auf.«

»Oder Schlingelbäckchen in Vinaigrette?«

»Kein Wort mehr, bitte, ich vergehe ja ...«

»Oder Pfannengeschnetzeltes von der Mädchenwade mit Steinpilz-Frikassee?

»Ooh ...«

»Oder Kinderpopo mit frischem Koriander?«

»Nein ... genug!«

»Und wie wäre es mit Rackerzunge in Honig an Bratkartoffeln, oder Säugling im Speckmantel mit Rührei?«

»Hör auf, ich bitte dich, hör jetzt auf, das ist ja schamlos!«

Und der alte Herr war so außer Atem, daß er sich hinlegen mußte. Auf die gleiche Weise verfuhr Balthus mit den beiden anderen, die ganz genauso reagierten und den gleichen nostalgischen Gefühlen erlagen.

Das klappte so gut, daß er, der doch eigentlich bei den Anonymen Menschenfressern aufgenommen worden war, um ein normaler Mensch zu werden, seine drei Paten dazu verführte, sich von neuem ins Ogerdasein zu stürzen. Der Rückfall wurde bei ihm zu Hause mit einer gigantischen Schlemmerorgie besiegelt, bei der das Akademiemitglied, der Gewerkschafter und der Provinzbaron sich mitsamt ihren Gattinnen an einer blonden, am Spieß gebratenen Zweijährigen gütlich taten, serviert an Bratkartoffeln und Blumenkohl-Maronen-Püree, das Ganze begossen mit einem erstklassigen Pommard.

Diesmal riß sich Carciofi die Haare aus und schrie seine Verzweiflung heraus: Es war die kleine Tochter der Hausmeisterin, die sein Herr sich geschnappt hatte und die sie da gerade verspeisten! Aus Balthus' Zimmer drangen nur laute Flüche, Gepolter und dreckiges Gelächter, eine Gaunerbande, eine Rotte Piraten war dort am Werk, schmatzte und rülpste schamlos. Die noblen Damen waren obenherum halb entblößt und stopften das Essen nur so in sich hinein. Als Balthus seinen Kammerdiener entdeckte, der den Kopf zur Tür hereinstreckte, brüllte er taktlos:

»Willst du auch ein Stück, Alterchen, Brust oder Keule?«

Und dann sangen diese Ungeheuer in Anlehnung an den Slogan der Anonymen Menschenfresser:

»Heilig ist das Kind, lecker wie die Sünd'!«

Carciofi, seinerseits von heiligem Zorn ergriffen, warf die ehrenwerten Herren mitsamt ihren halbnackten Gattinnen aus dem Haus. Diesmal mußte endgültig Schluß gemacht werden, und in seiner Erbitterung spielte er sogar mit dem Gedanken, seinen Herrn zu erdolchen. Noch einmal nahm er Kontakt mit Monsieur Goldman in Tel Aviv auf. Dieser bestätigte ihm betrübt, daß die Heilung eines Ogers ein schwieriges, um nicht zu sagen unmögliches Unterfangen sei, und daß es schon Patienten gegeben habe, die nach zwanzig Jahren Abstinenz beim Anblick eines Görs den Kopf verloren und es in wenigen Augenblicken runtergeschlungen hätten. Unfehlbare Methoden gab es nicht, und selbst die Anonymen Menschenfresser zählten immer mehr höchst zweifelhafte Mitglieder. Dennoch kannte er ein letztes Mittel. Es war zwar von unsäglicher Brutalität, bot aber gute Heilungschancen, und er klärte ihn darüber auf, wie es ins Werk zu setzen sei.

Eine Woche später brachte Carciofi seinem Herrn gegen zweiundzwanzig Uhr schwarze Oliven und ein Glas Portwein. Balthus wollte danach aus dem Haus und trank als Appetitanreger wie immer einen kleinen Aperitif. Seit dem Scheitern seines Entzugs war er blendender Laune; er hatte auf seinen gesellschaftlichen Streifzügen entdeckt, daß es wesentlich mehr Menschenfresser gab, als er gedacht hatte, und daß sie sich aus allen sozialen Schichten rekrutierten. Sein Irrsinn kannte keine Grenzen mehr, jede Nacht verbrachte er außer Haus, traf Barbara Ann wieder und kam dann zerzaust, besoffen und besudelt nach Hause, mit Plüschtieren in den Taschen, denen er in einem Anfall geistiger Umnachtung einen Arm oder ein Bein abgebissen hatte. Diesmal jedoch hatte Carciofi ihm ein starkes Schlafmittel in das Getränk gemischt, und sein Herr schlief beinahe auf der Stelle ein. Er legte ihn hin, band ihn mit starken Gurten, die er nachmittags gekauft hatte, am Bett fest, zog ihm eine Zwangsjacke über, wie man sie Tobsüchtigen anlegt, schloß Fenster und Läden, verriegelte die Tür und wartete.

Als Balthus am nächsten Morgen aufwachte, fing er an zu brüllen, warf sich hin und her, verfluchte seinen Diener und die ganze Welt, flehte ihn an, ihn zu befreien, schwor ihm, keine Kinder mehr zu essen, versprach ihm ein Vermögen. Carciofi brachte ihm ein Glas Kürbissaft, den Balthus ausspuckte, und überließ ihn dann seinen Qualen. Die Entgiftung dauerte einunddreißig Tage. Balthus fluchte und schimpfte, verweigerte die Nahrungsaufnahme und brüllte:

»Ich hab Hunger, ich hab ja solchen Hunger, Erbarmen, ein Babyschenkelchen nur, nichts als einen Schenkel, oder wenigstens einen Finger, einen Zeh ...«

Carciofi weinte bittere Tränen, hielt sich die Ohren zu, aber gab nicht nach. Als der Monat vorüber war, ein schrecklicher, erniedrigender Monat, der eine Ewigkeit zu dauern schien, löste er schließlich die Fesseln des Gefangenen. Der junge Mann war gebrochen und nicht mehr wiederzuerkennen. Der Kinderentzug hatte ihn fünfzehn Kilo zunehmen und seine Zähne verlieren lassen. All die schönen Eck- und Backenzähne, spitz wie Dolche und hart wie Mörser, dieses Gebiß, vergleichbar nur dem eines Pitbull oder eines Alligators, es existierte nicht mehr. Übrig blieb nur, ganz hinten am Kiefer, fast neben dem Gaumenzäpfchen, ein armseliger Weisheitszahn, der sich fragte, was er da so ganz alleine eigentlich noch sollte. Mit siebenundzwanzig Jahren war Balthus nurmehr der Schatten seiner selbst, ein Wrack. Konnte er kein Oger mehr sein, dann war er überhaupt nichts mehr. Er stieg auf die Dachterrasse und heulte dem Mond in einem langen Verzweiflungsschrei seinen Schmerz entgegen, so daß es allen Spaziergängern in den Tuilerien und bis hin zum Boulevard St. Germain kalt den Rücken hinunterlief. Sein erbarmungswürdiges Gejaule ließ noch den Hartgesottensten das Blut in den Adern gefrieren. Die Hausmeisterin kam herauf und klopfte an die Wohnungstür:

»Sagen Sie mal, Monsieur Carciofi, ist das Ihr Hund, der da so gottserbärmlich heult? Übrigens, Sie haben nicht zufällig meine Tochter gesehen? Es sind jetzt immerhin zwei Monate, daß sie nicht nach Hause gekommen ist. Ihr Milchfläschchen wird langsam kalt.«

Alle Mütter, die diese Schreie hörten, holten rasch ihre Kinder ins Haus, die Ehemänner sammelten ihre Frauen ein, die Doggen verkrochen sich in ihren Hundehütten. Balthus irrte durch die Straßen wie eine arme Seele durchs Fegefeuer, man verspottete ihn, rief ihm »Fettsau« oder »Dickwanst« hinterher, und er, der ein so stolzer, so eleganter Mann gewesen war, ließ es mit sich geschehen. Seine Partner verabschiedeten ihn aus der Anwaltskanzlei und rieten ihm, seine Fettleibigkeit behandeln zu lassen. Selbst auf Carciofi war er nicht böse, der sich als loyaler Diener erwiesen hatte und nichts weiter tat, als ihn an sein Versprechen zu erinnern. Und so, hin- und hergerissen zwischen seinen beiden Schwüren, dem, den er seinem Vater gegeben hatte, und dem anderen, der ihn Carciofi verpflichtete, entschloß er sich zu einer schrecklichen Lösung.

Die Selbstaufopferung

Er ließ sich also von einem Zirkus als Laufbursche einstellen. Er, so reich, so feinsinnig, schlief jetzt auf einer Pritsche, trug Wassereimer, säuberte die Käfige, baute Zelt und Tribünen ab und kochte für die Akrobaten, Clowns und Dompteure. Er redete kaum, arbeitete hart, schreckte vor keiner Tätigkeit zurück, ertrug alle dummen Sprüche, und niemand stellte ihm Fragen. Ein bestürzter Carciofi redete ihm zu, nach Hause zu kommen, wo es warm war und ein weiches Bett ihn erwartete. Er würde ihn so richtig verwöhnen. Sie würden zusammen ins Kino und in Konzerte gehen, auf Kreuzfahrt, außerdem war gerade Schlußverkauf bei Hermès, Vuitton und Yves Saint Laurent. Balthus lehnte ab.

»Du hast mir meine besten Jahre genommen, mein lieber Hausdiener. Bitte mich also nicht, zu dir zurückzukehren. Dieses Leben ist vorbei.«

Nachdem er dort sechs Monate hart gearbeitet hatte, geriet der Zirkus in eine ernsthafte Finanzkrise. Balthus ging zum Direktor und schlug ihm eine einmalige Nummer vor, von der man noch im nächsten Jahrhundert sprechen würde und die er am Weihnachtstag aufführen wolle. Zunächst lehnte der Direktor kategorisch ab mit dem Argument, das widerspreche allen seinen Traditionen. Balthus, der diesen Widerstand erwartet hatte, schrieb daraufhin einen riesigen Scheck aus über sein gesamtes Vermögen, mit dem er den Zirkus für die nächsten zehn Jahre absichern könnte.

»Ja, wer sind Sie denn eigentlich?« fragte ihn der Direktor. »Und warum tun Sie das?«

»Spielt keine Rolle, wer ich bin«, entgegnete Balthus, »akzeptieren Sie oder nicht?«

Der Direktor bat um Bedenkzeit und befragte sein Personal. Er eröffnete seinen Leuten, daß der Neue, der für die Drecksarbeit zuständig war, eigentlich ein schwerreicher Mann sei, der angeboten habe, das Unternehmen vor dem Bankrott zu retten, und als Gegenleistung eine extravagante, entsetzliche Nummer aufführen wolle, die sie in ziemliche Schwierigkeiten mit der Justiz bringen könne, aber eine gigantische Reklame garantiere. Trotz ihrer Verblüffung und der Risiken willigten die Zirkusleute ein. Balthus bestellte einen Anwalt, unterschrieb eine Entlastungserklärung und einen Vertrag und regelte die notwendigen Formalitäten mit seiner Bank. Am verabredeten Tag, dem 25. Dezember eines der letzten Jahre des zwanzigsten Jahrhunderts, wurde zur Matineevorstellung ein riesiger, auf einem Gasofen stehender Kessel in die Manege geschleppt, in dem eine appetitanregend duftende Suppe köchelte. Die Zuschauertribünen waren brechend voll, es waren fast ausschließlich Kinder unter zehn Jahren, die dort saßen, und draußen stand noch eine weitere Ansammlung von Kindern im Schnee und in der Kälte, die die Übertragung des Spektakels auf einer Riesenleinwand verfolgen wollten. Balthus, der als Weihnachtsmann verkleidet war, aber eine Kochmütze auf dem Kopf trug, hatte nur Carciofi eingeladen. Erschrocken betrachtete er all die Bänke voller Racker, die durcheinanderplapperten, spielten, sich an den Haaren zogen, und er spürte in der Magengrube jenes Ziehen, das früher einmal seinen Anfällen von Heißhunger vorausgegangen war. Davon konnte keine Rede mehr sein. Er rückte sich sein Gebiß zurecht und gebot mit einem Trommelwirbel Ruhe.

»Meine lieben jungen Freunde, herzlich willkommen in unserem Zirkus zu einer Vorstellung, wie ihr noch nie eine gesehen habt und nie wieder eine sehen werdet. Liebe Kinder, die ich immer so sehr gemocht habe, wißt ihr, was ich in einem früheren Leben war?«

»Nein …«

»Ich war ein Kinderfresser!«

Bei diesen Worten brachen die Gören in ohrenbetäubendes Gelächter aus. Was, dieser Dickmops mit dem eingezogenen Mund sollte ein Oger sein? Das war gar zu komisch. Sie lachten ihn aus, spotteten und warfen Konfetti, Bonbons und Sitzkissen in die Manege.

»Ich weiß, ich weiß, ich sehe nicht mehr so aus. Es ist schwer, mir zu glauben. Und doch sage ich die Wahrheit und könnte euch genau aufzählen, wie viele Kinder eures Alters ich gefressen habe, roh oder gekocht, gegrillt oder gebraten, und wie viele ich in meinem Keller zum Räuchern aufgehängt habe, damit ich etwas dahatte, wenn mich mal ein kleiner Hunger überfiel. Ich könnte euch die komplette Liste all derer geben, die durch meine Hände gegangen sind ...«

Bei diesen Worten duckten sich die Kleinen ein wenig verängstigt zusammen. Sie wußten nicht mehr so recht, ob das nun noch zum Lachen war oder nicht.

»Aber das ist nicht der Grund, warum ich euch eingeladen habe. Im Gegenteil, heute nachmittag möchte ich für ein langes kriminelles und kannibalistisches Leben büßen und mit einer einzigen Tat den Lauf meines Schicksals umkehren. Meine lieben Freunde, ich habe derart viele Rotznasen gegessen – manchmal, wenn mich der Heißhunger überfallen hat, ein bis zwei am Tag –, daß ich euch die Möglichkeit geben möchte, euch alle zusammen an mir zu rächen. Ich werde mich jetzt in diese brodelnde Suppe stürzen, und in einer guten halben Stunde werde ich gar sein. Währenddessen werden die Jongleure euch die Zeit vertreiben. Sobald ich schön durch bin, könnt ihr, so habe ich mir das gedacht, einer nach dem anderen herkommen und ein Stückchen von mir verspeisen, das, was ihr am liebsten mögt. Ich mache euch darauf aufmerksam, daß die besten Stücke an einem Oger wie an einem Baby die Schenkel, der Hintern, der Bauchspeck, die Bäckchen und die Ohren sind, sowie vor allem, da sie besonders fleischig und schmackhaft sind, die Daumen, eine wahre Delikatesse.«

Die Kinder hoben ein verblüfftes Geschrei an. Einige schockierte Mütter packten ihren Nachwuchs am Arm und verließen unter Empörungsbekundungen den Zirkus. Wo hat man sowas schon gesehen: ein Weihnachtsmann, der sich den Kindern selbst zum Geschenk macht? Und dann zog Balthus sich unter den gebannten Blicken des Publikums bis auf die Unterhose aus, verneigte sich tief und winkte den Menschen mit Tränen in den Augen zu.

»Adieu, ihr alle, ich liebe euch, ich habe euch immer geliebt. Auf meine Weise.«

Carciofi sprang entsetzt auf und brüllte: »Nein, Balthus, tu's nicht, ich fleh dich an, komm nach Hause!«

Aber es war schon zu spät: Der junge Mann hatte die Trittleiter erklommen und sich dann mit einem so gar nicht zu seiner Körperfülle passenden leichten Satz in den Kessel gestürzt, ohne auch nur einen Schmerzensseufzer auszustoßen. Es gab ein Hin und Her, ein Aufschäumen und Aufbäumen. Aber bevor er völlig in dem Sud verschwand, hatte Balthus seinem Diener ein letztes Mal zugezwinkert.

Das Zirkuspublikum war wie versteinert. Einige zartbesaitete Seelen brachen in Tränen aus. Die Kunststücke der Jongleure und Clowns vermochten die Kleinen kaum abzulenken, geschweige denn ihre Ungeduld zu zügeln. Kaum war die halbe Stunde vorüber, da stürmten sie alle in die Manege, eine ganze Armee süßer kleiner Teufelchen, an die Plastikgabeln und -messer und Pappteller verteilt wurden. Zwei Helfer zogen Balthus' triefenden Leib aus der Suppe und legten ihn auf eine silberne Aufschnittplatte, die er in seiner Größe hatte anfertigen lassen. Sie stachen mit ihren Gabeln in ihn hinein wie in ein Würstchen, er war perfekt durch, und aus den Löchern entwich die Luft mit dem gleichen Geräusch wie aus einem Autoreifen. Die kleinen Elfen und Feen drängelten und schubsten einander zur Seite, während sie auf ihre Portion warteten: Jeder wollte den enormen und durch das Garen im Kessel aufgegangenen Oger berühren, seine glasigen Augen betrachten, ihm den Mund aufklappen. Jeder bekam seine Portion, aber für einen Nachschlag war nicht genug da. Ein Koch, der Balthus entbeinte, löste noch das letzte Fitzelchen Fleisch vom Gerippe. Sie aßen den dicken Riesen wie einen Kuchen auf und hätten ihm noch das Mark aus den Knochen gelutscht, wenn man sie gelassen hätte. Eins war sicher, sie hatten es sich schmecken lassen und unterhielten sich jetzt beim Hinausgehen über den sehr eigentümlichen Geschmack dieses stellenweise etwas gummiartigen Fleisches, der irgendwo zwischen

Thunfisch und Lamm lag. Wer immer das Glück gehabt hatte, diesen Bacchanalien beizuwohnen, wurde der Held seiner Familie und seines Freundeskreises. Es war ein Ereignis, über das monatelang geredet wurde und das, da ein Kamerateam es gefilmt hatte, überall auf der Welt im Fernsehen wiederholt wurde.

Carciofi blieb untröstlich. Er hatte seinen Herrn geliebt wie einen Sohn, er warf sich vor, ihn in den Selbstmord getrieben zu haben, und spielte mit dem Gedanken, es ihm gleichzutun. Ohne Balthus hatte sein Leben keinen Sinn mehr. Nach diesem skandalösen Schauspiel hatte die Polizei ihre Wohnung durchsucht und alles bis ins letzte durchkämmt. Aber Carciofi hatte schon lange vorher jedes Indiz zerstört, das seinen Herrn hätte belasten können. Es war ihm wichtig, sein Andenken zu bewahren. Nur eine Kleinigkeit gab ihm zu denken: Warum hatte Balthus ihm zugezwinkert, bevor er in dem Kessel versank? Welche Botschaft hatte er ihm damit übermitteln wollen? Carciofi zog die Archive der Familie Zaminski zu Rate. Ab und zu klopfte die Hausmeisterin bei ihm an:

»Entschuldigung, wenn ich Sie störe, Monsieur Carciofi, aber Sie haben nicht zufällig irgendwo meine kleine Tochter gesehen? Mittlerweile ist sie schon seit einem Jahr nicht mehr aufgetaucht. Ich glaube, ich werd ihr Milchfläschchen wegwerfen.«

Er blätterte auch in alten Zauberbüchern, Manuskripten und Enzyklopädien. Vergeblich. Er rief bei Monsieur Goldman an. Der Anschluß existierte nicht mehr. In seiner Verzweiflung schrieb er an Barbara Ann und hoffte nur, sie würde ihm nicht mehr böse sein. Sie antwortete ihm kurze Zeit später in einem sehr eleganten Brief voll tiefempfundenen Gefühls. Die junge Frau, die selbst gehetzt wurde, verbarg sich irgendwo in Europa. Auch sie kam nicht über den

Tod von Balthus hinweg, dem einzigen Mann, den sie jemals geliebt hatte. Sie hatte ihn bis zum Schluß getroffen und war auch am Tag des Spektakels – verkleidet – im Zirkus gewesen. Und hier ist nun die Wahrheit, die sie Carciofi offenbarte: Sein Herr hatte ihm zugezwinkert, weil jedermann, der von einem Oger ißt, und wäre es auch nur ein Hautfetzchen oder ein Stückchen Fingernagel, seinerseits zum Menschenfresser wird ... Und so kommt es, daß mittlerweile Hunderte kleiner Rangen, die durch die Straßen rennen, einen beeindruckend kräftigen Kiefer bekommen und anfangen, ihre Spielkameraden zu mustern und sich dabei die Lippen zu lecken.

Nino Filastò

FLUCHT VON EDEN

Vorwort

Häufig sind Einleitungen, in denen von der Entdeckung verschollener Manuskripte oder alter Bücher die Rede ist, verdächtig. So könnte man im Falle von *Flucht von Eden* mutmaßen, der Autor wolle sich für die Anlehnung an den Stil eines Jules Verne rechtfertigen oder, schlimmer noch, an die Science-fiction-Romane aus den fünfziger Jahren, die größtenteils hoffnungslos veraltet sind.

Flucht von Eden ist jedoch das Ergebnis einer Aneinanderreihung von so merkwürdigen Zufällen, daß ich sie für wert halte, niedergeschrieben zu werden.

Am Anfang stand die Idee für eine Science-fiction-Erzählung. Basierend auf der Genesis, sollte sie von den Abenteuern eines Astronautentrupps handeln, der von einem anderen Stern fern des Sonnensystems kommend auf der Erde landet.

1984 hatte ich aus beruflichen Gründen häufiger in Paris zu tun. Immer noch trug ich diese Idee mit mir herum. In Paris gibt es auf jenes Genre spezialisierte Buchhandlungen, von denen ich einige aufsuchte, um mich kundig zu machen. Ich fand viele esoterisch anmutende Titel, von den Weissagungen des Nostradamus und Abhandlungen über die gotischen Kathedralen bis hin zu den Geschichten der allgegenwärtigen Templer, eine uferlose und zumindest für meinen Geschmack schwer verdauliche Literaturgattung. Schließlich fand ich mich in einem Laden in der Rue Huchette wieder, der von einem Buchhändler der alten Schule geführt wurde, einem Vertreter dieser selten gewordenen Spezies, die ihre Bücher noch selber liest und einem gleich das richtige Regal zeigen kann. Beim Stöbern überkam mich plötzlich ein Gefühl der Befriedigung, als sei ich bereits fündig geworden. Doch meine Hände waren leer, das Gefühl daher gänzlich unpassend. Wahrscheinlich hatten die Augen das Buch schon gesehen, und das Bild hatte nur noch nicht die Ebene des Bewußtseins erreicht. Tatsächlich blätterte ich zu meiner eigenen Überraschung einige Minuten später in einem Buch, das 1969 bei Laffont erschienen war. Autor: Jean Sendy, Titel: *Ces dieux qui firent le ciel et la terre* – Diese Götter, die Himmel und Erde erschufen.

Wie am Titel unschwer zu erkennen ist, handelte es sich um die gesuchte Spur.

In dem Buch verfolgte Jean Sendy die Theorie, daß »Die Götter, die von den Sternen kamen« versucht hätten, unseren Planeten zu kolonialisieren. Die These wurde ein wenig unglaubwürdig, als er die Reise schilderte, die sie zur Erde geführt haben soll. Denn angesichts der Unmöglichkeit, sich schneller fortzubewegen als das Licht – was der Autor als unumstößliches Postulat voraussetzte –, handelte es sich um eine eher lange Reise, die viele Unannehmlichkeiten mit sich brachte, so zum Beispiel die Notwendigkeit, sich für die Dauer mehrerer Jahrhunderte in eine Art Winterschlaf zu versetzen, und ähnliche Dinge mehr. Dies alles ging in die Richtung gewisser »Reise ins All«-Geschichten eines heutzutage zumindest in der Literatur vollends außer Mode geratenen Science-fiction-Typs. Jedenfalls erlebte Sendys Buch keinen großen Erfolg: Schon 1984 sei es fast nirgendwo mehr aufzutreiben gewesen, berichtete der Buchhändler, und ich hielt es für eine bemerkenswerte Tatsache, daß es – angekündigt von diesem sonderbaren Gefühl – ausgerechnet mir in die Hände gefallen war.

Die zweite Begebenheit ereignete sich ebenfalls in Paris, in einem sagenhaft schlechten chinesischen Restaurant in Belleville. Das Essen dort war so miserabel, daß ich der festen Überzeugung war, die Muskeln, die ich auf meinem Teller von den kleinen Knöchelchen zu lösen versuchte, seien ihrerzeit mit grauem Fell überzogen und von den hastigen Bewegungen zudringlicher Mäuse belebt gewesen. Hier lernte ich ein Mitglied des Nationalen Forschungsrates kennen, einen Physiker aus Bologna. Der Herr Professor war ein waschechter Romagnole, der so vollkommen in seiner Abneigung gegen Einstein aufging, daß er gar nicht bemerkte, was er auf dem Teller hatte.

Während der desinteressierte Kellner des einstigen Reichs der Mitte uns mit einer Beflissenheit bediente, die der Qualität der Speisen in nichts nachstand, sprach der Physiker über Einstein, als handele es sich nicht um einen toten Wissenschaftler von Weltruhm, sondern um seinen persönlichen Erzfeind, einen wegen Erbschaftsstreitigkeiten verhaßten Verwandten. Seiner Darstellung zufolge war Einstein der Urheber einer ptolemäischen Gegenrevolution, die das subversive Prinzip der kopernikanischen Wende aus den Angeln gehoben hatte. Während der Professors seine empörten Reden schwang, betrachtete er mich mit gerunzelter Stirn, für den Fall, daß ich nicht mit ihm einer Meinung sein sollte. Einstein und seine Epigonen hätten, basierend auf einer erwiesenen Fehlannahme, die Isolation des Menschen im Sonnensystem verhängt und ihn damit zu ewiger Gefangenschaft verurteilt. Der Ton des Gelehrten erhob sich nun (vielleicht sollte man besser sagen, sank) auf die Ebene einer interplanetarischen Politintrige, als deren treibende Kraft er Einstein sah. Dem phantasievollen Forscher zufolge gab es seit jeher im geheimen wirkende, dunkle Gestalten, die ausschließlich damit beschäftigt waren, den Flug der Menschheit niedrig zu halten. Die spezielle Relativitätstheorie sei tatsächlich eines der Mittel, durch die eine Art Kulturterrorismus seit Jahrhunderten seine repressive Funktion ausübe.

Als der Professor mir versicherte, er würde noch vor Ende des zwanzigsten Jahrhunderts einen »Sternenwagen« bauen, der ihm erlaubte, entfernteste Galaxien zu bereisen, hegte ich keinerlei Zweifel mehr an seiner paranoiden Persönlichkeitsstörung (ein Krankheitsbild, das sich in jenen Jahren ohnehin stark ausbreitete). Doch welch eine Inspiration für mein Science-fiction-Projekt!

Ende Juli befand ich mich wieder in Paris, dieses Mal nun endlich, um Urlaub zu machen. Die Stände des Flohmarktes von Montreuil stellten ein breites Angebot an alten Postkarten und Büchern aus. Auf den Bürgersteigen boten auch die Clochards ihre Ware feil, die meisten waren seit dem frühen Vormittag betrunken. Ein alter Händler hatte eine Batterie von leeren Flaschen vor sich aufgebaut, ein anderer, der mit ausgestreckten Beinen auf der Erde hockte, präsentierte ein Paar abgetretene Schuhe. Aus ihren weinseligen Blicken sprachen Hochmut und Ironie: »Ihr wollt Flöhe? Bitte sehr, hier habt ihr sie, die wahren! Diese leeren Schachteln und gebrauchten Korken hier sind der Rahm der *poubelles*, der Mülleimer der ganzen Stadt, der Auswurf eines verdreckten Flusses.« Ein anderer Clochard verkaufte ein paar zerfledderte Bücher. Mit spitzen Fingern zog ich eines hervor, dessen Illustration auf der obersten Seite meine Neugierde erregt hatte. Der skizzenhafte, emphatische Stich erinnerte an die Gestaltung der Zeitungsbeilagen, in denen zu Beginn des zwanzigsten Jahrhunderts die Abenteuerromane erschienen waren: Ein mit einem angespitzten Pfahl bewaffneter Mensch der Jungsteinzeit forderte vor der Kulisse einer Höhle einen großen, wilden Bären heraus. Der Buchumschlag fehlte, und ich mußte einige Seiten weiterblättern, um auf den Autor zu stoßen, nicht ohne Mißtrauen gewissen Flecken gegenüber. Ich entdeckte ihn auf Seite fünf: Yannick Dupont. Der Titel jedoch blieb ein Geheimnis. Ich blätterte weiter und stolperte auf Seite neun über einen »Sternenwagen«. Auf Seite vierzehn war von dem Planeten »Eden« die Rede. Ich las die ganze Seite und war überrascht von den Parallelen zu Jean Sendys Buch. Das Werk, das ich nun in den Händen hielt, war dem Druckbild, den Illustrationen und dem vergilbten Papier nach zu urteilen vor mindestens sechzig Jahren erschienen.

Dupont erzählte in messianischem Stil von fremden Astronauten, die auf der Erde landeten, sprach von der Überlichtgeschwindigkeit, ohne sich um Einstein zu kümmern, was nicht verwundern darf, da dessen Theorien zu der Zeit, als meiner Schätzung nach das Buch entstand, noch weitgehend unbekannt war. Dennoch war erstaunlich, daß er, obwohl er die Handlung in eine andere Galaxie versetzte, auf bestimmte wissenschaftliche Kanons verwies, welche die Möglichkeit ausschlossen, die Schnelligkeit des Lichts zu überbieten. Im Buch fanden sich immer wieder unterhaltsame Anspielungen auf die Kontrolle, welche die vom Planeten Eden Vertriebenen in bester Absicht auf die wilden und unzuverlässigen Erdenbewohner ausübten.

Der Fund dieses Buches schien mir ein so außergewöhnlicher Zufall zu sein, daß ich glaubte, eine Spur gefunden zu haben, und mich verpflichtet fühlte, Carnac zu besichtigen, Locmariaquer und natürlich auch die »Table des Marchand«, einen Ort, eindrucksvoll wie kaum ein anderer, der wenig mit Händlern zu tun hat und viel mit einer linsenförmig gewölbten Scheibe aus Steinen und Erde, in deren Innerem willige Betrachter (so wie ich) eine Raumkapsel zu erkennen meinen. Und auch die »Alignements« von Carnac sind ein schönes Rätsel: kilometerlange Reihen von Megalithen, die aussehen, als sollten sie jemandem den Weg weisen, der von oben kommt. In ihrer Nähe, an der Küste, finden sich viele riesenhafte zigarrenförmige Grabhügel. So etwas wie steingewordene Illustrationen der »Visionen« Georg Adamskis, des berühmten Wurstmachers von Mount Palomar.

Aber die Kette merkwürdiger Zufälle endet hier nicht.

Ich war gerade erst nach Florenz zurückgekehrt, als im Fernsehen über den Tod eines Florentiner Schriftstellers berichtet wurde, der sich als Drehbuchautor einen Namen gemacht hatte.

Das Außergewöhnliche daran war, daß die Nachricht im Fernsehen zu früh gesendet wurde, nämlich in den Abendnachrichten, während der Schriftsteller erst am Tag darauf verstarb. So etwas kommt vor. Und es kann sogar passieren, daß ein solcher Unglücksrabe aufgrund der Hiobsbotschaft eine Herzattacke erleidet, welche die Nachricht im nachhinein richtigstellt. Dennoch machte mich der Umstand neugierig, und ich versuchte etwas über den Verstorbenen herauszufinden. P. T. hatte nicht viel veröffentlicht, doch nach einigem Suchen fand ich einen Artikel von ihm, der in einer Illustrierten von eher kurzer Lebensdauer erschienen war. In dem Artikel erzählte der Autor, er habe sich aus dem Filmgeschäft zurückgezogen, um sich einer ganz außergewöhnlichen Tätigkeit zu widmen. Seit Jahren suche er überall auf der Welt nach ganz bestimmten Steinen, in denen die Paläontologen Abfälle aus der Herstellung von Arbeitsutensilien der Menschen der Mittel- und Jungsteinzeit bis zur Bronzezeit sehen. Ihm zufolge handelte es sich dabei hingegen um Skulpturen, die in solch raffinierter Technik hergestellt seien, daß man mit Hilfe bestimmter Beleuchtungsmethoden auf einem einzigen Stein Dutzende von Bildern sehen könne, manchmal sogar bewegte Bilder, die sich übereinanderschoben, wie es im Kino bei der Überblendung geschieht. Seine

Theorie war, daß in diesen Steinen eine Art linguistischer Code verborgen lag, den man entziffern mußte, um zu erfahren, wie dem Menschen nach fünfundzwanzigtausend Jahren offensichtlicher Stagnation der Entwicklungssprung von der Höhlenmalerei zu den ägyptischen Hieroglyphen gelungen war. Ein faszinierender Gedanke und vielleicht gar nicht so abwegig (diese Steine sind keine Rarität, man findet sie in Ansedonia, in Sovana und ebenso im Jardin des Plantes von Paris, in Mexiko und auch sonst überall auf der Welt.)

Nach dem Tod des Drehbuchautors verschwanden, so behauptet zumindest sein Sohn, zwei Koffer aus dem Besitz des Verstorbenen, in denen er einige Hundert jener Steine aufbewahrt hatte, die schönsten und anschaulichsten. Falls das stimmen sollte – und meine Quelle ist absolut vertrauenswürdig –, wäre es höchst alarmierend und würde nicht wenige Übereinstimmungen mit der zwangsneurotischen Atmosphäre aufweisen, von der ich weiter oben sprach.

Besonders mysteriös wurde für mich die Angelegenheit, als ich entdeckte, daß ebensolche Steine mit derselben Funktion in Duponts zerfleddertem Büchlein beschrieben wurden, und dies mindestens ein halbes Jahrhundert bevor der Florentiner Schriftsteller davon berichtete.

Flucht von Eden, das glaube wer will, ist nicht mehr als die übersetzte und gekürzte Fassung jenes Büchleins, das ich auf dem Bürgersteig von Montreuil auflas. Abgesehen von den Kürzungen (ich habe über die Hälfte gestrichen, seitenlange ermüdende anthropologische Reflexionen) habe ich nichts geändert bis auf einige hinzugefügte Zitate, darunter eins aus dem erwähnten Artikel des Drehbuchautors. Für den Clochard, der mir das Buch verkaufte, wird ein ganz außergewöhnlicher Rausch dabei herausgesprungen sein. Und berauscht war auch ich: vom Wein der Phantasie.

Zum Schluß muß noch erwähnt werden, daß die ersten

Seiten des Buches von Yannick Dupont fehlen und es mir trotz aller Recherche nicht möglich war, ein anderes Exemplar aufzutreiben. Der Titel ist daher erfunden, vielleicht auch ein wenig willkürlich. Hinter der Zeichnung von dem Urmenschen blieb nur ein Rest des Vorworts. Dort ist von den hartnäckigen Versuchen eines Verlegers die Rede, sich die Rechte an dem Buch für seinen auf populärwissenschaftliche Werke mit hohen Auflagen spezialisierten Verlag zu sichern, und vom unbegreiflichen Sträuben des Herrn Dupont dagegen.

Der erhaltene Teil der Einleitung strotzt vor unguten Gefühlen und sogar Furcht vor diesem Verleger oder Literaturagenten, was auch immer es war, der ihm letztlich nichts anderes anbot als die Chance, auf die alle Schriftsteller warten. Im letzten Absatz jedoch erklärt der Autor die Gründe für seine ablehnende Haltung:

»Heute war er schon wieder da. Er hat mir eine völlig überhöhte Summe geboten, und ich war kurz davor, ihm nachzugeben. Was allerdings wieder mein Mißtrauen weckte, war die Hartnäckigkeit, mit der er die Exklusivrechte forderte, nicht nur am Manuskript und an sämtlichen Kopien, sondern auch an der Stichwortsammlung, den Entwürfen und dem gesamten Dokumentationsmaterial. Es scheint sich um eine für den Verleger ebenso unverzichtbare wie quälende Gewohnheit zu handeln, den Autor seiner gesamten Arbeit bis zur letzten Notiz zu berauben.

Vielleicht war es eine Eingebung, die mich angesichts seiner drängenden Anfrage an den Diebstahl von letzter Woche erinnerte.

Ich hatte einen Bootsausflug auf der Marne gemacht und bei meiner Rückkehr die Wohnung völlig durchwühlt vorgefunden. Der merkwürdige Dieb hatte, von einer Sache mal abgesehen, nichts Kostbares mitgenommen, sondern alles auf den Kopf gestellt, um, so vermute ich, genau das zu finden, worum mich acht Tage später ganz offen der Verleger bat. Soll heißen das Manuskript, Abschriften, Notizen, Entwürfe usw. Zum Glück bewahrte ich schon seit längerem nichts mehr davon in der Wohnung auf, sondern im Schließfach einer Bank. Daß dies das Ziel des Einbruchs war, sah ich darin bestätigt, daß einzig eine kleine Steinstatue fehlte, eine Art Lemur, der einen modernen Overall trug und eine Antenne auf dem Kopf hatte; das Ding hatte ich vorigen Sommer in einem Wald bei Montignac gefunden, im Périgord. In der Wohnung gab es noch mehr solcher Steinfiguren, die ebenfalls aus Montignac stammten, doch waren sie sorgfältig zwischen verschiedenen Blumendekorationen verborgen, so daß der Dieb sie nicht bemerkte und stehenließ.

Ich habe beschlossen, das Buch auf eigene Kosten zu veröffentlichen.«

Flucht von Eden
von Yannick Dupont
übersetzt und gekürzt von Nino Filastò

1. TOOHU-BOOHU

Daraus ergab sich, daß eine Beschreibung der Verbreitung dieser Sitte ihr gleichzeitiges Vorkommen an den verschiedensten Stellen der Erde teils als seltsamen Zufall auffassen mußte ...

Ewald Volhard, *Der Kannibalismus*

Von weitem sahen die Bäume vor der Grotte aus wie Schwämme, ihre Äste schienen unter den Flechten regelrecht zu ersticken. Die Weibchen blieben im Schutz der Höhle und tauchten nur hin und wieder am Eingang auf. Man erkannte sie an der längeren Kopfbehaarung, die sie mit kleinen Zweigen geschmückt und mit Asche eingerieben hatten.

111

Daß es sich bei ihnen um die Wesen handelte, die er seit vielen Tagen suchte, war ihm klargeworden, als sie in Verteidigungsstellung gingen. Mehr durch Zufall war er in die Nähe des Schluchtensystems geraten, wo sich ein schmaler und langgestreckter Cañon wie eine tiefe Wunde durch das Herz der Gegend grub, die früher einmal grün und voller Leben gewesen sein mußte. Nun darbte sie unter dem rauchigen Dunst des Himmels, aus dem so gut wie nie ein Regentropfen fiel.

Als er auftauchte, änderten die Tiere des Rudels sofort ihre Position, wie bei einem Bäumchen-wechsel-dich-Spiel. Innerhalb kürzester Zeit hatten sie sich zur Verteidigung aufgestellt: die Kleinsten in der Mitte, flankiert von den jüngeren Männchen. Auf einem abgeflachten Monolithen hatten sich zwei Alte erhoben, kräftiger als die übrigen und mit weißer Kopf- und Schulterbehaarung, und ihn in Augenschein genommen. Einen Moment lang konnte Carnàc ein wachsames Flackern in ihren Augen erkennen, dann demonstrierte das Rudel wieder Gleichgültigkeit, ohne jedoch seine Position aufzugeben. Sie taten so, als bemerkten sie nicht, wie er am Rand des Cañons Material sammelte. Die Gabe der Verstellung schien ihnen angeboren.

Sie wiesen eine komplexere Sozialstruktur auf als die übrigen Primaten, die Paviane zum Beispiel, mit denen sie Tausende von Jahren in dieser Gegend um die Vorherrschaft gerungen haben mußten. Im Unterschied zu ihren uralten Rivalen, die schon seit langem verschwunden waren, kannten sie nicht nur eine Autorität der Anführer. Vielleicht hatten sie sich genau deshalb durchsetzen können, weil jedes Paar, ähnlich den Wölfen, innerhalb des Rudels eine gewisse Autonomie behielt. Was die Nahrung betraf, waren sie nicht besonders wählerisch, und auch dies hatte wahrscheinlich ihre Widerstandskraft gestärkt.

Carnàc wußte, daß diese Wesen früher einmal fast ausschließlich Pflanzenfresser gewesen waren, bis alle eßbaren Pflanzen infolge des Treibhauseffekts ausgestorben waren. Die Gegend war einst reich an Tamarinden gewesen, der ein oder andere Baum erinnerte noch daran, kahl und beinah ohne Früchte. Diese waren bis vor weniger als einem Jahrhundert ihre natürliche Nahrung gewesen. Nun jedoch trugen die wenigen Bäume nur noch ungenießbare Früchte, bitter, ohne Saft und von fauligem Geschmack.

Ein Jahr zuvor hatte Carnàc bereits ähnliche Wesen mit seiner Videokamera aufgenommen, mehr als tausend Kilometer von diesem Ort entfernt. Er hatte zwei feindliche Rudel gefilmt, die sich um das Aas eines Pferdes stritten. Drei Tage lang hatten sie aufeinander eingeschlagen. Die Leichen der Besiegten waren im grauen Dämmerlicht des Tages auf dem Feld liegengeblieben. Dann, als der Himmel sich schwarz färbte, hatte Carnàc flüchtige Schatten bemerkt, die über das Schlachtfeld huschten. Er hatte sie nur undeutlich sehen und nicht auf Video festhalten können, denn er hielt es für klüger, sich bei Dunkelheit in sicherer Entfernung vom Rudel zu halten und kein künstliches Licht einzusetzen. Am nächsten Tag war von den Kadavern – mindestens fünf –, die nach der Begegnung auf dem Feld zurückgeblieben waren, keine Spur mehr zu sehen.

Ein anderes Mal war Carnàc Zeuge geworden, wie zwei Männchen desselben Rudels eine Rechnung beglichen. Der Sieger hatte dem Unterlegenen einen angespitzten Pflock in den Bauch gerammt. Nachdem er ihm mit einem schweren Stein den Brustkorb zertrümmert hatte, tauchte er das Gesicht in das noch warme Blut der offenen Wunde. Als er spürte, daß er beobachtet wurde, richtete sich der Sieger auf und wandte Carnàc sein blutverschmiertes Gesicht zu. Mit gefletschten, rot triefenden Zähnen hatte er ein paar schaurige Töne ausgestoßen, die weniger einem Triumphschrei glichen als einem tiefen

113

Grummeln, das aus der Kehle des Besiegten zu kommen schien, so als beklage der Sieger an des Opfers Statt die Niederlage. Ein Ruf, der so ähnlich geklungen hatte wie »Toohu-boohu«.

Carnàc raffte aus der Asche, wo sich eine Feuerstelle befunden haben mußte, zerschmetterte und verkohlte Knochenstücke auf und sammelte sie in dem Beutel, den er umhängen hatte. Aus den Augenwinkeln heraus beobachtete er die Gruppe, darauf bedacht, ihr nicht zu nahe zu kommen. Acht erwachsene Tiere, vier Männchen und vier Weibchen, die übrigen verschieden große Jungtiere: vier Familien, aller Wahrscheinlichkeit nach blutsverwandt. Dem ältesten Männchen nisteten Herpesbläschen unter dem Bart, die sich zu weißlichen Bollen aufgeworfen hatten.

Die Gruppe tat immer noch so, als bemerke sie ihn nicht, die Kleinen lausten sich, balgten auf einem Haufen, manchmal lösten sie sich plötzlich voneinander, jagten einander und prügelten aufeinander ein, ohne sich jemals von der Höhlenöffnung zu entfernen. Die älteren Männchen demonstrierten Gleichgültigkeit und blieben unbeweglich mit von ihm abgewandten Köpfen sitzen.

Carnàc vermutete, daß alles, was er tat, von einer Art kollektiven Wahrnehmung registriert wurde, die sensibler war als der Blick, und daß das Rudel samt den Jüngeren und selbst den Kleinsten ihm hier ein Schauspiel darboten in dem vollen Bewußtsein, beobachtet zu werden.

Er machte eine Probe: Er verstreute einen Teil des Beutelinhalts auf dem Boden, entfernte sich dann ohne besondere Eile und versteckte sich hinter den Felsen. Er mußte nur wenige Minuten warten. Drei der jüngeren Männchen näherten sich dem Knochenhäuflein, das im Staub weißlich schimmerte, hockten sich darum herum und reichten die Fundstücke, die er zurückgelassen hatte, von Hand zu Hand. Der weißhaarige Alte, offenbar der Anführer des Rudels, ließ einen gebieterischen Ruf ertönen. Einer der Jungen lief zu ihm hin und legte ihm den dicksten der zurückgelassenen Knochen vor die Füße, ein vom Feuer geschwärztes Schienbein. Der Alte nahm es auf, erhob sich, holte mit der gesamten Länge seines Armes aus und schleuderte es hinter sich. Das Schienbein beschrieb einen großen Bogen durch die Luft und landete auf einem Felsen. Krack! Der halbverkohlte Knochen brach entzwei.

»Toohu! Boohu!« erklang daraufhin das laute Gebrüll des Alten, das er in Carnàcs Richtung in den Wind schickte.

In den Lauten dieser Wesen schwang etwas mit, das über Warnung und Alarm hinausging. Carnàc glaubte, Wut und Groll aus ihnen herauszuhören.

Bis zum Anbruch der Nacht beobachtete er das Rudel von einem erhöhten Punkt am Rande des Cañons aus.

Dem Knochen des Alten war ein Steinhagel gefolgt, zu dem auch die Jüngeren beigetragen hatten, die, flink und geschickt, hinterhältigste Würfe beherrschten, denen sie, kaum daß sie sich ihrem Ziel näherten, erstickte Schreie hinterherschickten, die wie Gelächter klangen.

Im schwachen Licht der Dämmerung sah er, wie das Rudel nach und nach in die Höhle zurückkehrte. Aus dem Innern ertönte ein spitzer Ruf, gefolgt von allgemeinem Geschrei und den schon bekannten dunklen Lauten. Als Carnàc gerade seinen Beobachtungsposten verlassen wollte, bemerkte er, wie ein junges Männchen vorsichtig den Unterschlupf verließ. Es wandte sich in seine Richtung, atmete mit einem schweren Schnauben die Luft ein, hob einen Gegenstand in die Höhe, der in seinen zu einer Mulde geformten Händen lag, beugte sich zur Erde, stellte ihn ab und streckte dann die Arme erneut in seine Richtung.

Der schwache Schein, der vom Horizont schräg in die Schlucht fiel, entlockten dem rundlichen Ding einen rötlichen Schein wie von einem kleinen schimmernden Mond. Als die

Nacht hereingebrochen war und der ganze Cañon still und schweigend dalag, schlich sich Carnàc heran. Er nahm den Gegenstand auf. Es war ein Stück Baumrinde, das, der Wölbung eines Astendes folgend, eine Art Kelch bildete. Der Kelch war gefüllt mit einer dicklichen Flüssigkeit, in der Feuersteine und Pfeilspitzen lagen.

2. DER WAGEN

> Es ist an den Göttern, zu uns zu kommen,
> nicht an uns, die Götter aufzusuchen ...
> Plotin zu Amelio
> Porfirio, *La vita di Plotino*

Die Flechten hatten schon auf den Wagen übergegriffen, der auf der Lichtung inmitten des Waldes stand und immer mehr das Aussehen eines linsenartig gewölbten Hügels annahm. Im grünblauen Schatten der Bäume drang aus der offenen schmalen und hohen Luke ein weißes Leuchten.

Im Korridor zwischen Kapsel und Kommandobrücke begegnete Carnàc Shjawahee, der auf dem Weg nach draußen war.

»Ich habe interessante Funde mitgebracht«, sagte er und wies mit einer vagen Geste in Richtung der Schlucht jenseits des Waldes. »Eine frische Feuerstelle, kaum älter als einen Monat. Die Überreste eines Festessens.«

»Reste von Eingeborenen?« fragte Shjawahee.

»Ich muß sie noch im Labor untersuchen. Aber wahrscheinlich handelt es sich wieder um das Nachspiel eines Kampfes. Meine Schlußfolgerungen vom vergangenen Jahr hätten sich also bestätigt. Viele Knochen sind zerschmettert, das Mark herausgesaugt. Wir müssen die Laborergebnisse abwarten, aber ich glaube, es sind Eingeborene.«

»Vielleicht waren es Bären ...«, wandte Shjawahee schwach ein.

»Bären machen kein Feuer. Unter den Knochen habe ich einen Faustkeil gefunden. Hier ist er.« Carnàc griff in den Beutel und brachte einen Stein zum Vorschein. »Siehst du? Er ist an beiden Seiten behauen, ein perfektes Werkzeug ...«

»Bei der Kälte geht ihnen die Beute aus. Der Hunger zwingt zu so manchem.«

»Hier geht es nicht nur um Hunger«, meinte Carnàc kopfschüttelnd. »Hunger herrschte auch schon zu Beginn der Eiszeit. Sie haben zehntausend Jahre mit dem Hunger überlebt. Dann plötzlich, erst in diesem Jahrhundert ... Hunger mag ja ein verstärkender Faktor sein, aber ich habe da noch meine Zweifel. Der Instinkt, wenn es sich um einen solchen handelt, hat sich in etwas wesentlich Komplexeres verwandelt: Sie haben mir ein Opfer dargebracht.«

Carnàc beschrieb ihm die Szene mit dem jungen Männchen, das den Kelch aus Baumrinde abgestellt hatte:

»Zuerst taten sie ganz gleichgültig, doch dann haben sie sich mir gegenüber feindselig gezeigt, der Alte hat einen Schienbeinknochen in die Luft geschleudert, woraufhin die anderen einen Steinhagel auf mich niedergehen ließen. Bei Einbruch der Nacht erscheint dann dieses Männchen und führt sich auf wie bei einer Geisterbeschwörung. Und derjenige, der beschworen werden sollte, war ich. Er vollzog ein Ritual. Die Gabe ist makaber. Es ist Blut.«

»Das Opfer war für dich bestimmt?«

»Daran besteht nicht der geringste Zweifel. Ich hatte außerdem den Eindruck, daß es nicht zum ersten Mal geschah. Er muß das Ritual von jemandem gelernt haben, oder er wurde von jemandem dazu gezwungen.«

»Wir brauchen Beweise.«

»Es gibt ein vereinzeltes Paar, ein Männchen und ein Weibchen. Sie haben sich in einiger Entfernung zu der Herde in

eine Höhle zurückgezogen, die sich in der dem Meer zuge-
wandten Steilwand der Schlucht befindet. Sie sind zu zweit,
kinderlos, und sie unterscheiden sich auf ganz außergewöhnliche Art von den anderen. Es ist schon gewagt, Aussehen und
Verhalten der Individuen der Herde mit einem spontanen
Evolutionssprung erklären zu wollen, aber im Falle dieses Paares ist es, soweit ich gesehen habe, völlig unmöglich. Zugege-
ben, ich habe sie nur von weitem beobachtet und hatte nicht
die Zeit, eine Videoaufzeichnung zu machen, bevor ihnen der
Widerschein im Objektiv auffiel und sie sich in die Tiefe der
Höhle zurückzogen. Ich habe sie nicht länger als eine Minute
gesehen, ihn und sie, dort oben in der Höhe, eine äußerst ein-
drucksvolle Erscheinung ... Aber in einem bin ich sicher: Sie
sind unbehaart. Und es schien mir, als hätten sie eine hellere
Hautfarbe. Und außerdem war ihre Kopfform ... nicht so
langgestreckt wie die der anderen ... größer ... Sie sehen uns
ähnlich, kurz gesagt, viel ähnlicher als die anderen. Sie wirken,
wie soll ich sagen, wie eine verbesserte Imitation.«

»Kehre dorthin zurück, ich will einen genauen Bericht.«

»Das wird nicht einfach ...«

»Das wird nicht einfach, aber es ist notwendig.«

»Was ist bloß auf diesem Planeten passiert, Shjawahee?«

»Eine Eiszeit brach über ihn herein, sehr heftig und sehr
plötzlich ...«

»Die Eiszeit kann aber nicht alles erklären.«

»Nein. Das kann sie nicht.«

»Und was folgt daraus?«

»Daraus folgt, daß sie wahrscheinlich auch hierhergekommen sind, und daß sie auch hier das Gesetz gebrochen haben.
Aber wir können nichts unternehmen, solange wir keine Beweise haben. Mach deine Analysen. Versuche, Beweise zu finden.«

3. DIE VERSAMMLUNG

Die Lebenden folgen also dem Gesetz des Universums, ob sie nun im Himmel oder auf Erden leben, und keiner von ihnen, nicht einmal einer der Oberen, wird jemals die Gesetze der einzelnen Regionen verändern können.

Plotin, *Enneade* II, 3,13

Im Versammlungssaal gingen die Lichter wieder an. Carnàc hatte in den vergangenen Monaten eine Fülle an Material gesammelt. Die einzelnen Steinchen reichten aus, um das komplette Mosaik zusammenzusetzen. Die große Leinwand, über die eine Stunde lang Bilder, Diagramme, Untersuchungsergebnisse geflimmert waren, wurde dunkel. Einige Minuten herrschte Schweigen, während alle die verborgene Botschaft des Gesehenen zu dechiffrieren versuchten. Die ersten Bilder betrafen die blutige Auseinandersetzung des Vorjahres. Dann ging es um die jüngeren Aktivitäten des Rudels, die Spuren an der Feuerstelle, die Knochensplitter, ihre Gewebestruktur unter dem Mikroskop, das Ritual des Blutkelches. Die neusten Funde: das Skelett eines Dickhäuters – einer der letzten seiner Spezies –, dessen Stirnknochen eindeutig die Eintrittsstelle eines Projektils aufwies, mit dem er getötet worden war. Die kreisförmigen Abdrücke eines weiteren Wagens auf einer Lichtung nur wenige hundert Kilometer von derjenigen entfernt, wo ihr Wagen stand. Die Analyse des Erdreichs an der entsprechenden Stelle ergab die Einwirkung von Mikrowellen. Die Höhle in der Felswand, die beiden haarlosen, blassen Geschöpfe und ihr freudloses Dasein. In der Tiefe einer angrenzenden Höhle das Skelett eines fast zwei Meter großen Primaten, dessen Schädel im Nacken ein kreisrundes Loch aufwies, das untrügliche Zeichen einer Trapanation. Die Form der Gruft, eine Felsplatte, die Werkzeuge, die als grobe Steinimitationen drumherum angeordnet waren: alles deutete unzweifelhaft auf einen Experimentiertisch für Vivisektionen hin.

»Aber das ist ja entsetzlich.« In dem grellen Licht versteckte Habiela ihr Gesicht hinter einer Wolke aus Haaren, dann hob sie den Kopf, und ihr gewohntes Lächeln schwächte den harschen Kommentar etwas ab.

»Es ist mehr als entsetzlich, es ist illegal«, sagte Shjawahee. »Darüber müssen wir beraten.«

»Da gibt es nicht viel zu beraten.« Balbek überspielte seinen Ärger, indem er aufstand und zur Leinwand trat, die nun einen Ausschnitt des nächtlichen Waldes zeigte. »Sie sind also auch hierhergekommen. Und sie waren vor uns da. Wir sind mindestens hundert Jahre zu spät.«

»Irgendwelche Vorschläge?« fragte Shjawahee.

»Laßt uns fortgehen.« Die Stimme des Forschers klang müde. Carnàc fühlte sich niedergedrückt von den Strapazen der langen Untersuchung und der Bitterkeit des Ergebnisses. »Lassen wir einfach alles, wie es ist, und gehen fort. Wir haben schon zu viel getan. Wenn wir bleiben, machen wir es nur noch schlimmer. Nun, wo wir alles herausgefunden haben, würde unser Aufenthalt nicht mehr ausschließlich wissenschaftlichen Zwecken dienen, wie wir es uns vorgenommen hatten. Wir würden uns verpflichtet fühlen, einzugreifen, und würden uns so zu Komplizen machen.«

Das folgende lange Schweigen schien das Einverständnis der Versammlung zu besiegeln. Doch dann erhob sich Shjawahee erneut und seufzte.

»Ich habe geheime Anweisungen«, sagte er. »Wir haben den nun eingetretenen Fall vorausgesehen. Niemand hat geglaubt, daß die Störer schon so weit gekommen sein könnten, doch als Hypothese ist dies in meinen speziellen Anweisungen enthalten. Wir können nicht mehr gehen. Wir müssen Abhilfe schaffen. Im übrigen haben wir auch einen potentiellen Polizeiauftrag. Unsere Aufgabe ist es nun, zu unterdrücken.«

»Abhilfe welcher Art? Und wie unterdrücken?« erklang Hapys tiefe Stimme.

»Uns steht ein hartes Stück Arbeit bevor«, sagte Shjawahee. »Die allgemeine Situation: das Klima, die vulkanische Hyperaktivität, die Strahlung, das Meer. Zuerst werden wir die submarinen Explosionen zum Stillstand bringen. Im Mikrokosmos würde ich vorschlagen, auf eine Art fortgeschrittene Beschleunigung hinzuwirken. Sie werden aussterben, wenn wir nicht intervenieren. Carnàc hat nachgewiesen, daß das Weibchen des haarlosen Paares durch die Mutation unfruchtbar geworden ist.«

»Aber wäre es denn nicht besser, wenn sie ausstürben?« Balbeks Frage klang mehr wie eine Feststellung.

»Wir dürfen nicht zulassen, daß sie aussterben. Sie sind zwar nur eine Imitation, aber sie ähneln uns zu sehr. Daß dies auf ein Verbrechen zurückgeht, ist nun bedeutungslos. Wir müssen sie vor den Störern schützen. Sie sind noch hier, fürchte ich. Und teilweise werden wir uns genauso verhalten müssen wie die Eindringlinge vor uns. Von nun an ändern wir unsere Strategie und zeigen uns, wie wir wirklich sind. Keine Tarnung mehr, keine Fußmärsche und kein Gewichtheben mehr, und so weiter. Das bereits geschehene Übel kann schlimmer nicht mehr werden. Wir dürfen fliegen, wann es uns beliebt, können für alle größeren Entfernungen die Raumtransporter benutzen und unsere Flächenrezeptoren für alle Beobachtungen und Erhebungen. Wir können so tun, als sei dieser Planet unbewohnt. Ohne zu übertreiben, selbstverständlich, und mit jener Diskretion, die die anderen haben vermissen lassen. Wir wollen sie nicht zu sehr verwirren, wenn es nicht unbedingt sein muß. Doch sollen die Eingeborenen ruhig unsere Anwesenheit bemerken, sie dürfen wissen, daß wir für sie arbeiten. Das Versteckspiel hat nun ein Ende. Und wir brauchen auch nicht mehr halbnackt herumzulaufen.«

»Für mich ändert das nichts.« Habiela ließ die Aureole funkeln, die ihren Körper umgab, ihre Art, Fröhlichkeit zu zeigen. »Ich bin sowieso nie nackt herumgelaufen.«

4. HÖHLE

Am Anfang war die Erde wüst und leer und der
Geist der Elohim schwebte über dem Wasser.

Genesis, 1

Die Höhle öffnete sich auf das eisige Halbdunkel des Himmels. Es war Morgen, dennoch würde dieses Dämmerlicht andauern, das kaum die Nacht vom Tag unterschied.

Der Fluß war ausgetrocknet und hatte hoch oben am Steilhang die Höhle zurückgelassen. Jenseits der letzten Felskette setzte sich der Himmel nur durch eine etwas blassere Grauschattierung vom Sumpf ab. Das Meer trennte nicht das Land vom Wasser, sondern nährte einen endlosen, brackigen Sumpf. Am bleiernen Himmel hingen weder Mond noch Sterne, nur eine riesige Wolkenwand, durch die grelle Blitze und jähes Wetterleuchten zuckte. Und doch hatte es seit über einem Jahr nicht geregnet, obwohl der Donner ohne Unterlaß rollte. Kein Lüftchen regte sich, alles war still.

In der Höhle maß ein Wasserfaden die Zeit. Wie eine Quarzader durchlief er die Höhlendecke. In der Nähe des Eingangs gab er der Schwerkraft nach und hatte bereits eine tiefe Pfütze in den Felsboden gegraben.

In der Nacht hatte das Warm-hell an Kraft verloren. Die Asche erstickte jedes Flämmchen, doch ein leises Knistern bewies immer wieder, daß es noch am Leben war. Das Warm-hell war unersättlich.

Das Geschöpf suchte die Höhle ab. Bis auf den letzten Zweig war bereits alles in dem Steinrund um das Feuer gelandet. Er würde sich also den Abhang hinabhangeln müssen in der Hoffnung, daß sich in der Nacht nicht alle Vorsprünge und Stellen, die ihm Halt boten, mit einer trügerischen Eisdecke überzogen hätten. Wenn er im Wald mit Sammeln fertig wäre, würde das Gewicht an seinem Hals ihm beim Wiederaufstieg den Rücken zerkratzen und ihn mit jedem neuen Handgriff in die Tiefe zu reißen drohen. Doch es mußte sein, das Warm-hell durfte niemals ausgehen, die Feuersteine wurden allmählich knapp, und um den Vorrat wieder aufzustocken, würde er sie in der Grube stehlen müssen und dabei Gefahr laufen, von einem aus dem Rudel überrascht und getötet zu werden.

Vom Wind hatte er gelernt, wie er dem Warm-hell neue Kraft geben konnte. Er kniete nieder und blies, und aus der Asche züngelte eine kleine blaue Flamme empor. Ein winziger Funkenkranz sprühte ihm ins Gesicht.

Er kroch zu dem kleinen Teich und trank aus der hohlen Hand, die er ins Wasser tauchte. Zuckende weißliche Schemen flohen vor dem Schatten der Hand auf den Grund. Er versuchte sie mit einem schnellen Eintauchen des Armes zu erwischen, doch die Faust blieb leer. Die konnte man gut essen, diese kleinen Salamander, die sich im ewigen Dunkel weiß gefärbt hatten, doch es gab nur noch wenige von ihnen. Er betrachtete seinen nassen Arm. Auch seine Haut wurde in der düsteren Grotte mit jedem Tag heller.

Von der Liegestatt aus getrocknetem Moos schlug das Weibchen Alarm:

»Toohu! Boohu!«

Unordnung, Chaos, Gefahr.

»Ham-Dam!« Der Name bedeutete: »Ruhig, ich bin hier.« Es gab keine Gefahr. Wie immer hatten seine Augen beim ersten Dämmerlicht den Platz rund um die Höhle abgesucht, die Steilwand und die Schlucht bis zu dem Punkt, wo sie in die Lagune mündete. Keine Bewegung, kein untreues, räuberisches Weibchen, das heraufkletterte, um sie im Schlaf zu überraschen, auch kein wildes und blutgieriges Männchen, noch nicht einmal eines der Jungen, die sich hin und wieder wie zum Spiel bis hier oben hinaufhangelten und immer ein paar Steine griffbereit hatten, für den Fall, daß ein Ziel in Sicht käme.

»Toohu! Boohu!« schrie das Weibchen erneut und zeigte auf den Höhleneingang.

Dort war sie wieder, und anstatt das Licht vor der Öffnung abzuschirmen, verstärkte sie es noch. Es schien, als habe ein Blitz den schützenden Wall aus Gestrüpp und Schlamm am Eingang der Höhle in Flammen gesetzt. Wie war sie nur hierhergelangt? Hatte sie sich aus der Linie des Meeres erhoben, so wie die unsichtbare Sonne es schon seit langem nicht mehr tat? War sie wie der Adler geflogen, dessen Nest am höchsten Punkt des Steilhangs lag? Und würde sie wie dieser nur eine kurze Pause einlegen, bevor sie weiterflog, oder würde sie hierbleiben?

Als Ham-Dam die Höhle zum ersten Mal betreten hatte und sie ihm als idealer Rückzugsort vor den Angriffen des Rudels erschienen war, hatte sich das Schlupfloch als tödliche Falle erwiesen. Ein Erdrutsch an der Stelle, wo der Steilhang etwas sanfter abfiel, hatte einer Bärin und ihren Jungen, die gerade erst aus dem Winterschlaf erwacht waren, den Rückweg abgeschnitten. Obwohl die Bärin noch geschwächt von der Hungerphase war, fand sie schlagartig alle Kräfte wieder. Sie hatte sich vor ihm auf die Hinterbeine gestellt und die Krallen der Vorderpfoten ausgefahren, die lang wie Knochenmesser waren. Ham-Dam sah, wie die Muskeln des Tieres unter dem schlaff und faltig an dem abgemagerten Riesenkörper herabhängenden Fell zuckten. Das leise Knurren der Bestie hing dumpf in dem Höhlengewölbe, ihre vor Hunger verrückten Jungen brüllten. Ham-Dam war nur mit einem angespitzten Pflock bewaffnet. Und doch hob er ihn, ohne zu zittern, hoch über den Kopf und zielte genau auf die Kehle. Der Wildgeruch betäubte ihn, weckte aber gleichzeitig seinen Jagdinstinkt, nachdem er so lange auf Fleisch hatte verzichten müssen. Auf das furchtbare Brummen des Tieres war sein Triumphschrei gefolgt, der Pflock war an genau der richtigen

Stelle in das Fleisch geglitten wie in eine überreife Frucht, bis seine Handballen das Fell des Tieres berührten.

Nun jedoch zitterte er, hätte sich am liebsten zu Boden geworfen und wäre auf sie zugekrochen wie ein Junges, um dem mächtigen Ruf zu gehorchen, der die Höhle erfüllte: »Hab keine Angst, komm!«

Wie hell das Band aus Licht erstrahlte, das ihre Brust umschlang! Welch eine Farbenpracht, der Lichterkranz um ihren Kopf, gleich jenem bunten Bogen, der auf ein Gewitter folgt!

Ham ließ sich auf die Steine der Feuerstelle fallen, die Asche legte sich ihm auf Hände und Gesicht. Von dem Licht geblendet, kroch er näher.

5. STEIN

> Ich gieng an jenem Tage am See von Silvaplana durch die Wälder; bei einem mächtigen pyramidal aufgethürmten Block unweit Surlei machte ich Halt. Da kam mir dieser Gedanke.
>
> Nietzsche, *Ecce Homo*

War Shjawahees Entscheidung weise gewesen? fragte sich Habiela. War dieses kraftlose Paar nicht vielmehr unrettbar verloren, geschwächt vom langen Hungern, entmutigt vom Leben in der Einsamkeit, zu dem sie sich selbst verurteilt hatten? Shjawahee sagte, sie seien die einzigen greifbaren Lebewesen, an denen sie versuchen konnten, ein mißlungenes kriminelles Experiment rückgängig zu machen. Eben weil sie isoliert waren, sei es einfacher, sie zu der nötigen Konzentration für den Unterricht zu zwingen. Die Umgebung eignete sich gut, da man auf Gewalt verzichten konnte, um sie an der Flucht zu hindern; das Männchen schien höchst motiviert und sah sie schon aufmerksam und bewundernd an.

Habiela drang weiter in die Höhle vor und ließ sich mit dem Rücken zum Feuer vor einer Wand nieder, die von Kalkstein und Salpeterausblühungen ganz weiß war. Der Boden war mit Steinsplittern übersät, darunter größere Stücke, die mit Quarz durchsetzt oder wegen einer Bruchstelle unbrauchbar waren. Seitdem das Rudel am Steinbruch eine Wache zurückließ, bewahrte Ham selbst die Abfälle auf, die er wahrscheinlich niemals bearbeiten würde, um Pfeilspitzen, Schaber, Messer und Handäxte daraus zu machen. Manchmal, selbst wenn die Nacht sich schon herabsenkte, waren die Grubenwächter ihm gefolgt: Ham-Dam hatte an der Schulter noch die Narbe von einem scharfen Faustkeil, den sie ihm nachgeworfen hatten und der sein Ziel erreicht hatte.

Als Habiela Ham-Dams starren Blick auf sich spürte, nahm sie von der Erde ein größeres der Abfallstücke auf, das die Form einer Pyramide hatte und entfernt an die Lanzenspitze erinnerte, die es einmal hätte werden sollen. Hams Finger hatten bei der Bearbeitung genau an der Spitze gezögert, sie war schlecht geschärft und viel zu stumpf, um ihren Zweck zu erfüllen. Habiela betrachtete den Stein im Schein des Feuers und versuchte die Formen zu erkennen, die er in sich barg: den Kopf einer Schlange, das Blatt eines Baumes, das Profil eines Raubvogels. Mit leichten Schlägen eines Keils, den sie aus dem Gürtel gezogen hatte, begann sie, die Form des Steins herauszuarbeiten.

Über die Wand zuckte ein Schatten. Vaah, das Weibchen, war wie eine Schlange auf ein Felsgesims gekrochen, das über die Feuerstelle ragte, und so oberhalb von Habielas Kopf angelangt; auf den Knien hockend holte sie weit aus, um den Faustkeil auf sie zu schleudern, den sie mit beiden Händen gepackt hatte.

Habiela stand auf und hielt ihren Ring in die Höhe, der die Form eines Tropfens und eines Kreuzes hatte. Die Helligkeit des Blitzes blendete Vaah, während das laute »Bang!« die

Wände der Höhle erzittern ließ. Habiela lächelte angesichts des Schreckens und der Eifersucht, die ihr aus Vaahs Augen entgegenschlugen.

Das Männchen schien geradezu in sie verliebt, doch das Weibchen vermochte seinen Haß kaum zu zügeln. Vielleicht nicht einmal zu unrecht, dachte Habiela.

6. Die Störer der Ruhe Edens

> Würde es uns etwa leichter fallen als den Bienen, ruhig zu bleiben, wenn eine fremde Macht uns ständig herausforderte? ... Nur weil wir nichts kennen, was uns beherrscht, schließen wir daraus, die erhabenste Form des Lebens auf Erden zu sein – doch diese Theorie läßt sich leicht anzweifeln.
>
> Maurice Maeterlinck, *Das Leben der Bienen*

Und auch die Störer, die Vertriebenen, die Verurteilten, hatten nicht ganz unrecht. Das spürte Habiela tief in ihrem Herzen, obwohl sie sich hütete, eine solche Meinung vor der Versammlung der Gefährten zu äußern.

Nun, wo sie schon lange weg war, schob sie die Erinnerung an Eden gerne von sich wie ein zwar schönes, aber auch eintöniges musikalisches Thema. Ach, Edens Musik! Sie war ihr sofort wieder präsent, umspielte die Erinnerungen und vertrieb das Heimweh.

Auf Eden wird alle Zeit von der Musik bestimmt, die des Tages und die der Nacht, der Arbeit, des Wartens, der Reise und der Liebe. Ganz plötzlich und völlig unvorhersehbar müssen alle und jeder innehalten. Der organische Computer, der gleich einer winzigen Wasserperle dicht bei der Elle eingepflanzt ist, gibt das Zeichen, das A, den Ton der Stimmgabel, den Schlüssel des Chores, in den das lebendige Juwel dich eintaucht, auch wenn du allein sein willst. Auch wenn du in der Wüste umherirrst, dich am Ufer eines Meeres ausruhst, wenn du über eine Gebirgskette fliegst oder in der Dunkelheit eines Waldes schläfst. Und alle, überwacht, gerufen von dem winzigen Wasserauge, das von Geburt an deinem Körper innewohnt, alle, alle singen sie im Chor das Lob.

Sein Lob, das Lob des Einzigen, und dann die Lobgesänge auf dich selbst und alle Lebewesen, die sich auf Eden und im angrenzenden Raum, im Kosmos verstreut still lieben, und die dich lieben, und alle anderen lieben … letztlich eine ziemlich langweilige Angelegenheit.

Im Grunde ihres Herzens verstand Habiela die Störer nur zu gut. Ohne es sich selbst eingestehen zu wollen, konnte sie sich leicht in sie hineinversetzen. Vielleicht war das auch der Grund, warum sie kraft ihrer Phantasie über die gesammelten Fakten hinaus die Lücken hatte schließen können und nun wußte, wie sich alles abgespielt hatte.

Jedes Ding auf diesem Planeten wie auch die jüngste Entdeckung, die noch die pessimistischsten Einschätzungen übertroffen hatte, erinnerte an die dreckige und stinkende Atmosphäre des kleinen Müllplaneten Infra, auf dem alle nicht wiederverwertbaren Abfälle aus der Umlaufbahn Edens landeten.

Nicht nur die anorganischen Abfälle: Auf Infra wurden auch die widerspenstigen Individuen ausgesetzt, die Edens Ruhe nicht ertrugen. Habiela hatte den polizeilichen Auftrag erhalten, mit deren Anführer, einem gewissen Belz, einer gefährlichen Erscheinung, der man noch weniger trauen konnte als allen anderen, in telepathischen Kontakt zu treten (aber so, daß er es nicht merkte). Auf diese Weise hatte sie auch erfahren – bevor es Belz auf rätselhafte Art gelungen war, den Gedankenkontakt zu unterbrechen –, was auf Infra vor sich ging.

Alles hatte mit jahrtausendealten Akten angefangen, die mit einer Ladung aus einer antiken Bibliothek auf den Müll-

planeten gelangt waren, weil man sie für unnütz beziehungs-
weise voll gefährlichen Gedankenguts gehalten hatte und sie
vernichten wollte. Sich ihrer zu entledigen und mehr noch sie
auf diesen Planeten zu verfrachten, hatte sich jedoch als
großer Fehler erwiesen.

Denn in den Akten war von einer Möglichkeit die Rede, aus
dem geschlossenen System Edens zu fliehen und die großarti-
gen Weiten des intergalaktischen Raums zu erreichen.

Häresien, alte Träume, neue Utopien, Fossile einer antiken
Unordnung, eines mittlerweile unterdrückten Bewegungs-
wahns. Die Statuten besagten, der einzige erreichbare Raum
sei der Edens und seiner umliegenden Planeten, allesamt kalt
und tot außer Infra, das jedoch unter einer grauen und unge-
sunden Atmosphäre dahinsiechte, die das Atmen schwer
machte. Was aber jenen wilden Spekulationen Nahrung gab –
von der Möglichkeit, mit Überlichtgeschwindigkeit unfaß-
bare Weiten bis in andere Galaxien zu durchmessen –, sei die
Frucht bloßer Phantasie, entsprungen aus unbeständigen und
unzufriedenen Geistern, welche die süße Ruhe der Heimat
nicht zu schätzen wüßten.

Habiela hatte den Fehler begangen, ihre Entdeckungen
nicht sofort offenzulegen. Ihr hatten die Verstoßenen leid getan. Im Exil verbüßten sie die Strafe für ihre Unbeständigkeit,
sie wurden dorthin verbannt, um die Edeniter nicht mit ihrem
unruhigen Geist anstecken zu können. Welchen Sinn aber
hatte es, ihnen sogar noch dort oben, fernab von den braven
Bürgern Edens, zu verbieten, ihre Unruhe auszuleben? Eine
unnötige Grausamkeit, ein Ausdruck blanken Autoritätsgeba-
rens. Doch war dies tatsächlich das einzige Motiv gewesen,
ihre Erkenntnisse für sich zu behalten? Hatte nicht auch ein
gutes Stück unruhiger Neugier eine Rolle gespielt?

Belz hatte sich mit Hilfe der Telepathie mit einem Exilierten auf Zoor in Verbindung gesetzt, der noch grausamer war
als er selbst und zu jeder Perversion und Niedertracht bereit,

so daß man ihm noch nicht einmal die beschränkte Bewegungsfreiheit auf Infra zugestanden hatte. Zoor war der kälteste Planet des Systems, ein Block gefrorenen Ammoniaks, der langsam in der äußersten Umlaufbahn der Sonnen Balts und Czaar, Edens Zwillingssternen, kreiste. Eine Zeitlang war es Habiela gelungen, das außergewöhnliche telepathische Dreiecksverhältnis geheimzuhalten: den Austausch von Nachrichten und Versuchsergebnissen zwischen Belz und Sat, wie sich der Verstoßene auf Zoor nannte, und daß sie, Habiela, sie dabei belauschte.

Sat büßte seine schrecklichen Verbrechen in der totalen Einsamkeit Zoors, eingesperrt in eine Umhüllung von der Form einer Linse, deren Material ihn vor der absoluten Kälte seiner Umgebung schützte. Die Entfernung zwischen den Planeten Infra und Zoor war so groß, daß die Geschwindigkeit des psychomagnetischen Mediums, das ihre Nachrichten über Millionen von Kilometern hinwegtrug, enorm sein mußte. Wenn man die technische Zeit der Kommunikation subtrahierte, ergab sich daraus nahezu eine Gleichzeitigkeit von Übermittlung und Empfang.

Doch es fehlte der letzte Beweis. Die beiden Verstoßenen rüsteten sich mit herkömmlichen Empfangsgeräten aus und begannen eine Versuchsreihe.

Sie schickten gleichzeitig zwei identische Nachrichten los: eine mit Hilfe des elektronischen Geräts, die andere mit dem psychischen Medium. Es erwies sich, daß die Nachricht des elektronischen Senders regelmäßig von der des psychischen überholt wurde. Wenn sie eine Bildfolge sendeten, erhielt der mentale Empfänger sie nicht nur schneller als der elektromagnetische, sondern sogar schon das jeweils für den darauffolgenden Moment programmierte, aber noch gar nicht losgeschickte Bild. Der Prozentsatz der antizipierten Nachrichten war so hoch, daß ein Zufall ausgeschlossen werden konnte. Dies bedeutete, daß das psychische Medium den Weltraum mit Geschwindigkeiten durchmaß, deren alleinige Erwähnung nach der offiziellen Lehre Edens schon als Häresie gegolten hätte.

An diesem Punkt wurde Habielas Kontakt plötzlich unterbrochen (vielleicht hatte Belz bemerkt, daß sie mit Hilfe desselben Mittels abgehört wurden, mit dem er und Sat kommunizierten). Daraufhin beschloß Habiela endlich, den Großen Wächter der Ruhe Edens über die Vorgänge auf Infra aufzuklären. Zu spät. Als der Raumfrachter mit dem blitzenden Emblem Edens – der flammenden Spirale – in die ungesunde Atmosphäre Infras eintrat, waren auf dem kleinen Müllplaneten von den Exilierten nur noch die Alten übrig, die sich damit abgefunden hatten, ihr Leben in der Gefangenschaft zu beenden. Die übrigen hatten sich unter Belz' Kommando auf einem Gefährt davongemacht, das sie »Sternenwagen« nannten und das sie in Rekordzeit aus Sats Gefängnishülle und einigen Abfällen gebaut hatten.

Wie genau es ihnen gelungen war, das Raumschiff zusammenzuzimmern, und wie der bösartige Sat an Bord seiner Gefängnisscheibe von Zoor nach Infra gelangt war, konnte nicht mehr geklärt werden. Die Wächter der Ruhe konnten nur noch bedauern, diejenigen unterschätzt zu haben, die in der Folgezeit den unheilvollen Namen »Störer« erhalten sollten.

Die Alten, die im Exil auf Infra geblieben waren (und die später begnadigt wurden, nachdem sie feierlich geschworen hatten, den steinigen Pfaden ihrer Jugend für immer zu entsagen), grinsten voll Genugtuung in sich hinein, als sie erzählten, wie sie »eine Art zusammengestoppelte Schüssel« gesehen hatten, die in den Himmel Infras aufgestiegen und dort einen Moment wie ein Lampenschirm hängengeblieben war, bis sie dann auf einmal verschwand, so als hätte sie das Licht samt ihrem eigenen Abbild absorbiert und verschluckt, anstatt es zu reflektieren. In ihre Bestandteile aufgelöst, wie die Umstände es vermuten ließen? Vielleicht hatte das Problem sich bereits erledigt, Unruhe und Bösartigkeit hatten in sich selbst ihre gerechte Strafe gefunden.

Keine zwei Jahre waren vergangen, als Edens Astronomen aus dem äußeren Weltraum alarmierende Signale empfingen. Ein Planet des Sonnensystems, das an jenes von Eden angrenzte, war explodiert, ohne daß irgendein Grund ausgemacht werden konnte, der mit den kosmischen Naturgesetzen korrelierte. Ein weiterer schien plötzlich zu glühen wie eine Supernova.

Bis die Forscher auf Eden dann schließlich Nachrichten auffingen, aus denen unzweifelhaft intelligentes Leben sprach, wenn auch voll Todesangst.

»WIR FALLEN! WIR FALLEN! WIR FALLEN!« hieß es in den Botschaften, die von niemand anderem stammen konnten als jenen, die sich in diesem Moment zu den »Störern« nicht nur der Ruhe Edens, sondern der ehrwürdigen, bis dahin intakten Ordnung des Kosmos entwickelten. Sie mußten verfolgt und aufgespürt werden, daran gehindert werden, überall ihre zerstörerische Saat auszusäen.

So hatten die Edeniten keine andere Wahl, als die Etappen ihrer Entdeckung zurückzuverfolgen, indem sie zuerst die antiken Dokumente durchforsteten, anhand derer Belz die Mittel zur Flucht von den freudvollen Sternen Edens entwickelt hatte.

Allem Anschein nach hatten die Störer sich nicht im geringsten darum gesorgt, ihre Experimente und Entdeckungen geheimzuhalten. Im Gegenteil, es wurde sofort deutlich, daß sie absichtlich unzählige Spuren zurückgelassen hatten, um auch andere auf die Grundsätze zu stoßen, die sie vom edenitischen Wissenschaftskanon abbringen würden. Ein weiterer Beleg ihres maßlosen Hochmutes. Und ein untrügliches Zeichen ihrer Entschlossenheit, auch andere mit ihrer Unruhe anzustecken.

Innerhalb kürzester Zeit stand der neue Sternenwagen bereit, über den Shjawahee den Oberbefehl bekam.

Die ersten Monate waren mühselig gewesen. Nachdem der Kommandant anfänglich, entgegen den Anweisungen des Großen Wächters, den Weltraum um jene Planeten der eigenen Galaxie erforscht hatte, die am weitesten von Eden entfernt waren, wurde das Gefühl der Klaustrophobie, die Angst, auf ewig in einem Gewächshaus mit unmäßig süßlich duftenden Blumen eingeschlossen zu sein, immer unerträglicher. Zweifellos hatten die Störer genau dies im Sinn gehabt, als sie die Stationen ihres Fluges offenlegten.

Bei der Recherche in den staubigen Archiven Edens war Shjawahee auf ein altes Poem gestoßen. So alt, daß man sich nicht mehr auf seinen Autor besann. Es erzählte von einem mythischen Helden, der an die Grenzen der gewohnten kosmischen Pfade gestoßen war und nicht nur die Schönheit des kältesten Planeten beschwor, sondern darüber hinaus seine Gefährten aufforderte, sich dem freien, offenen Weltraum zu stellen. Die Besatzung war von den schwärmenden Worten des Helden so mitgerissen, daß der mythische Kapitän die Gefährten nicht mehr dazu bringen konnte, umzukehren, selbst wenn er es gewollt hätte. Zusammen katapultierten sie sich also mit dem Schiff in den dunkelsten Weltraum.

Das Poem endete mit dem Sternenwagen, der von den Untiefen des Kosmos verschluckt wurde.

Angeregt von der Phantasie des vergessenen Dichters, hatten Shjawahee und seine Gefährten den Traum entwickelt, mit dem gleichen Enthusiasmus diesen Sprung zu wagen. Eilig wurden die letzten Studien und Experimente durchgeführt. Dann war die Überlichtgeschwindigkeit Realität geworden und pulsierte im Bauch des Raumschiffs. Der Kommandant und seine Mannschaft lasen ein letztes Mal gemeinsam den antiken Gesang des Kapitäns, dann steuerten sie selbst den neuen Sternenwagen in den offenen Weltraum.

Die Faszination des Abenteuers verwandelte sich jedoch bald in das beklemmende Gefühl des Fallens und die Ahnung einer schrecklichen Einsamkeit. Nach dem Sprung über die Grenzen ihrer Galaxie erlosch auf den organischen Computern, diesen winzigen Tropfen im kosmischen Meer, auch das entfernteste Echo der Chöre von Eden.

Die Erforschung der neuen Galaxie verfolgte ein Ziel: Spuren von kohlenstoffbasiertem Leben zu finden. Sie lauschten auf jedes Signal, prüften den Weltraum im Umkreis der Planeten, um auch den blassesten Widerschein möglicher Bilder nicht zu übersehen.

Unerträglich lange sondierte der organische Bordcomputer, dieser große vibrierende Kristall, Sonnen und Planeten mit den ausgefahrenen Tentakel seiner Rezeptorantennen. Doch immer wieder mußte er sich unter kaltem violetten Leuchten zurückziehen, der Farbe der Enttäuschung und der Einsamkeit.

Bis der Kristall endlich ganz leicht rosa zu glühen begann, zuerst schwach und dann immer deutlicher, während die magnetischen Finger ein System absuchten, das von einem mittelgroßen, gelben Stern beherrscht wurde. Im Herzen des Prismas erschien das Symbol der Pyramide, das kohlenstoffbasiertes Leben anzeigte.

Dann empfingen sie Signale, wenn auch nur sehr schwach. Einen Moment lang und so flüchtig, daß sie nicht sicher sein konnte, glaubte Habiela die unverwechselbare psychische Stimme von Belz zu erkennen.

Fieberhaft errechneten Shjawahee und seine Mannschaft die Koordinaten für den letzten Sprung.

Und dann kippt das Gleichgewicht zwischen dem Druck des Erd-
inneren und dem Gewicht des Wassers, an einem beliebigen Punkt des
Meeresbodens. Es entsteht eine endlose Folge von Unterwasser-
erdbeben, die Meerbeben auslösen. Doch riesige Wassermassen
fließen augenblicklich in den Spalt am Meeresboden und füllen die
Bresche auf. Der Meeresspiegel war damals sehr niedrig, so niedrig,
daß viele Meerbeben dem ersten folgten, und anstatt sich zu schließen, wurden die Breschen immer breiter. Die ständige Berührung mit
dem Erdinnern brachte die Ozeane zum Sieden; die freigesetzten
Kräfte der Unterwasserbeben bewirkten Beben der aufgetauchten
Erdoberfläche. In den Stürmen vermischte sich der von den Beben
aufgeworfene Staub mit den Dämpfen, die den Ozeanen in Folge der
Meerbeben entstiegen. Die dicken Wolken, die aufstiegen, waren un-
durchsichtig und angefüllt mit Staub. Es gab nicht mehr Tag noch
Nacht, nichts als ein ewiges Dämmerlicht am Ende des ersten Tages
der Naturkatastrophe.

Jean Sendy, *Ces dieux qui firent le ciel et la terre*

Dies war natürlich die schlechteste aller möglichen Welten:
der dritte Planet eines kleinen Sonnensystems, eingehüllt in
dunkle Wolkenmassen, die kein Sonnenstrahl durchdrang, um
ihm Licht und Wärme zu spenden. Kalt, die Ozeane endlose
Sümpfe, eine Vegetation, die langsam dem unausweichlichen
Tod entgegensiechte, die Bäume ächzten unter dem Gewicht
von Moos und Flechten, die Tiere waren zu grauen, am Boden
kriechenden Wesen mutiert, die sich ins Innere von Höhlen
flüchteten, als suchten sie nach der Wärme des Mutterleibes.

Ihnen war sofort klar, daß der Planet in den vergangenen
zwanzigtausend Jahren eine Naturkatastrophe ungeheuren
Ausmaßes erlebt haben mußte. Aufgrund der Eiszeit waren
die Flüsse zugefroren und hatten sich nicht mehr in die
Meere ergossen. Das Gewicht der Ozeane hatte sich redu-
ziert, die so dem Druck der Mesosphäre nicht mehr stand-
hielten. Unaufhörlich kam es zu Vulkanausbrüchen, in deren
Folge sich neue staubige, undurchdringliche Wolken bildeten,

die das Licht und die Wärme der einzigen Sonne absorbierten und den Planeten in ewiges Dämmerlicht tauchten.

Sie dachten bereits daran, zurückzukehren und aufzugeben, nachdem sie so weit gekommen waren. Zu unwahrscheinlich schien es, daß Belz und seine Männer sich gerade an einem Ort niedergelassen haben sollten, der Infra so sehr ähnelte, diesem stinkenden Planeten, von dem sie geflohen waren. Doch als sie den Computer nach der Flugbahn befragten, blieb er stumm, schweigend und feindselig, und verbreitete einen ungewohnten, bläulichen Schimmer. Vielleicht hatte sich ein Programmierungsfehler eingeschlichen infolge der Eile, mit der die Vorbereitungen für den Aufbruch getroffen worden waren.

Oder ein Schaden, der mit dem ungünstigen Klima in Verbindung zu bringen war? Dies glaubte der Kommandant anfangs, und gemeinsam mit dem Steuermann prüfte er sämtliche Algorithmen des Programms, die sich jedoch alle als korrekt herausstellten.

Bis auf einen. Als er in das Fraktal, das den erforschten Weltraum abbildete, die Position Edens eingeben wollte, nahm der Kristall des organischen Computers eben jene Trauerfarbe an.

Die Eile und der Drang, möglichst schnell die Jagd nach den Störern aufzunehmen, hatten nichts damit zu tun. Der Speicher für den Rückweg war nicht während der langen Reise gelöscht worden, sondern bereits im vorhinein.

Habiela argwöhnte, daß alles vorhergesehen und berechnet worden war: die Rebellion von Belz und den Seinen, der Fluchtwunsch, der auch auf die Verfolger überspringen würde, die Landung beider Besatzungen auf dem Unglücksplaneten, sowohl der Rebellen als auch ihrer Verfolger. Ohne daß sie sich dessen bewußt gewesen waren, hatte es einen Prozeß gegeben, auf den ein ebenso stummes wie unanfechtbares Urteil gefolgt war. Shjawahee und seine Leute hatten geglaubt, Ritter der Ruhe zu sein, unterwegs mit dem Auftrag, diese Ruhe wiederherzustellen, und die Wächter hatten sie aus Feigheit und in einem Akt stumpfer Bevormundung in dem Glauben belassen. Doch in Wirklichkeit waren auch sie verstoßen worden, wie die anderen, an einen noch ferneren und unzugänglicheren Ort als Infra. Man hatte sie selbst diese Falle vorbereiten lassen, die sie in den entferntesten Winkel einer abgelegenen Galaxie geführt hatte, in die totale Isolation.

Habiela hatte deutlich den ganzen, ausgeklügelten Plan vor Augen, während sie sich gleichzeitig ihrer heimlichen Unruhe bewußt war. Es schien ihr nicht unwahrscheinlich, daß auch die anderen Besatzungsmitglieder in ihrem Innersten die gleiche Unruhe nährten und daß allesamt, schon bevor sie ihre Bereitschaft verkündet hatten, sich in den Weltraum zu stürzen, mit ihr das schuldvolle Gefühl der Langeweile angesichts der Chöre von Eden geteilt hatten. Nicht umsonst war Shjawahee der Autor eines philosophischen Essay, der, wenngleich er nicht offen häretisch war, doch für einige Aufregung gesorgt hatte. Und hatte Balbek nicht einen Verweis der Zensurbehörde riskiert wegen seiner Forschungen im Bereich der Genetik? Carnàc wiederum war aufgrund seiner Manie, in der Vergangenheit zu forschen, öffentlich gerügt worden. Habiela erkannte nun das subtile Kalkül, mit dem das Große Gericht von Eden dieses raffinierte Urteil ausgearbeitet hatte.

Auch sie waren wie die anderen, die Störer, von Langeweile geplagt gewesen, ohne aber den Mut aufzubringen, es offen einzugestehen, und dafür waren sie bestraft worden, im geheimen und doppelt. Sie waren uneingestandenermaßen die Perfektion leid, die das Leben auf Eden so gleichförmig gestaltete? Dann sollten sie auch eine uneingestandene Strafe erhalten. Sollten doch auch sie, genau wie die vertriebenen Störer, der Ungewißheit entgegengehen, um sich der Brutalität eines wilden und kalten Planeten entgegenzustellen, den eine Naturkatastrophe jeglichen Lichts beraubt hatte. Und daß sie niemals zurückkehrten, weder die einen, die hochmütigen Rebellen, noch die anderen, die uneingestandenen.

8. Die ABC-Fibel der Elohim

Allmählich begriff ich, warum der Stein in der Vergangenheit eine so
tragende Rolle gespielt hatte, warum man glaubte, daß eine enge Verbindung zwischen der Seele und den Steinen bestünde; und daß vom
Himmel gefallene Steine Leben schenkten, daß Steine sprechen könnten und Nachrichten aus der Urzeit oder eine Prophezeiung für uns
bereithielten.

Piero Tellini, »L'uomo della pietra«, in *PM* (1984)

Der rötliche Feuerschein warf die Reflexe der Pfütze an die
Höhlenwände, zusammen mit dem Schattenriß des Gastes,
der auf dem Monolithen neben der Öffnung hockte.

Habiela hob den Arm. Zwischen Zeigefinger und Daumen
hielt sie einen bearbeiteten Stein. Sie ließ das Handgelenk
kreisen, und auf dem Monolithen formte sich langsam der
Schatten eines Tieres, das den Kopf ruckartig hin und her bewegte und die Lippen schürzte.

Ham-Dams Blick wanderte fasziniert von der kreisenden
Hand mit dem Gegenstand zu dem größer werdenden Schatten, der nun schon das ganze Tier zeigte, das sich auf den Angriff konzentrierte.

»Sag mir den Namen!« hallte eine Stimme durch seinen
Kopf, stumm, aber mächtig wie ein Donnerschlag.

In einer fernen Ecke des absterbenden Waldes sammelten
sich die letzten Paviane, ihres Fells beraubt und zitternd, ein-
sam und zum Schattendasein verdammt, Überlebende eines
einst vielköpfigen Stammes. Ham-Dam erinnerte sich, daß sie
vor langer Zeit von Baum zu Baum springend herangekom-
men waren, wie ein Schwarm großer Vögel ohne Flügel, und
den Wald mit ihren Schreien erfüllt hatten, mit Kot, Ästen
und herabfallenden Früchten, eine Brandung, die donnernd
durch den Cañon gerollt war. Die Erinnerung an all das Leben, das in der warmen Sonne zwischen den Ästen explodiert
war, ließ Ham-Dam erzittern:

»Toohuu-boohuu …«, winselte er traurig, während er mit dem Finger auf die Schattenfigur am Felsen deutete.

Habiela nannte die Namen, Silbe für Silbe mit machtvoller Stimme, und ließ den Schatten weiter über den Bildschirm laufen, sein Maul öffnen, die Lippen schürzen, die Zähne fletschen. Aus dem Bild entstanden Habielas Begriffe, Pavian wurde gleichbedeutend mit Wildheit, Beweglichkeit, Nostalgie, und die Namen für all das gingen aus derselben phonetischen Wurzel hervor.

Dann ließ sie wieder das Handgelenk kreisen, und auf dem Felsblock tauchte das Bild eines Frosches auf, der gerade zum Sprung ansetzte. Sie machte eine Handbewegung, und der Frosch sprang aus dem Bildschirm heraus und verschwand in der Tiefe des Abgrunds jenseits der Höhlenöffnung. Erneut ertönte Habielas kristallklare Stimme und gab den Dingen einen Namen: der Frosch, der Sprung, das Wasser des Tümpels, glitschig, fliehen …

So lauteten die Anweisungen Shjawahees. Die Störer hatten eine Beschleunigung ausgelöst. Mit ihren oberflächlichen und kriminellen Techniken – unter anderem war die Chirurgie zum Einsatz gekommen, und sie hatten tatsächlich auch vor der größten Ruchlosigkeit nicht Halt gemacht, dem Eingriff in den genetischen Code jener Lebewesen, – hatten sie Monster geschaffen. Vielleicht war dies hier die einzige Höhle, in der eine akzeptable Mutation dahinvegetierte, zum Untergang verdammt, hätten sie nicht gerade noch rechtzeitig eingegriffen. Ziel war es nun, das Weibchen wieder fortpflanzungsfähig zu machen. Dann mußte der Funke des Bewußtseins entzündet werden, indem man ihnen die Sprache beibrachte. Die Steinsplitter, die mit einer ganz besonderen, anamorphorischen Technik bearbeitet wurden und auf diese Weise im Schattenspiel mehrere Seiten und Bilder gleichzeitig darstellen konnten, waren Habielas eigene geniale Erfindung.

Aber war die Idee des Kommandanten wirklich so gut? War es nicht vielmehr so, daß man das Verbrechen der Beschleunigung auf diese Weise nur fortsetzte und zu seiner letzten Konsequenz führte?

9. ABSCHIED VOM IRDISCHEN PARADIES

Als es noch Nacht war. Als der Tag noch nicht gekommen war. Als die Sonne noch nicht aufgegangen war. Kamen sie zusammen. Versammelten sich die Götter. Dort in Teotihuacán.

Codex Matritensis

Die Sonne ging hinter der Landzunge unter, der äußersten Spitze des Golfs. Die Frauen des Dorfes bildeten einen Kreis um die große Zypresse, die den Sterbenden beschirmte, und stimmten einen Klagegesang an.

Seit einigen Tagen lag Carnàc im Sterben. Der Gesang war ihm nicht unangenehm, obwohl er einen schmerzlichen Abschied ankündigte.

Heute abend mußte er noch einmal mit Balbek kommunizieren. Vielleicht würde ihm morgen schon die Kraft dazu fehlen.

Er stellte das Empfangsgerät ein.

»Hier spricht Carnàc«, sagte er, »dies ist meine letzte Nachricht.«

Balbeks schneidende Stimme traf ihn unangenehm. Er hatte sich nie an diesen ironischen Einschlag gewöhnen können, der auch jetzt in dem betrübten und respektvollen Gruß mitschwang.

»Früher oder später trifft es uns alle«, meinte Balbek. »Welches ist deine Ziellinie, Carnàc? In der Zeitrechnung dieses blauen Tümpels, meine ich. Zweitausend?«

»Mir langt es jetzt schon«, seufzte Carnàc.

»Was ist das für ein Singsang?«

»Sie verabschieden sich von mir. Das sind ihre Lobgesänge auf mich.«

Aus dem Apparat ertönte ein kratzendes Geräusch, als Balbek kurz auflachte.

»Sie also auch. Der ganze weite Weg umsonst.«

»Sie mochten mich eben gerne.«

Wieder Balbeks kratzendes Lachen:

»Deine sanftmütigen, nordischen Wilden. Daraus wird auch kaum etwas Gutes erwachsen. Wie überall. Hast du schon deine Kapsel zerstört?«

»Noch nicht.«

»Vergiß es nicht. Du darfst sie nicht zurücklassen.« Balbeks Stimme nahm einen gebieterischen Ton an. »Was du ihnen beigebracht hast, muß nun genügen und das seine tun. Vielleicht war es schon zu viel, daß sie gelernt haben, die Erde zu bestellen. Es war ein großer Fehler, ihnen die Werkzeuge zurückzulassen, als wir den Garten Eden zerstörten. Wir hätten sie ihrem Schicksal überlassen sollen, allein mit den Dingen, die sie hatten, als wir auf sie gestoßen sind, mit ihren grob behauenen Steinen.«

»Meine sind ganz friedlich und willig«, sagte Carnàc, »sie lernen mit genau der richtigen Geschwindigkeit, nicht zu schnell, nicht zu langsam.«

»So war es im Garten Eden anfangs auch«, erwiderte Balbek, »doch dann mußten wir nur mal kurz wegschauen. Hier in der Gegend schlagen sie sich seit zwei Jahrhunderten die Köpfe ein. Was werden wohl deine guten Wilden tun, wenn du nicht mehr da bist? Hier auf dem Kontinent wurde es mehr als unangenehm, als sie erst einmal begonnen hatten, ernst zu machen, bei all den Dingen, die wir unvorsichtigerweise zurückgelassen hatten. Meine Zone entwickelt sich gerade zur Wüste.«

Carnàc dachte traurig, daß Balbek recht hatte. Wehmütig

erinnerte er sich an die verschiedenen Stationen, die ihn schließlich auf diese entlegene Insel im Ozean geführt hatten, wo er nun in Einsamkeit sterben würde.

Am Anfang war alles sehr aufregend gewesen.

Shjawahee hatte die Operation in verschiedene Phasen unterteilt. Während der ersten Phase hatten sie in der Umlaufbahn diverse Gravitationsfelder provoziert, um so die undurchdringliche Wolkenschicht zu sprengen, die den Planeten umgab und die Sonnenstrahlen fernhielt. Es hatte wieder geregnet, und dann hatten tagsüber die Sonne, nachts die Sterne geschienen.

In den folgenden Zyklen hatten sie langsam den Verlauf der Gezeiten, der Ströme und der Winde reguliert und für die Rückbildung der Vereisung und der vulkanischen Aktivitäten gesorgt. Das erhabene Schauspiel eines Planeten, der zu neuem Leben erwacht, Pflanzen hervorbringt, sich mit Tieren bevölkert, mit neuer Kraft aus der Lethargie erwacht, als würde er von einer ungeheuren Macht dazu getrieben, die verlorene Zeit aufzuholen, hatte all ihre Erwartungen übertroffen und sie für viele Mühen entschädigt.

Auf einer Gebirgskette, in einer klimatisch außergewöhnlich begünstigten Zone, hatten sie dann einen Ort abgegrenzt, den sie »Garten Eden« nannten, im Gedenken an die verlorene Heimat.

Ihn hatten sie mit den Nachfahren jenes Paares bevölkert, die bei ihrer Ankunft dazu verurteilt schienen, im Dunkel der Höhle zu verenden. Habiela hatte dem Weibchen zunächst die Fähigkeit zur Fortpflanzung zurückgegeben, dann hatte sie dem Paar und ihren Kindern mit beispielloser Geduld die »Namen der Dinge« beigebracht und sie auf den Pfad des Bewußtseins geführt, den sie voller Stolz beschritten.

Doch an diesem Punkt, als alles auf ein akzeptables Gleichgewicht hinauszulaufen schien und sie gleichsam mit der

Sorge und Freude von Eltern die Entstehung der »Menschen« beobachten durften, die ihnen selbst so ähnlich waren, daß sie bald wie Gefährten würden sein können, an deren Seite sie die Einsamkeit besiegten, da hatte alles eine teuflische Wendung genommen.

Ein Windstoß fuhr durch die Zypresse. In Carnàcs Geist ertönte Habielas Musik, die in letzter Zeit immer trauriger und ferner klang. Habiela bediente sich keines anderen Übertragungsmittels mehr als ihrer telepathischen Kräfte.

»Gehst du, Carnàc?«

»Ja.«

»Zu früh. Wir können noch siegen, wenn wir zusammenbleiben. Ich will eine Versammlung einberufen.«

»Wo?«

»Hier unten, auf der anderen Seite des Planeten. In der Nähe des Äquators. Wenn du mich sehen könntest! Ich lebe mit ihnen, wohne in einer Hütte ... Wir haben die Stadt verlassen und sind in das Dickicht des Tropenwaldes geflohen, denn sie kommen zurück.«

»Wer?«

»Die Störer. Es ist mir gelungen, sie zu lokalisieren. Sie umkreisen ununterbrochen das System auf einer Basis, die mit einem Asteroiden verbunden ist. Alle zweiundfünfzig Jahre landen sie. Sat ist jetzt ihr Anführer, und sie sind noch unseliger als früher. Kaum sind sie gelandet, beginnen sie sofort mit ihren genetischen Experimenten, Versklavungen, obszönen Kreuzungen ... und mit ihren Opfern, selbstverständlich, ihren grausamen Feiern ... Das ganze makabre Ritual, eben. Alle zweiundfünfzig Jahre ertrinkt man hier im Blut, auf dieser Seite der Erde. Wir müssen etwas unternehmen, Carnàc, geh nicht weg ...«

»Zu spät, Habiela. Ich bin müde.«

»Vergiß nicht, dein Modul zu verbrennen.«

»Ich vergesse es nicht, bestimmt nicht.«

»Schick es hinaus in die Umlaufbahn. Ich möchte es leuchten sehen.«

Mit genau der richtigen Geschwindigkeit hatten sie die Sprache erlernt, hatten die Kunst des Feuermachens perfektioniert, ihre Geburtenrate unter Kontrolle gebracht und sich allmählich aus der nackten Überlebensangst befreit. Dann hatte sich alles ein weiteres Mal beschleunigt.

Der Fluch der Unruhe hatte Shjawahee und die Seinen dazu gebracht, den Planeten zu verlassen, um den Weg für eine neue Flucht zu suchen. Sie hatten eine lange Forschungsreise bis weit hinter die Planeten des Systems vorgenommen. Bei ihrer Rückkehr war der Garten Eden verwüstet gewesen.

Es hatte einige Zeit gedauert, bevor aus dem Dickicht des Waldes eine Gruppe von Menschen gekommen war, verängstigt durch die Ankunft des Sternenwagens. So wie sie herausgeputzt waren, mußte eine neue, unumkehrbare Beschleunigung stattgefunden haben: In ihren Haaren steckten Vogelfedern wie Empfangsantennen, um den Hals trugen sie Gräser mit eingeflochtenen Steinen wie Antigravitationsvorrichtungen; auf Gesicht und Arme hatten sie sich die Spirale und andere Symbole der fernen Galaxie tätowiert.

»Wer seid ihr?« lautete die Frage, die aus diesem grob nachgeahmten Schmuck sprach.

Und: »Wer sind wir?«

Und: »Welcher Unterschied besteht zwischen euch und uns?«

Und: »Gibt es überhaupt einen Unterschied?«

Es war noch zu früh für Fragen dieser Art. Nur der Zynismus der Störer konnte diese erneute Beschleunigung provoziert haben.

Tatsächlich stießen sie überall auf die Spuren der Störer und ihrer schmutzigen Rituale: vom Opferritus blutverschmierte und noch warme Pfähle, ungeheure Steinbauten, das Werk von in die Barbarei zurückgefallenen Sklaven, die nicht wußten, daß diese Kolosse nichts anderes waren als riesige Anziehungspunkte magnetischer Energie, welche die Störer benötigten, um ihre Wagen wieder aufzuladen.

Shjawahee hatte das Experiment innerhalb des begrenzten Raumes des Gartens für gescheitert erklärt, zerstört durch pure Ruchlosigkeit. Genausogut konnte man die jüngst stattgefundene Beschleunigung nun auch zu ihrer letzten Konsequenz führen. Und das, so mußte Carnàc sich nun eingestehen, war ein Fehler gewesen.

Alle Einzäunungen wurden niedergerissen und der Garten der Diaspora anheimgegeben. Bevor die Menschen sich verstreuten, wurden ihnen einige Instrumente anvertraut, nur solche, mit denen sie wenig Schaden anrichten konnten. Und dies war der zweite Fehler gewesen, denn sie sollten nicht lange brauchen, sie zu verwandeln.

Die vom Planeten Eden Vertriebenen waren gezwungen, sich in alle Himmelsrichtungen zu zerstreuen und in jedem Winkel der Erde Beobachtungs- und Kontrollpunkte einzurichten. Carnàc hatte ein Inselarchipel in einem abgeschlossenen Golf gewählt, der fast einem See glich und ins offene Meer mündete.

Hier war er auf einen Menschenstamm gestoßen, abgeschirmt von undurchdringlichen Wäldern, der schon den auf zwei Seiten behauenen Stein kannte. Dank einer warmen Meeresströmung hatte die Eiszeit diese glückliche Insel verschont und so hatte die Evolution wunderbarerweise auf ganz natürliche Art vonstatten gehen können, ohne größere Einbrüche. An diesen friedlichen Inselbewohnern hatte Carnàc ordentliche Arbeit geleistet. Sie hatten ihn wie ein Geschenk aufgenommen, das vom Himmel gefallen war, unkompliziert und voller Zuneigung. Er hatte ihnen beigebracht, mit dem Pflug umzugehen und das Land zu bestellen. Doch hatte er nicht der Versuchung widerstehen können, die von Shjawahee aufgestellten Regeln zu brechen, und ihnen gezeigt, wie man die nötige Konzentration aufbrachte, um die Schwerkraft zu überwinden und riesige Gewichte zu stemmen.

Nun lag Carnàc im Sterben, zwei Jahrtausende, nachdem er und seine Gefährten Eden verlassen hatten und auf diesem Planeten gelandet waren, um ihn vor dem frühzeitigen Tod zu retten. Andere Verstoßene, müde wie er, hatten vor dem Sterben ihre Module im Himmel entzündet, wie Sternschnuppen. Sie waren jetzt nur noch wenige, mit einem einzigen, gemeinsamen Ziel, die Störer zu bekämpfen und sich ihren Perversionen zu widersetzen: Balbek, der immer noch von der östlichen Zone antwortete, Habiela, und natürlich Shjawahee, der niemals aufgeben und wie jeder wahre Feldherr das Schlachtfeld als letzter verlassen würde.

»Bist du noch da, alter Freund?« fragte Shjawahee. »Ich sehe kein neues Licht am Himmel.«

»Ich habe für alles gesorgt«, antwortete Carnàc, »laß mich noch diesen einen Sonnenuntergang erleben. Im letzten Augenblick wird das Modul aufsteigen und im Weltraum explodieren. Du wirst es sehen, keine Sorge. Es wird leuchten wie eine Nova.«

Carnàc sah auf seine Hände, seine Arme, seinen vertrockneten, nackten Körper, der einzig mit Ketten aus harten Steinen geschmückt war und im rötlichen Schein der Abenddämmerung beinahe durchsichtig wirkte.

»Von mir behalten sie nur die paar Knochen zurück, die mir noch bleiben«, sagte er.

»Und sonst nichts, stimmt's?«

»Sonst nichts«, bestätigte Carnàc.

Innerhalb des von mächtigen Menhiren gebildeten Zirkels warf sich die Erde zu einer gewaltigen Blase auf. Staub wirbelte auf und legte sich wie ein weißer Schleier über die Bäume.

Das silbrig glänzende Schild erhob sich aus seiner alten Grabstätte und schwebte einen Augenblick über dem Boden, wo elektromagnetische Wellen die Wirbel in die Farben des Regenbogens tauchten; schließlich verschwand es im Himmel.

Ein Donnern rollte heran, eine jähe Windböe raste die Küste entlang, fuhr wild durch die Zypressen und Pinien auf den Inseln. Einen Augenblick lang loderte weiß eine Flamme auf, dann blau, dann rot, wieder weiß, bis sie schließlich vom Dunkel verschluckt wurde. Ein nie gesehener Stern, heller als die anderen, erstrahlte am Horizont und erlosch. Die Hunde im Dorf hoben die Köpfe und bellten im Chor. Nach dem Gekläffe wurde der Klagegesang der Dorffrauen schriller, als sie ihre Zungen gegen den Gaumen schnellen ließen. Auf sämtlichen Inseln wurde der Schrei mit Trommeln beantwortet und vervielfacht über den Ozean geschickt.

Ohne das Strahlen in den großen Augen sah der schmächtige, zusammengeschrumpfte Leib aus wie eine Alge, die von der Sonne getrocknet auf einem Felsen klebt. Die Menschen nahmen ihn samt der Steinplatte auf, mit der er wie ein Fossil verbunden zu sein schien. Sie trugen ihn zur Mitte des Kraters und stellten ihn auf dem Abdruck ab, den das Schild hinterlassen hatte.

Viele Tage lang mühten sich die Dorfbewohner, Männer und Frauen, die Monolithen als schützende Wand rund um den Krater aufzustellen. In einen Stein ritzten sie Kornähren und wälzten ihn an das Kopfende. Auf die gegenüberliegende Seite meißelten sie einen Pflug.

Sie deckten die Ruhestätte mit einem riesigen Monolithen ab, dem Dolmen, dem Dach der rohen Kammer. Dann häuften sie weitere Steine darüber und ließen nur einen schmalen Stollen frei, der als Zugang zu der nachgeahmten Raumkapsel diente.

Schließlich bedeckte Erde alles so wie zuvor, als noch das echte Schild hier gelegen hatte. In der Ebene erhob sich der gleiche linsenförmig gewölbte Erdhügel, der das wunderbare Flugding versteckt hatte. Carnàc, der Freund, war dort drinnen, stets zum Aufbruch, zur Rückkehr in seine ferne Heimat bereit.

Schließlich riefen sie gemeinsam die Kraft in sich selbst, wie er es sie gelehrt hatte, und stellten neben den Dolmen einen riesenhaften Menhir. Dies war Carnàcs Wunsch gewesen: sehr hoch solle er sei, damit man ihn deutlich sehen könne, von weitem und von oben.

Marc Levy
UM EIN HAAR

Ein schöner Abend war vorüber.

Susan und Jeff hatten zum Diner geladen. Das Haus war erfüllt gewesen vom Lachen der Kinder, von Onkel Tonys lauter Stimme und vom Bellen des Golden Retrievers Aby. Dann hatten sich alle erhoben, die Kinder zuerst. Sie hatten Susan umarmt, sich bei ihr bedankt und waren gegangen, gut versorgt mit Kuchen und großen, in Alufolie gewickelten Stücken Truthahn. Als die Rücklichter von Tonys Wagen in der Dunkelheit verschwanden, faßte Jeff Susan um die Taille und küßte sie zärtlich unter dem Vordach des Hauses. Susan schlang ihrem Mann die Arme um den Hals und legte ihren Kopf an seine Schulter. Als er sie seufzen hörte, lächelte er traurig. Der Himmel allein wußte, wie sehr er seine Frau liebte. Doch all seine Zuneigung vermochte ihr nicht das Schuldgefühl dafür zu nehmen, daß sie ihm keine Kinder hatte schenken können. Und auch ihm fiel es manchmal schwer, seine Enttäuschung darüber zu verbergen. So war jedes Familienreffen, wenn Onkel Tony mit seiner Kinderschar bei ihnen aufkreuzte, Anlaß zu großer Freude und zugleich eine schmerzliche Erinnerung.

»Wir hätten gar nicht die Zeit gehabt.«

»Wofür?«

»Sie aufzuziehen.«

»So ein Unsinn.«

Jeff ließ seine Fingerspitzen sanft über ihre Wange gleiten.

Er hatte große, kräftige Hände, doch sobald sie die Haut seiner Frau berührten, wurden sie behutsam und unendlich sinnlich.

»Ich habe so schon immer das Gefühl, als hätte ich nicht genug Zeit, dich zu lieben.«

»Also, ich kann mich nicht beklagen. Was redest du da?«

»So viel, wie du unterwegs bist, würde ich die Zeit, die du mir gönnst, nicht einmal mit meinen eigenen Sprößlingen teilen wollen, glaube ich.«

Susan lächelte und sah ihn mit jener unvergleichlichen Mischung aus Zärtlichkeit und Stärke an, die er so sehr an ihr liebte.

»Ist das ein Vorwurf, Mister Bridget?«

»Nein, eine Aufforderung.«

»Eine Aufforderung wozu?«

»Das zu erraten, überlasse ich Ihnen, Misses Saranden.«

»Ich mag es, wenn du mich mit meinem Mädchennamen anredest.«

Jeff hob seine Frau hoch und trug sie wie ein frischgebackener Ehemann auf den Armen über die Schwelle des Hauses. Er schloß die Tür mit einem Fußtritt und erklomm die Treppe zur Mezzanine. Dort schob er die Schlafzimmertür auf, bettete Susan sanft auf die Kissen und liebte sie voller Leidenschaft.

Viel später in der Nacht lag er an sie geschmiegt und küßte sie auf die Stirn, bevor er das Licht löschte und seine Arme unter dem Kopf verschränkte. Susan drehte sich um und schlief sofort ein.

Jeff dagegen fand keinen Schlaf. Er lauschte dem ruhigen Atem seiner Frau, betrachtete die Decke und dachte wieder an das Kind, das sie nicht hatten haben können. Er beschloß, den Tisch abzudecken, um sich von diesen traurigen Gedanken und der plötzlichen Lust auf eine Zigarette abzulenken (vor zwei Monaten erst hatte er aufgehört zu rauchen).

Außerdem haßte Susan es, morgens erst einmal aufräumen zu müssen. Er ging ins Bad und nahm den Pyjama vom Haken. Vor dem Spiegel folgte er mit dem Zeigefinger den Falten unter seinen Augen, schnitt eine resignierte Grimasse und rieb sich den Bart. Dann schloß er leise die Tür zur Mezzanine und ging die Stufen hinunter, ohne Aby zu stören, die sich in ihrem Korb unter der Treppe zusammengerollt hatte. Im schwachen Schein der kleine Lampe über dem Tresen, der die offene Küche vom Wohnzimmer trennte, begann er das Geschirr abzuräumen. Der vordere, der Eingangstür zugewandte Teil des Zimmers lag im Dunkel.

Plötzlich sprang Aby auf, fixierte den kleinen runden Tisch in der Ecke neben dem Fenster und begann zu knurren. Jeff zuckte zusammen. Er stellte die Teller neben das Spülbecken und drehte sich um; er hatte das Gefühl, daß sich außer ihm noch jemand im Raum befand. Mit zusammengekniffenen Augen versuchte er, im Dunkeln etwas zu erkennen, und griff mechanisch nach einem Messer.

»Wer ist da?«

Bevor er eine Antwort bekam, stürzte Aby sich unter wütendem Gebell auf eine Gestalt, deren Umrisse er jetzt hinter dem Vorhang erkannte. Die Hündin jaulte auf und fiel zu Boden, wo sie winselnd liegenblieb. Die Gestalt sprang auf, stürzte sich auf Jeff, packte ihn an der Gurgel und warf ihn zu Boden. Jeff spürte den Atem seines Gegners, ohne dessen Züge erkennen zu können. Er versuchte sich mit dem Messer zu wehren, doch der Mann beförderte es mit einem Stoß seines Ellbogens einige Meter weit weg, ohne ihn loszulassen. Jeff, der hoffnungslos unterlegen war, spürte bereits, wie sich seine Kehle unter dem Würgegriff des Eindringlings verengte. Er bekam keine Luft mehr, und sein Puls begann zu rasen. Er fühlte, wie seine Muskeln sich verkrampften, seine Beine taub wurden, das Zimmer um ihn herum sich zu drehen begann. Die Sekunden dehnten sich unendlich in einem immer heftiger werdenden Schmerz. Er kämpfte gegen die Ohnmacht an, doch ein schwarzer Schleier schob sich unerbittlich vor seine Augen.

In diesem Zustand halber Bewußtlosigkeit vernahm er wie aus weiter Ferne das trockene, präzise Geräusch einer Detonation. Dann verließen ihn seine Sinne.

Bei Abys erstem Knurren war Susan erwacht. Sie war sofort aufgestanden, hatte ihren Morgenrock vom Fuße des Bettes genommen und war auf die Balustrade getreten. Als sich ihre Augen an das Halbdunkel gewöhnt hatten, sah sie ihren Mann zu Boden gehen. Ohne einen Augenblick zu zögern, war sie an ihren Sekretär getreten, hatte eine der unteren Schubladen geöffnet, die beiden Schachteln mit Visitenkarten und das Röhrchen Aspirin beiseite geschoben und die dahinter verborgene Pistole gepackt.

Die Waffe in der Hand, hatte sie eine anderer Schublade geöffnet, das Magazin, das sich darin befand, herausgenommen, es mit verblüffender Geschicklichkeit und Ruhe in den Griff der Pistole geschoben und die Waffe entsichert. Dann hatte sie sich der Balustrade genähert, den Arm ausgestreckt und gefeuert. Mit einer Geschwindigkeit von nahezu 200 Stundenkilometern erreichte die Neun-Millimeter-Patrone ihr Ziel. Sie drang in das Gehirn ein, durch das sie eine breite Spur zog, bevor sie in der Schädeldecke steckenblieb. Der Mann sackte in sich zusammen.

Gewaltsam bahnte sich Jeffs Atem einen Weg durch die zusammengepreßte Luftröhre. Er hustete und würgte, sein Brustkorb hob sich in krampfartigen Stößen. Allmählich verzog sich der dichte Schleier vor seinen Augen, und er kam wieder zu Bewußtsein. Susan betrachtete die Szene zu ihren Füßen und bemerkte die Hündin, die verletzt vor dem Sofa lag. Sie ließ ihren Blick forschend durch das Zimmer schweifen und horchte; dann entspannten sich ihre Züge. Sie ließ das Magazin aus dem Revolver schnellen, fing es mit der linken Hand auf und legte die beiden Teile auf den Sekretär zurück. Dann zog sie den Gürtel ihres Morgenmantels fest und rannte die Treppe hinunter. Als sie ihren Mann erreichte, versuchte er gerade, sich von dem leblosen Körper zu befreien, der auf ihm lag.

»Warte, ich helfe dir. Beweg dich nicht, bevor ich dich nicht untersucht habe«, befahl Susan sanft, aber bestimmt.

Jeff brachte kein Wort heraus. Susan rollte den Leichnam zur Seite und fuhr mit der Hand über Jeffs Gesicht, über seinen Nacken, seine Brust bis zum Bauch und über den Rücken wieder nach oben. Dann zog sie die Hand zurück und sah sie an; es war kein Blut daran.

»Gott sei Dank, du bist nicht verletzt! Wie fühlst du dich?« fragte sie.

»Keine Ahnung, ich glaube, ich habe mir in die Hosen gemacht.«

»Das ist das Geringste, was geschehen konnte. Du hast ungeheures Glück gehabt. Wir haben ungeheures Glück gehabt.«

»Du hast mir gerade das Leben gerettet.«

»Ach was, ich habe uns beiden das Leben gerettet, und wenn du dort oben gewesen wärst, dann hättest du dasselbe getan.«

»Ich bin ja nicht mal in der Lage, mit einer Papierkugel aus anderthalb Metern Entfernung den Mülleimer zu treffen. Glaub mir, du hast mir wirklich das Leben gerettet. Ich dachte, solche Horrorgeschichten gäb's nur im Film.«

»Kannst du aufstehen?«

»Ich glaube ja, ich werde die Polizei rufen.«

Sie bat ihn, sich erst in den Sessel zu setzen und von dem Schock zu erholen, und ging dann zu Aby, die mühsam den Kopf hob.

»Ruhig, meine Große, laß mich mal diese scheußliche Verletzung ansehen.«

Das Tier hatte eine tiefe Schnittwunde an der rechten

Flanke, eine Menge Blut war bereits in den Teppich gesickert. Susan streichelte ihr über den Kopf.

»Halt schön still, das kriegen wir wieder hin.«

Sie ging in die Küche, nahm ein Handtuch, hielt es unter den Wasserhahn und kehrte zu Aby zurück, die vertrauensvoll stillhielt, während sie ihr das feuchte Tuch auf die Wunde preßte. Schließlich löste sie den Gürtel ihres Morgenmantels und befestigte das Handtuch damit an der Flanke der Hündin. Dann ging sie zum Telefon und drückte ein paar Tasten. Jeff war geschwächter, als er geglaubt hatte; als er aufstehen wollte, drehte sich alles um ihn herum, und er mußte sich am Sessel festhalten, um nicht umzufallen. Bis er seine fünf Sinne wieder beisammen hatte, hatte Susan bereits aufgelegt.

»Sie werden in zehn Minuten hier sein. Ruh dich aus, ich hole dir ein Glas Wasser.«

»Meinst du, wir dürfen irgend etwas berühren? Müssen wir nicht warten, bis sie hier sind?«

»Das ist immer noch unsere Wohnung.«

»Du bist unglaublich, Susan.«

»Wieso?« gab sie aus der Küche zurück.

»So ruhig und bestimmt.«

»Du hast immer meine Weiblichkeit geliebt. Wie du siehst, lagst du damit richtig.«

»Sogar scherzen kannst du noch.«

»Jeff, wir haben gerade etwas Furchtbares erlebt. Wir müssen das sofort überwinden, sonst wird uns dieser Abend noch Jahre lang verfolgen. Sieh den Leichnam nicht an, zu deinem eigenen Schutz. In diesem Raum gibt es nur dich und mich, er zählt nicht, er existiert nicht. Die Polizei wird kommen und sich um alles kümmern. Wir werden ihnen ein-, vielleicht zweimal erzählen, was geschehen ist. Berichte so genau, wie du kannst, je präziser deine Aussage ist, desto seltener wirst du diese Szene im Geist wiederholen müssen. Wir müssen uns jetzt einfach schützen«, wiederholte sie.

Während sie sprach, war sie zu ihm an den Sessel getreten, und jetzt hielt sie ihm das Glas hin. Als er es an die Lippen hob, fuhr sie ihm durchs Haar und küßte ihn auf die Stirn.

»Ich bin so ruhig geblieben, weil ich mir diese Situation aus Sorge, daß so etwas eines Tages geschehen könnte, schon öfter ausgemalt habe. Ich glaube, ich habe mich unbewußt irgendwie darauf vorbereitet …«

Sie unterbrach sich mitten im Satz. Der Widerschein sich nähernder orangefarbener und blauer Blinklichter drang durch die Vorhänge in den Salon. Susan stand auf und ging zur Tür. Inspector Nolte betrat den Raum, gefolgt von zwei uniformierten Beamten.

Noch bevor er guten Tag gesagt hatte, bemerkte er das umgestoßene Garderobentischchen und den Leichnam zu Füßen des Fernsehers. Der Inspector war mittelgroß, stämmig, und er hatte das Gesicht eines Rohlings; dessen Wirkung wurde jedoch etwas gemildert durch seinen leuchtendblauen Blick. Mit zusammengekniffenen Augen und leicht überheblicher Miene durchforschte er Kaugummi kauend jeden Winkel des Zimmers. Dann zog er seine Oberlippe hoch, ein Tick, der ihm bei seinen Kollegen den Beinamen »Mister Ed, das sprechende Pferd« eingetragen hatte, und wandte sich an Susan.

»Sind Sie verletzt?«

»Nein«, sagte sie.

»Und er?«

Mit einer Bewegung seiner Schulter bezeichnete er Jeff.

»*Er* ist mein Ehemann. Ihn hat man angegriffen, nicht mich, aber er hat nichts, bis auf ein paar Prellungen, nehme ich an. Die Hündin ist verletzt, wir brauchen dringend einen Tierarzt.«

Ein halbes Dutzend Männer machten sich inzwischen in dem Raum zu schaffen, die einen bei der Leiche, die anderen an dem Fenster, durch das der Einbrecher gekommen war. Wieder ein anderer fotografierte jeden Quadratmeter des

Hauses. Niemand achtete auf Jeff, der in seinem Sessel saß und dem seltsamen Treiben zusah wie einer Szene in einem Agentenkrimi.

»Ich nehme an, Sie stehen beide ziemlich unter Schock. Wenn Sie möchten, komme ich morgen wieder, um Ihre Aussagen aufzunehmen.«

»Nein, morgen ist alles schon halb vergessen«, antwortete Susan, ohne zu zögern. »Morgen reden wir nicht mehr über diese Geschichte, wir werden nie mehr darüber sprechen, fragen Sie uns also bitte jetzt alles, was Sie wissen müssen.«

Nolte nickte und zog die Oberlippe hoch. Der Bestimmtheit dieser Frau wußte er nichts entgegenzusetzen.

»Wie Sie wünschen. Schließlich haben Sie recht, morgen werden Sie manches schon nicht mehr so genau erinnern. Und er, wird er antworten können? Er sieht ganz schön mitgenommen aus.«

»*Er* hat einen Namen, Inspector, denselben wie ich: Bridget, wenn Sie nichts dagegen haben.«

Wieder die Oberlippe. Nolte bemühte sich um einen freundlicheren Ton.

»Aber ganz und gar nicht, Mrs. Bridget. Soll ich mit Ihnen beginnen oder mit Mr. Bridget?«

»Mit mir, Inspector«, sagte Jeff, der endlich aus seiner Benommenheit erwachte. »Meine Frau hatte seit dem Vorfall noch keine Sekunde Ruhe.«

Nolte wandte sich mit angespanntem Gesichtsausdruck um und ging zu Jeff. Er setzte sich auf die Armlehne des Sessels und zog ein Diktiergerät aus der Tasche.

»Also dann, Mr. Bridget, erzählen Sie mir alles von Anfang an.«

Die Befragung dauerte keine dreißig Minuten. Viel gab es ja auch nicht zu berichten: Ein Einbrecher war zwischen dreiundzwanzig Uhr und dreiundzwanzig Uhr dreißig durch das Wohnzimmerfenster ins Haus eingedrungen. Von der Hündin bemerkt und von ihr angegriffen, hatte er auf das Tier eingestochen und sich dann auf den Hauseigentümer gestürzt. Der Kampf drohte sich zugunsten des Angreifers zu entscheiden, der versuchte, den Hauseigentümer zu erdrosseln. Durch den Lärm geweckt, hatte die Ehefrau des Opfers auf den Angreifer geschossen und so ihrem Mann das Leben gerettet. Es handelte sich unzweifelhaft um Notwehr, die Aufnahmen, die die Spurensicherung von den Abdrücken an Jeffs Hals machte, ließen keinen Zweifel an den Absichten des Getöteten.

Um ein Uhr morgens erinnerte nichts im Haus mehr an das Vorgefallene. Der Leichnam war, in einen großen Plastiksack gehüllt, mit einem Kastenwagen abtransportiert worden. Zwei Polizisten hatten Abys Blut und das des Angreifers aus dem Teppich gewaschen. Die Hündin war in eine Tierklinik gebracht worden. Nur die obere Muskelschicht war verletzt, alle inneren Organe waren unversehrt, und dem Umstand, daß das Messer in der Wunde steckengeblieben war, hatte Aby es zu verdanken, daß sie nicht verblutet war. Dann war die Polizei abgezogen. Susan hatte Noltes Angebot, einen seiner Männer vor dem Fenster zu postieren, abgelehnt. Er hatte nicht insistiert.

Als Jeff und seine Frau endlich wieder im Bett lagen, schlang er seine Arme um sie.

»Du warst wunderbar«, murmelte er.

»Ich hätte es nicht ertragen, dich zu verlieren«, antwortete sie voller Zärtlichkeit.

Und so unglaublich es scheinen mag, sie waren eingeschlafen, beruhigt, daß sie den anderen neben sich wußten.

Am nächsten Morgen machte Susan sich Sorgen um ihren Mann. Seine Rippen schmerzten heftig, und an seinem Nacken und auf dem Brustkorb hatten sich Blutergüsse gebildet, die er im Spiegel betrachtete.

»Laß uns zum Arzt gehen«, schlug Susan vor, doch er lehnte

ab, sein Zustand schien nichts als die zu erwartende Folge des Kampfes in der zurückliegenden Nacht zu sein, und der war nicht sein erster gewesen.

Während des Frühstücks bat Susan ihren Mann darum, kein Wort mehr über dieses Drama zu verlieren. Die Harmonie, die sich im Laufe von zwanzig Jahren zwischen ihnen eingestellt hatte, sollte nicht getrübt werden, auch nicht für einen einzigen Tag. Der Zwischenfall war abgeschlossen, er war glimpflich verlaufen, sie wollten ihr normales Leben ohne Unterbrechung weiterführen, selbst wenn sie sich in der ersten Zeit ein wenig dazu zwingen müßten.

Am selben Morgen betrat Jeff wie jeden Tag sein Labor im Sinai Memorial Hospital, Goldberg-Gebäude, Trakt C, dritter Stock.

Seinen Kollegen gegenüber erwähnte er den Vorfall nicht. Der einzige, dem er sich anvertraute, war Simon, sein Assistent, mit dem er sich in der Mittagspause ein Pastramisandwich teilte.

»Teufel noch mal, du mußt eine Höllenangst gehabt haben. Ich wage gar nicht, mir vorzustellen, wie sich das anfühlt.«

»Ehrlich gesagt, ich kam gar nicht dazu, Angst zu haben. Susan hat so schnell und entschlossen reagiert, daß ich überhaupt nicht mitbekommen habe, was geschehen ist. Wirklich, das Längste an der ganzen Sache war die Befragung durch die Polizei. Trotzdem wollte ich dich bitten, das Labor heute für mich zu schließen. Ich habe wenig geschlafen und würde gern etwas früher nach Hause gehen. Und erzähl bitte niemandem etwas davon, ich habe es Susan versprochen.«

Simon beglich die Rechnung, und sie gingen zurück ins Krankenhaus. Wie angekündigt, verließ Jeff das Labor deutlich früher als sonst. Ungeachtet des Versprechens, das er seiner Frau gegeben hatte, fiel es ihm schwer, die Erinnerung an den Überfall aus seinen Gedanken zu verbannen, er durchlebte ihn immer und immer wieder. Auf dem Weg nach Hause reihte er sich auf der rechten Spur ein und fuhr mit niedriger Geschwindigkeit. Eine vertraute Landschaft zog an ihm vorbei, unterbrochen von kurz aufblitzenden brutalen Bildern, die er mit einer brüsken Kopfbewegung zu verscheuchen suchte. Als er das Ortseingangsschild seiner Siedlung passierte, wurde er ruhiger. Er verließ die Schnellstraße über die Ausfahrt »First Street«. Das war nicht die Strecke, die er sonst nahm, doch heute hatte er Lust, durch das Stadtzentrum zu fahren, Menschen zu sehen, Leben zu genießen. Seines hätte beinahe ein jähes Ende genommen, und es war dieses Gefühl der Verletzlichkeit, das ihn so betroffen machte. Er fuhr langsam die First Street hinunter, am Einkaufszentrum vorbei. An einer Kreuzung bog er ab, umrundete den Häuserblock und hielt vor der Auslage eines Waffengeschäfts. Während der ganzen Fahrt hatte er an die silbergraue kleine Pistole gedacht, die seine Frau ihm vor zwanzig Jahren geschenkt hatte. Damals hatte ihm das Geschenk mißfallen. Auf der Suche nach einem Päckchen Zigaretten hatte er die Waffe einmal zufällig in Susans Handtasche gefunden, in einem schwarzen Samtetui. Beunruhigt, hatte er Susan danach gefragt und war leicht verwirrt, als sie ihm schließlich gestand, daß sie ein Geschenk für ihn sei. Sie sagte, sie habe lange gezögert, sie zu kaufen, sich dann aber dafür entschieden, da es ein so schönes Stück sei und außerdem origineller als ein Stift oder ein Feuerzeug. Er brauche sie ja nicht zu benutzen, sondern einfach nur zu besitzen. Schließlich – er erinnerte sich genau an das Gespräch – war sie sogar ein wenig böse geworden: Er solle sich nicht so aufregen, sie habe ihm ja nur eine Freude machen wollen. Jeff hatte die Waffe an sich genommen und, obwohl sie wirklich sehr elegant war, das Magazin entfernt und beide Teile jeweils in den hintersten Winkel einer Schublade seines Sekretärs gelegt. Tags zuvor hatte die Polizei die Waffe natürlich beschlagnahmt, und Jeff dachte, daß er sie vermutlich nicht wiedersehen würde. Zu seinem eigenen Erstaunen verspürte er nun das Bedürfnis, sie sich wieder zu beschaffen, als wäre die Pistole, die ihm das Leben gerettet hatte, unversehens zu seinem Glücksbringer, seinem Maskottchen geworden. So betrat er den Laden von Samuelson Wright, Waffenhändler in Huntington.

Eine kleine Glocke erklang, als er die verglaste Eingangstür öffnete, und Mr. Wright erschien sofort hinter dem Tresen. Jeff erklärt, daß ihm eine Pistole gestohlen worden sei, die seine Frau ihm zwanzig Jahre zuvor geschenkt habe. Da er an dem Stück hing, hoffe er, dieselbe vielleicht noch einmal zu bekommen. Der Waffenhändler bat Jeff, sie zu beschreiben.

»Eine sehr zierliche, lange, silbergraue Pistole.«

Mr. Wright nickte und führte Jeff zu einer Vitrine am anderen Ende des Ladens.

»Hier finden Sie leichte, kleinkalibrige Waffen. Schauen Sie, ob sie dabei ist.«

Jeff ließ seinen Blick über die Auslage schweifen und fand sehr schnell, was er suchte, oder zumindest fast. Das Modell, das dort lag, glich Susans Geschenk aufs Haar, außer daß sein Lauf nur halb so lang war.

»Diese hier ist es – fast.«

»Was heißt ›fast‹?«

»Der Lauf meiner Pistole war doppelt so lang.«

»Das wage ich zu bezweifeln, mein Herr.«

Doch Jeff ließ sich nicht beirren. Er sah die Automatik genau vor sich, die Susan auf dem Sekretär abgelegt und die die Polizei konfisziert hatte.

»Meine war identisch, bis auf dieses eine Detail: die Länge des Laufs. Ich bin mir ganz sicher.«

Der Waffenhändler bückte sich schnaufend und holte einen Katalog von beeindruckender Dicke hervor. Er blätterte hastig darin und bat Jeff, sich kurz zu gedulden. Dann ließ er seinen Zeigefinger über eine Seite gleiten, drehte das Buch so, daß Jeff es einsehen konnte, und deutete auf eine Abbildung.

»Meinen Sie diese hier?«

»Genau! Die ist es!« rief Jeff aus.

»Das ist unmöglich, mein Herr«, sagte der Händler und schüttelte den Kopf.

»Aber das ist genau das Modell, das ich meine.«

»Das würde mich sehr wundern.«

»Und darf man erfahren, weshalb?« erwiderte Jeff, der langsam die Geduld verlor, nun in leicht gereiztem Ton.

»Weil, mein Herr, die Waffe, von der Sie sprechen, niemals in den Handel gekommen ist. Sie wurde zwischen 1980 und 1982 von der Firma Walther hergestellt und war allein für die Agenten des Secret Service bestimmt. Eine schreckliche Waffe, unglaublich präzise, ohne Rückstoß. Sie wurde dafür konzipiert, beim ersten Schuß zu töten. Die Kugel tritt mit zweihundert Stundenkilometern aus dem Lauf aus, und das überlange Rohr gibt ihr einen Drall, der eine verheerende Wirkung hat und dabei so gut wie keine erkennbaren Spuren hinterläßt. Denn sobald das Projektil durch ein minimales Loch in den Körper eingedrungen ist, wird es von ebendiesem Drall gebremst und so daran gehindert, den Körper wieder zu verlassen. Als die Waffe entwickelt wurde, erzählte man sich, daß ihre Opfer nicht einmal merkten, wie ihnen geschah. Allerdings konnte niemand das bezeugen, denn sie hinterläßt nun mal keine Verletzten. Ihr Gebrauch ist allein dem Geheimdienst vorbehalten. Demnach kann es sich hierbei wirklich nicht um Ihre Pistole handeln.«

Jeff rieb sich das Kinn, er war betroffen und verunsichert, denn die Abbildung zeigte ohne jeden Zweifel die Waffe, die Susan ihm seinerzeit geschenkt hatte. Er fragte den Händler, ob es denkbar sei, daß einer seiner Kollegen auf nicht ganz legalem Wege in den Besitz einer solchen Waffe gekommen sein könnte. Mister Wright bezweifelte dies, und selbst wenn, so meinte er, hätte der Händler sie wohl kaum weiterverkauft. Eine solche Waffe »besorgte« man sich nicht, um sie dann ins Schaufenster zu legen.

Jeff dankte ihm und entschied sich für die Pistole mit dem kürzeren Lauf. Er zahlte mit seiner Kreditkarte, nahm das Päckchen unter den Arm und kehrte zu seinem Auto zurück. Die Angst, die ihm seit dem Vorabend in den Knochen steckte, machte langsam einer neuen Unruhe Platz.

Als er nach Hause kam, saß Susan im Wohnzimmer und ordnete Papiere. Er küßte sie auf die Stirn.

»Geht es dir gut?« fragte sie.

»Ja, einigermaßen.«

»Was heißt ›einigermaßen‹?«

»Ach, nichts.«

»Wenn es wegen gestern abend ist, würde ich es vorziehen, daß wir nicht darüber sprechen.«

»Wo hast du damals diese Pistole gekauft?«

»Ich habe nicht die leiseste Ahnung mehr. Wie soll ich mich daran erinnern, das ist zwanzig Jahre her!«

»So etwas kauft man nicht alle Tage, das hätte sich dir einprägen müssen.«

»Hat es aber nicht, und ich sehe nicht, wo das Problem liegt. Du wirst dir kaum eine neue kaufen wollen, oder?«

»Das hatte ich überlegt.«

»Ich glaube nicht, daß das eine gute Idee ist. Außerdem werden sie sie uns früher oder später zurückgeben, das hat doch keine Eile.«

»Natürlich. Und notfalls wirfst du eben ein Messer.«

»Woher dieser Sarkasmus? Ist irgendwas, Jeff?«

»Nein nichts, meine Liebste. Da hat gestern einer versucht, mich umzubringen, er hat unseren Hund verletzt, und du hast ihm eine Kugel in den Kopf gejagt. Aber das ist ja alles weiter nicht der Rede wert, nicht wahr?«

Susan stand auf, ging zu ihrem Mann und schlang ihm die Arme um die Taille.

»Jeff, ich stehe ebenso unter Schock wie du, und ich denke, wir sollten uns dazu zwingen, zu vergessen. Aber wenn du das Bedürfnis hast zu reden, dann tun wir das. Ich wollte nicht über dich bestimmen.«

Er küßte sie wieder auf die Stirn.

»Nein, du hast schon recht. Essen wir, und versuchen wir auf andere Gedanken zu kommen.«

Der Abend verlief beinahe normal. Schließlich legten sie sich zu Bett und schliefen Arm in Arm ein. Am nächsten Morgen ging Jeff früh ins Labor, und Susan holte Aby aus der Tierklinik. Sie war bandagiert wie eine Mumie und blieb den ganzen Tag in ihrem Körbchen liegen, unfähig, sich zu bewegen. Es würde gut zwei Wochen dauern, bis die Verletzung verheilt wäre, und bis dahin würde die Hündin sich nicht auf ihren vier Pfoten halten können. Also legte Susan ihr eine Decke unter und gab ihr Trockenfutter aus der hohlen Hand – mit dieser Diät würde sie noch eine Weile vorliebnehmen müssen.

Jeff beschloß im Krankenhaus zu Mittag zu essen, um die Zeit, die er am vorigen Tag verloren hatte, wieder aufzuholen. Als er die Kantine betrat, bemerkte er Dr. Ravik, einen Freund des Paares, der ihn augenblicklich zu sich winkte. Jeff trat an seinen Tisch, sie begrüßten sich, und Ravik erkundigte sich nach Susan. Sie fühle sich in letzter Zeit etwas müde, meinte Jeff ausweichend.

»Eine hormonelle Geschichte, nehme ich an. Weißt du, dieses Kind, das wir nie haben konnten … Ich glaube, daß Susan ebenso darunter leidet wie ich, auch wenn wir selten darüber sprechen. Das Thema ist so gut wie tabu zwischen uns.«

»Hast du niemals versucht, dich operieren zu lassen?« fragte der Freund.

»Wieso fragst du *mich* das? Nicht ich bin unfruchtbar, Susan ist es.«

»Das würde mich wundern, mein Lieber, das würde mich sehr wundern. Natürlich spricht Susan niemals über ihr Intimleben, aber ich erinnere mich sehr genau, daß ich ihr vor etwa zehn Jahren mal ein Pillenrezept ausgeschrieben habe.«

Jeff war sichtlich getroffen.

»Es stimmt schon, daß sie gelegentlich die Pille nimmt, aber nicht, um zu verhüten, sondern gegen hormonelle Schwankungen und Regelschmerzen.«

»Oh, Entschuldige«, gab der Freund zurück. »Diese Möglichkeit hatte ich nicht in Betracht gezogen; ich dachte immer, du wärst das Problem. Es tut mir leid.«

»Nicht nötig. Susan und ich, wir teilen dieses Problem und leiden beide gleichermaßen darunter.«

Unter dem Vorwand dringend anstehender Arbeit verabschiedete Jeff sich gleich darauf von seinem Kollegen. Er stand auf, stellte sein Tablett auf das Förderband zur Spülküche und verließ gemessenen Schrittes die riesige Kantine. Erst als er wußte, daß der Freund ihn nicht mehr sehen konnte, begann er zu laufen. Zum zweiten Mal in dieser Woche glaubte er, ersticken zu müssen. Er rannte die Treppe hinunter, durchmaß mit großen Schritten die Eingangshalle und stürzte aus dem Gebäude. Draußen war es kalt, und der schwere, silbergraue Himmel kündigte den ersten Schnee des Winters an. Jeff setzte sich auf eine Brüstung und versuchte seinen Atem zu kontrollieren; er betrachtete die weißen Kondenswölkchen, die er dabei ausstieß. Als er endlich wieder ruhig atmete, hatte er eine Lust zu rauchen, wie noch nie in seinem Leben. Ihm schwirrte der Kopf; die Geschichte mit den hormonellen Schwankungen hatte er sich aus den Fingern gesogen, um nicht das Gesicht zu verlieren. Susan hatte ihm niemals erzählt, daß sie die Pille nahm, Susan erinnerte sich nicht mehr, wo sie die Pistole gekauft hatte, Susan hatte in der vorletzten Nacht eine ungeheure Kaltblütigkeit bewiesen. Jeff richtete sich auf. Entschlossen kehrte er ins Labor zurück. Er nahm seinen Mantel vom Haken und erklärte seinen Mitarbeitern, daß er den Nachmittag freinehmen würde. Kaum hatte er das Gebäude verlassen, rannte er fast über den Parkplatz zu seinem Wagen; es gab etwas, das er dringend klären mußte, und die Minuten schienen sich unendlich in die Länge zu ziehen. Auf dem Highway nahm er sein Mobiltelefon und ließ sich von der Auskunft mit der Hauptwache von Huntington verbinden. Als die Telefonistin den Anruf entgegennahm, verlangte er Inspector Nolte zu sprechen. Es gab keinen Beamten dieses Namens. Jeff ließ nicht locker, buchstabierte den Namen schließlich. Aber es gab auch keinen Inspector N.O.L.T.E. Also fragte er nach dem Namen des Inspectors, der sich mit dem Einbruch Lanesborough Drive 122 in der Nacht von Sonntag auf Montag befaßt hatte. Er mußte ein paar Minuten warten, bevor die Telefonistin den Hörer wieder aufnahm: In diesem Viertel war in der letzten Zeit kein einziger Einbruch gemeldet worden. Wieder fühlte Jeff, wie ihm die Luft wegblieb. Er hielt auf dem Standstreifen.

»Misses, der Einbrecher ist in der Folge seines Übergriffs getötet worden, vielleicht ist der Fall in einer anderen Abteilung oder unter einer anderen Kategorie abgelegt.«

Aber die Dame am anderen Ende der Leitung war sich ganz sicher; jeder Polizeieinsatz, welcher Art auch immer, wurde in der Einsatzkladde des Kommissariats dokumentiert, und ein Einbruch mit Todesfolge konnte unmöglich übersehen worden sein. Jeff wollte wissen, ob ein anderes Kommissariat die Angelegenheit übernommen haben könnte. Negativ; alle Anrufer der Notrufnummer 911 landeten automatisch bei der nächsten Hauptwache. »Möchten Sie einen Mord anzeigen?« fragte die Telefonistin.

Nein, Jeff wollte mit einem Officer sprechen, einem Kommissar, wenn möglich. Wenige Sekunden später meldete sich ein Mann am anderen Ende der Leitung. Jeff stellte noch einmal dieselben Fragen. Allein die Zeit, die zwischen den Fragen und den Antworten verstrich, unterschied dieses Gespräch von dem vorherigen. Inspector Kurdow von der Kripo hörte Jeff aufmerksam zu und überlegte eine Weile, bevor er jedesmal mit Nein antwortete. Der Einsatz, von dem Jeff sprach, war nirgends dokumentiert. Ebenso behäbig fragte der Inspector ihn schließlich, ob er Anzeige erstatten wolle, und bat ihn, seine Personalien anzugeben. Ohne recht zu wissen, ob aus Intuition oder einfach aus jenem undefinierbaren Unbehagen heraus, zu dem sich die Ängste der vergangenen Tage langsam verdichteten, legte Jeff unvermittelt auf. Seine Finger hielten das Telefon krampfhaft umklammert, sein Herz schlug schneller und in seinem Kopf ging alles durcheinander. Diese Geschichte verwirrte ihn mehr und mehr. Wieso war bei ihnen eingebrochen worden? Wie hatte Susan so kaltblütig schießen und dabei riskieren können – was ihm jetzt plötzlich bewußt wurde –, ihn tödlich zu verletzen? Weshalb hatte sie ihm niemals gesagt, daß sie die Pille nahm? Und was hatte das zu bedeuten, was er tags zuvor von dem Waffenhändler erfahren hatte? Jeff wendete und fuhr zurück ins Krankenhaus. Dort, weit weg von zu Hause, wohin zurückzukehren er im Moment nicht die geringste Lust verspürte, würde er seine Gedanken ordnen können.

Er verkroch sich in sein Büro, öffnete eine Schublade, schloß sie wieder, kaute auf einem Stift herum, nahm seine Jacke und trat auf den Gang hinaus, der zu den Aufzügen führte.

In einem kleinen Büro hoch oben in der 37. Etage des vollverglasten Gebäudes, das die New Yorker Außenstelle der CIA beherbergte, klingelte zweimal kurz hintereinander das Telefon. Ein Mann in Hahnentrittjackett nahm den Hörer ab.

»Ist die Leitung sauber?« fragte eine Stimme.

Der Mann drückte auf einen kleinen grünen Knopf, der rechts in den Apparat eingelassen war.

»Jetzt ja.«

»Jemand ist besorgt um Ihre Gesundheit.«

»Wissen Sie, wer dieser mitfühlende Freund ist?«

»Ich habe seine Handynummer, das dürfte genügen.«

»Wenn Sie sie mir mitteilen möchten.«

»0917 456 23 27. Und wenn Sie wieder einmal in meinem Bezirk intervenieren, seien Sie so freundlich und warnen Sie mich vor.«

»Danke für Ihren Anruf«, gab der andere nur zurück.

Er legte auf, nahm den Hörer wieder ab, drückte erneut den Knopf und wählte. Am anderen Ende der Leitung nahm sofort jemand ab, ohne jedoch ein Wort zu sagen.

»Wir haben einen ungeladenen Gast«, begann der Mann im Hahnentrittsakko.

»Wie lauten die Anweisungen?« fragte eine tonlose Stimme.

»Wenn er in den Garten geht, folgen Sie ihm, wenn er sich das Haus ansieht, neutralisieren Sie ihn.«

»Von wem kommt der Befehl?«

»Von mir. Ich möchte alle vier Stunden informiert werden«, sagte er und hängte auf.

Er lehnte sich in seinen Stuhl zurück, legte die Füße auf den Schreibtisch und zog ein Foto aus der Innentasche seines Sakkos. Obwohl der Abzug im Laufe der Zeit vergilbt war und seine Ecken eingebüßt hatte, konnte man die darauf abgebildete Trauungszeremonie noch gut erkennen. Die Braut war von beeindruckender Schönheit.

Er betrachtete das Foto kurz, bevor er es wieder in die Sakkotasche schob. »Scheiße«, sagte er, dann dachte er ein paar Minuten nach, wobei er sich mit der Hand über das Kinn strich. »Wobei … vielleicht ist es gar nicht mal so schlecht.«

Der erste Rapport kam zur verabredeten Zeit auf derselben Leitung. Der Besitzer des Handys war identifiziert. Der Agent schickte per Fax ein Foto und eine Liste mit detaillierten Informationen. Der Mann im Hahnentrittsakko nahm das Fax und schob es unbesehen in den Aktenvernichter. Die

Überwachung aller Kommunikationsmedien – Telefon, Fax und Handy – war bereits angeordnet.

»Vergrößern Sie den Sicherheitsradius. Wenn sich der Eindringling der »Tür« bis auf das Doppelte der üblichen Distanz nähert, gehen wir zu Phase zwei über, ich werde Ihnen sagen, was Sie in diesem Fall zu tun haben. Wir sprechen uns wieder in drei Stunden und zweiundfünfzig Minuten.«

»Ist die ›Tür‹ über die Möglichkeit eines Einbruchs informiert?«

»Nein, noch nicht, aber das ist auch nicht nötig. Sie ist seit langem geschlossen, und ich fürchte, daß sie quietscht. Wir warten erst einmal ab, ob sich unsere Befürchtung bestätigt. Halten Sie mich auf dem laufenden.«

Kaum hatte er aufgelegt, verließ er sein Büro, ein ledernes Köfferchen in der Hand. Er ging ins Archiv, um dort eine seit langem ruhende Akte wieder an ihren Platz zu stellen, die er vor einigen Tagen eingesehen hatte. Die verbleibende Zeit würde er nutzen, um zu Mittag zu essen.

Jeff fuhr mit dem Aufzug ins dritte Untergeschoß. Dort angekommen, zog er seinen Türöffner über das Lesegerät neben dem Eingang zum Archiv und schob, als er das Summen der Verriegelung hörte, den schweren Türflügel auf. Er mußte Jonathan Andrews, den Verantwortlichen dieser heiligen Hallen, dazu bringen, ihm Zugang zu der Akte zu gewähren, deretwegen er gekommen war. Jeff schlug den rechten Gang ein. Alle fünf Schritte warf eine drei Meter über seinem Kopf befestigte Neonröhre einen fahlen Lichtschein auf den Fußboden. Die langen, bis zur Decke reichenden Regalreihen mit Krankenakten wurden alle dreißig Meter von identischen, rechtwinklig zu ihnen verlaufenden Reihen unterbrochen. An einem dieser Kreuzungspunkte, der etwas größer war als die anderen, befand sich der Schreibtisch des Archivleiters. Er begrüßte Jeff herzlich. Da er selten Besuch bekam, freute er sich immer über Gesellschaft.

»Was kann ich für Sie tun, Doktor?«

»Ich arbeite im Labor und suche vier oder fünf Fälle von weiblicher Sterilität zur Bestätigung einer Studie.«

»Sie sehen mir nicht aus, als wären Sie neu hier. Sie müßten also wissen, daß ich Ihrer Bitte nicht nachkommen kann. Die Mitarbeiter der Labors müssen die Einsicht der Krankenakten schriftlich beantragen, dann bekommen sie eine Fotokopie davon, aus der der Name des Patienten nicht ersichtlich ist. Schließlich unterstehen Sie ja nicht der ärztlichen Schweigepflicht.«

»Ja, ich weiß. Aber Sie wissen auch, daß dieses Vorgehen zu Verzögerungen von bis zu zwei Wochen führen kann. Die Studie ist ein hochangehängtes Projekt, nur wegen dieser paar Daten können wir im Moment nicht daran weiterarbeiten und verlieren kostbare Zeit. Ich brauche keine fünf Minuten, und auch wenn es gegen die Regel verstößt, ist es doch im Interesse des Krankenhauses. Aber ohne Ihre Hilfe geht es nicht.«

»Leider kann ich Ihnen nicht helfen, weil ich Sie heute nicht gesehen habe, aber wenn Sie mit einem fein säuberlich ausgefüllten Antrag gekommen wären, hätte ich Sie in Gang 37 geschickt, dort ist alles einsortiert, was mit der Behandlung von Sterilität zu tun hat.«

»Danke.«

»Sie können mir nicht danken, weil auch Sie mich heute nicht gesehen haben.«

Jeff bedeutete ihm mit einem Kopfnicken und einem Lächeln, daß er verstanden hatte. Er ging zu den besagten Regalen und begann dort nach der Akte von Susan Bridget, geborene Saranden, zu suchen. Mehrmals durchforstete er das gesamte Verzeichnis, doch er fand nichts, weder unter S noch unter B. Wieder begann sein Herz wie wild zu schlagen, wieder schienen sich seine Schläfen zusammenzuziehen. Er brauchte ein paar Minuten, um sich zu fassen, dann kehrte er zu Andrews' Schreibtisch zurück.

»Das war's schon, tausend Dank. Ich will Ihre Freundlichkeit nicht überstrapazieren, aber wenn ich auf dem Rückweg am Regal der Abteilung Gynäkologie vorbeikommen würde, hätte ich alles zusammen, was uns noch fehlt.«

Ohne von dem Buch aufzusehen, das er gerade las, murmelte Andrews:

»Ich muß nachher dringend noch eine Akte in Gang 24 ablegen. Gott, ist dieser Roman spannend!«

Jeff nahm sich fest vor, ihm gleich am nächsten Tag einen ganzen Karton mit Büchern zukommen zu lassen. Er rannte zu Reihe 24, als er vom Ende des Ganges Andrews' Stimme hörte: »Da ich Sie schon nicht sehe, wäre es besser, wenn ich Sie auch nicht hören würde.«

Die Regale enthielten die Akten aller Patientinnen, die in der Gynäkologie des Krankenhauses behandelt worden waren. Er fand Susans Akte, nahm sie mit zitternden Händen heraus, hockte sich hin und schlug sie auf. Zwei Fehler sprangen ihm sofort ins Auge: Susans Mädchenname war falsch geschrieben, Saren, statt Saranden. Der zweite beunruhigte ihn weit mehr: Von Sterilität war nirgends die Rede, seine Frau hatte immer die Pille genommen, drei verschiedene Produkte in den vergangenen fünfzehn Jahren. Seine Beine sackten unter ihm weg, als er las, daß sie wenige Wochen nach ihrer Hochzeit eine Abtreibung gehabt hatte. Der Eingriff sei ohne Komplikationen verlaufen, stand in dem Bericht, die Fruchtbarkeit der Patientin sei in keiner Weise beeinträchtigt worden. Jeff schwanden für einen Moment die Sinne.

Als er wieder zu sich kam, stand Andrews neben ihm.

»Haben Sie die Entdeckung des Jahrhunderts gemacht, oder was ist geschehen? Sie haben mir vielleicht einen Schreck eingejagt!«

Jeff entschuldigte sich und schob vor, er habe die letzten Mahlzeiten ausfallen lassen. Unterzuckerung. Aber es gehe ihm schon besser, kein Grund zur Beunruhigung. Er dankte dem Archivleiter von Herzen und ging.

Als er das Krankenhausgelände verließ, achtete er nicht im mindesten auf den schwarzen Mercedes Kombi, der sich hinter ihm in Bewegung setzte.

Wenige Augenblicke später klingelte in dem kleinen Büro der CIA das Telefon. Der Mann mit dem Hahnentrittsakko wurde über die letzten Schritte des Eindringlings informiert. Nachdem er das Gespräch beendet hatte, wählte er die Nummer eines Piepers, der mehrere Kilometer entfernt zu vibrieren begann. Zwei Minuten später klingelte sein Telefon erneut, und eine weibliche Stimme gab einen Identifikationscode an.

»Du wolltest mich sprechen?«

»Duz mich nicht auf dieser Leitung.«

»Spar dir die Show«, erwiderte sie trocken. »Ich bin zu lange draußen, was willst du?«

»Jemand ist hinter dir her.«

»Irgendein Zusammenhang mit neulich?«

»Ich würde die Möglichkeit nicht ausschließen.«

»Glaubst du, ich bin aufgeflogen?«

»Glauben ist eine Frage der Religion. Sagen wir, ich habe Gründe, mir Sorgen um dich zu machen.«

»Danke für die Warnung, ich werde auf der Hut sein. Sonst noch was?«

»Wenn diese beiden Geschichten etwas miteinander zu tun haben, ist es nicht ausgeschlossen, daß sie ein weiteres Mal versuchen, bei dir einzubrechen.«

»Wie lautet die Anweisung?«

»Wenn es das ist, was ich befürchte, dann hast du nur eine Chance: als erste zu schießen. Hast du eine Waffe?«

»Seit einigen Tagen nicht mehr.«

»Komm um siebzehn Uhr zum Supermarkt Ecke Second Avenue, Broome Street, geh an die Kasse Nummer fünf, das Paket, das du nicht in deinen Wagen gelegt hast, wird etwas enthalten, womit du dich schützen kannst.«

»Ich habe verstanden. Besteht denn wirklich eine Gefahr?«

»Jemand ist deiner Spur gefolgt, und der vorgestrige Abend war recht bewegt, das genügt, um alarmiert zu sein. Ich halte dich auf dem laufenden.«

Sie hängten auf. Die Frau zog eine Strickjacke und ihren Mantel über und trat aus dem Haus. Das Telefongespräch hatte sie in eine längst vergessen geglaubte Vergangenheit zurückversetzt, die sie gerne in ihrem Dornröschenschlaf belassen hätte. Doch in diesem Moment war alles wieder da, all die tausendfach bewährten Techniken. Die Zeit hatte die Automatismen nicht ausgelöscht, die man ihr in den unzähligen harten und schonungslosen Trainingslagern beigebracht hatte, in denen sie einst zu einer der kompetentesten Agentinnen ihres Geheimdienstes ausgebildet worden war. Sie schloß die Haustür und ging zum Auto. Zur vereinbarten Stunde betrat sie den Supermarkt. Sie schob ihren Einkaufswagen durch die Gänge und füllte ihn mit Lebensmitteln wie jeder andere Kunde auch. Als sie eine halbe Stunde später an der Kasse Nummer fünf den Inhalt des Wagens auf das Band legte, bemerkte sie eine Cornflakes-Schachtel, die sie aus keinem Regal genommen hatte. Sie konnte sich ein Lächeln nicht verkneifen: Sie hatte tatsächlich nicht bemerkt, wann der Karton in den Wagen »gefallen« war. Die Kassiererin, die ihn über das Barrcode-Lesegerät zog, schenkte ihm nicht mehr Aufmerksamkeit als dem Glas Mayonnaise, das ihm vorausgegangen war. Susan packte alles in zwei braune Papiertüten und verließ den Supermarkt.

Gegen vier Uhr parkte Jeff seinen Wagen vor dem Haus. Als er eintrat, wedelte Aby in ihrem Körbchen mit dem Schwanz. Das machte Susan oft eifersüchtig, denn nur wenn Jeff nach Hause kam, drückte die Hündin auf diese Weise ihre Freude aus; sie hatte Susan schon so manches Mal die Ankunft ihres Mannes angekündigt. Selbst wenn er noch mehrere Dutzend

Meter vom Hause entfernt war, spürte die Hündin bereits seine Nähe, und sobald sein Wagen um die Straßenecke bog, fing sie an, mit dem Schwanz zu wedeln. Jeder andere, der sich der Tür näherte, manchmal sogar Susan selbst, wurde mit einem Knurren oder einem Bellen begrüßt. Jeff streichelte die Hündin und ging dann hinauf ins Bad, um zu duschen; nach allem, was geschehen war, verspürte er das Bedürfnis, Wasser über seinen Körper rinnen zu lassen, als könne er den Alptraum damit fortspülen. Dann zog er einen Bademantel über, ging ins Wohnzimmer zurück und ließ sich in einen tiefen Sessel sinken. Susan kam gegen sechs Uhr nach Hause, auf dem Arm die Einkäufe für das Abendessen. Am Morgen hatte sie beschlossen, für sie beide ein festliches Mahl zu kochen und es bei Kerzenschein zu servieren. Doch jetzt war sie verstimmt, wie Jeff sofort bemerkte.

»Du bist schon da?« sagte sie.

»Das scheint dich ja zu freuen!«

»So war es nicht gemeint. Bitte, reiz mich nicht, ich bin in keiner guten Stimmung.«

»Was ist los, Susan?«

»Nichts Schlimmes, die Arbeit. Die UNO-Konferenz zieht sich länger hin als erwartet, und ich habe mehr zu tun, als ich dachte. Es kann sein, daß ich morgen erst ziemlich spät nach Hause komme, und die Vorstellung, dich hier allein zu lassen, gefällt mir gar nicht.«

»Hast du Angst vor einem zweiten Einbruch? Ich werde mir eine Steinschleuder kaufen, damit konnte ich als kleiner Junge ganz gut umgehen, zwar nicht ganz so gut wie du mit einer Pistole, aber immerhin.«

»Und weshalb bist du so schlechter Laune?«

»Auf dem Weg nach Hause habe ich einen Vater mit seinem kleinen Jungen gesehen, da überkam mich so ein Gefühl der Leere, das ist alles.«

Dieser Schlag kam unerwartet. Susans Augen füllten sich

mit Tränen. Sie stellte die beiden Tüten ab und wischte sich mit dem Handrücken über die Lider.

»Ich weiß nicht, wie du mit Schußwaffen umgehst, aber mit Worten zielst du ziemlich gut!«

»Ich wollte dir nicht wehtun.«

»Dann zielst du schlecht! Was ist los, Jeff, was versuchst du mir zu sagen?«

»Einiges, worüber ich aber heute abend nicht reden möchte. Ich werde mich anziehen und eine Runde drehen. Warte nicht auf mich.«

Er stand auf, ohne sie anzusehen, lief die Treppe hinauf und kam kurz darauf in Hosen und schwarzem Rollkragenpullover wieder herunter. Er nahm seine Lederjacke von der Garderobe und verließ wortlos das Haus. Susan ließ sich in den Sessel fallen, in dem Jeff eben noch gesessen hatte, strich über die Armlehnen und begann zu weinen. Sie betrachtete die beiden Tüten, die vor ihr auf dem Boden standen, und verpaßte derjenigen, die eine Cornflakes-Schachtel enthielt, die sie nicht hatte kaufen wollen, einen wütenden Fußtritt.

Jeff stieg in seinen Wagen, drehte den Zündschlüssel und gab Vollgas. Fünf Häuserblocks weiter hielt er auf dem Parkplatz eines Restaurants.

Aus seiner rechten Jackentasche holte er einen braunen Umschlag mit alten Fotografien. Er betrachtete lange ein Hochzeitsfoto. Es war ziemlich vergilbt, doch die Schönheit der Braut war immer noch gut zu erkennen. Zwei Reihen hinter ihm parkte ein schwarzer Mercedes Kombi ein. Der Fahrer nahm sein Mobiltelefon und wählte eine Nummer. Erst nachdem eine Stimme ihm versichert hatte, daß die Leitung »sauber« sei, begann er zu sprechen. Kaum hatte der Anrufer geendet, wurde aufgelegt.

Jeff zog ein Foto nach dem andern aus dem Umschlag und breitete sie auf seinen Knien aus. Auf einem sah man eine

Gruppe junger Leute am Tag ihrer Diplomverleihung. Susan stand in der Mitte, in schwarzer Robe und Doktorhut. Auf dem Podium neben ihr waren vier weitere junge Frauen zu sehen, und links hatten fünf junge Männer in derselben Montur Aufstellung bezogen. Jeffs Aufmerksamkeit wurde auf einen der jungen Männer gelenkt, der ganz offensichtlich zu Susan hinübersah. Ihm war, als wäre er diesem Blick vor nicht allzu langer Zeit schon einmal begegnet. Er konzentrierte sich ganz auf diese Augen, die das Mädchen, das wenige Jahre später seine Frau werden sollte, buchstäblich zu verschlingen schienen. Jeff war sich ganz sicher, er kannte dieses Gesicht.

Der Pieper summte erneut. Die Frau ging zum Telefon und wählte eine Nummer. Die Stimme am anderen Ende grüßte nicht.

»Die Tür ist bedroht, du bist in Gefahr.«

»Was heißt das genau?«

»Der Einbruch war kein Zufall, der Eindringling kam, um zu töten, nicht um zu stehlen. Sie werden einen Ersatzmann schicken, um den Auftrag zu Ende zu führen.«

»Wann?«

»Heute abend. Folge genau meinen Anweisungen: Lösch das Licht, positioniere dich so, daß dein erster Schuß tötet, feuere, sobald du auch nur eine Silhouette erkennst. Keine Vorwarnung, hörst du, das ist deine einzige Chance.«

»Ich kann das nicht mehr.«

»Du hast es doch vor kurzem erst getan.«

»Das war ein Notwehrreflex, nicht für mich, aber für meinen Mann. Ich kann es nicht noch einmal tun.«

»Ich komme«, sagte der Mann und hängte auf.

Fünfundvierzig Minuten später parkte er seinen Wagen an der Ecke Lanesborough Drive. Von dort ging er zu Fuß bis zur Nummer 122.

Susan erwartete ihn an der Tür.

»Jeff kann jederzeit nach Hause kommen, was hast du zu seinem Schutz veranlaßt?«

»Ich habe an jeder Kreuzung einen Posten aufgestellt; wenn er kommt, werden sie ihn abfangen. Er hat nichts zu befürchten, dein Mann.«

»Bitte gewöhn dir einen anderen Ton an! Neulich abend beim Verhör warst du schon gallig genug. Diese Geschichte mußt du mir überhaupt noch erklären.«

»Später. Wir haben keine Zeit zu verlieren. Ich postiere mich in der Ecke und du oben auf der Galerie. Und mach das Licht aus.«

Susan hockte sich neben dem Sekretär auf den Boden. Aus dieser Position übersah sie die Eingangstür, die beiden Fenster, Nolte, der hinter dem Sessel kauerte, und einen Teil des Hundekorbs.

Die Nacht war hereingebrochen. Jeff hatte das Deckenlämpchen in seinem Wagen angeschaltet und konnte den Blick nicht von dem Mann auf dem Foto wenden. Ununterbrochen ging er im Geiste die Ereignisse der vergangenen Tage durch. Als er die Viertelstunde nach dem Einbruch noch einmal Revue passieren ließ, erkannte er in dem jungen Mann, der seine Frau auf dem Foto so eindringlich ansah, plötzlich Inspector Nolte. Obwohl es ihm noch immer nicht gelang, die einzelnen Teile des Puzzles zusammenzufügen, wußte er, daß das Bild, das sie ergaben, seine Beziehung, und damit sein Leben aus den Angeln heben würde.

Er drehte den Zündschlüssel, legte einen Gang ein und fuhr los. Der Mann im schwarzen Kombi nahm sein Mobiltelefon zur Hand und fuhr ebenfalls los.

Nolte ging beim ersten Summen ran, horchte, gab dem Anrufer den Befehl, die Verfolgung an der Ecke Lanesborough Drive abzubrechen und ins »Büro« zurückzukehren.

Ohne auch nur zu ahnen, was um ihn herum vorging,

parkte Jeff seinen Wagen vor dem Haus. Nolte entsicherte seine Pistole und befahl Susan flüsternd, sich auf den Boden zu legen. Sie antwortete nicht.

Jeff drehte seinen Schlüssel im Schloß und schob die Tür auf. Vom Halbdunkel überrascht, trat er zögernd über die Schwelle.

Der Schuß fiel mit einem trocken Knall. In den Bauch getroffen, wurde der Mann nach hinten geworfen, bevor er sich um die eigene Achse drehte. Er versuchte aufrecht zu bleiben, sich an der Mauer abzustützen. Sein Gesicht erstarrte in einem Ausdruck maßlosen Erstaunens. Langsam rutschte er an der Wand zu Boden. Er sah zur Galerie hinauf. Susan war aufgestanden und stürzte die Treppe herunter. Noltes Hand zitterte krampfartig.

»Du hast mir schon wieder das Leben gerettet«, sagte Jeff leise zu seiner Frau.

»Nein, diesmal hast du es Aby zu verdanken.«

»Das verstehe ich nicht.«

»Ein paar Minuten bevor du kamst, begann sie mit dem Schwanz zu wedeln. Da wußte ich, daß du es warst, und ich begriff, was gespielt wurde.«

»Ich fürchte, das wirst du mir erklären müssen.«

Sie ging zu Nolte, der die letzten Seufzer eines Lebens aushauchte, von dem niemand mehr erzählen würde – ein Leben zwischen Mut und Perversion.

»Den ersten Einbruch hast du inszeniert, nicht wahr?«
Er nickte.

»Es sollte Jeff erwischen?«

Er bejahte mit einem Blick. Blut lief ihm in einem Rinnsal aus dem Mundwinkel; er war zu sehr Profi, um nicht zu wissen, daß ihm kaum mehr als ein paar Augenblicke blieben.

»Wieso hast du das getan, Nolte?«

»Das weißt du genau«, waren seine letzten Worte.

Jeff holte das Foto aus der Tasche. »Ist das die Antwort?« Susan nahm seine Hand und hielt sie fest.

»Ich schulde dir eine Erklärung. Danach packe ich meine Koffer und verlasse dieses Haus, denn ich glaube kaum, daß du mir wirst verzeihen können, was ich dir zu sagen habe. Ich war fünfzehn, als wir uns kennenlernten, und sechzehn, als ich zum ersten Mal mit ihm schlief. Es war das erste Mal für mich. Wir waren achtzehn, als wir von der CIA angeworben wurden. In unserem Jahrgang schloß er als Bester ab, ich als Zweitbeste, was uns das Privileg einbrachte, die abwegigsten Missionen zu leiten, die du dir vorstellen kannst, oder besser, die du dir nicht vorstellen kannst. Unser Verhältnis beschränkte sich nicht immer auf die berufliche Zusammenarbeit. Doch während mir das alles mit jedem Auftrag mehr zuwider wurde, fand Nolte immer größeren Gefallen an seiner Macht und seiner Stellung. Dann bin ich ausgeschert. Entschlossen, ein neues Leben zu beginnen, bat ich um meine Versetzung in die Reserve. Nolte, der inzwischen mein Chef geworden war, fing mein Gesuch ab und begann zu intrigieren. Eines Abends nahm die Sache eine schlimme Wendung. Wir beide, du und ich, hatten uns gerade ineinander verliebt. Nolte wollte mit mir schlafen, ich wies ihn zurück, da setzte er seine körperliche Überlegenheit ein. Ich empfand es wie eine Vergewaltigung. Anschließend habe ich mich dessen bedient: Ich drohte mit einer Anzeige, um ihn zu zwingen, daß er mich freigab. Wenige Tage später war ich »stillgelegt«. Getarnt als Übersetzerin für die UNO, wurde ich einem passiven Büro der CIA zugeteilt, doch blieb ich mein ganzes Leben lang aktives Mitglied der Eliteeinheit des Geheimdienstes. Ich durfte keine Kinder bekommen, so lautete die Regel, denn ich konnte zu jedem beliebigen Zeitpunkt wieder »aktiviert« werden. Ich bin Nolte noch einige Male begegnet, auf Cocktailempfängen oder diplomatischen Abendgesellschaften in der Stadt. Die Blicke, die er dir zuwarf, ließen mir jedesmal das Blut in den Adern gefrieren. Ich hatte immer Angst, er würde dir eines Tages die Wahrheit sagen, sobald er glaubte, unter meinem Kleid eine auffallende Rundung auszumachen. Nolte wußte, daß ich abgetrieben hatte. Nolte war über alles informiert, ich dagegen wußte nicht einmal, von wem das Kind war. Er hatte geschworen, mich eines Tages zurückzuholen, aber ich hätte niemals geglaubt, daß er wirklich so weit gehen würde. Der Einbrecher war ein Killer, den er geschickt hatte, um dich zu töten. Es lief nicht so ab, wie geplant, aber als echter Profi hatte er Plan B in der Hinterhand, die Tarnung als Einbruch, eben. Ich habe neulich abend nicht die Polizei gerufen. Wir haben klare Anweisung, im Notfall immer unsere eigene Abteilung zu benachrichtigen, und niemals eine andere Institution. Ich hatte nicht durchschaut, was er im Schilde führte. Die Spurenbeseitigung, deren Zeuge du geworden bist, ist eine klassische Nummer. Ich habe mich wirklich wie ein Anfänger vorführen lassen, bis zum letzten Moment. Erst als ich Aby gesehen habe, habe ich verstanden. In wenigen Augenblicken habe ich eins und eins zusammengezählt, und dann habe ich geschossen.«

»Was geschieht jetzt mit ihm?«

»Ich werde sie anrufen, ich habe keine andere Wahl, als mich an die Regeln zu halten. Sie werden wieder kommen, um alle Spuren zu beseitigen, eine andere Mannschaft, diesmal. Dann werde ich einen Bericht schreiben müssen, eine Kommission wird mich anhören, und die Angelegenheit wird zu den Akten gelegt werden, wie es sich gehört, ohne Aufsehen erregt zu haben. Sie werden mir sicher eine vorgezogene Pension bewilligen. Um all das werde ich mich noch kümmern, dann packe ich meine Koffer. Ich kann mir vorstellen, was du jetzt empfindest, du brauchst es mir nicht zu sagen.«

»Du wirst keinen einzigen Koffer packen, ich werde dir keine Fragen stellen, und ich möchte keine weiteren Erklärungen hören. Du wirst jetzt deinen Anruf tätigen, und dann gibst du mir mein Leben zurück, dieses Leben, das wir uns gemeinsam in all den Jahren aufgebaut haben und das sich nicht einfach in Luft auflösen kann, bloß weil es um ein

Haar zu einer Meldung unter »Vermischtes« geworden wäre. Weder du noch er, noch sonst jemand wird mir das nehmen, wofür ich den größten Teil meines Lebens hingegeben habe: uns beide.

Früh am Morgen erwachte Jeff schweißgebadet. Das Festmahl, das Susan ihm am Abend zuvor bereitet hatte, war ihm nicht gut bekommen. Wie immer, wenn er zuviel aß, hatte er einen verrückten Traum gehabt.

Etwas verkatert trat er an den kleinen Sekretär. Er zog eine Schublade auf und tastete nach dem Aspirin, das neben den Visitenkarten liegen mußte. Sein Zeigefinger berührte den Lauf der Pistole, die seine Frau ihm einst geschenkt hatte. Er angelte nach dem Röhrchen, schraubte den Verschluß auf und schob sich eine Tablette in den Mund. Als er die Packung wieder an ihren Platz legte, dachte er noch einmal an dieses seltsame Geschenk hinten in der Schublade – ein Geschenk mit einem ungewöhnlich langen Lauf.

Franco Mimmi

VOM VATER UND VOM SOHN

Nicht, daß es Haß gewesen wäre, doch als sein heranwachsender Sohn so unnatürliche, geradezu monströse Ausmaße annahm, schien es ihm immer schwieriger, ihn zu lieben. Er beobachtete, wie die Glieder des Kindes sich streckten und entwickelten, an Kraft gewannen, wie sein Kopf auf einem wahren Stiernacken anschwoll, und er fragte sich, wie er das Gefühl der Zärtlichkeit bewahren sollte, aus dem die Zuneigung zu diesem Geschöpf erwuchs, die Liebe zu dem Wesen, das aus seinem eigenen Wesen entstanden war. Der Stolz, der ihn in den ersten Monaten und Lebensjahren des Kindes noch zum Metermaß hatte greifen lassen, war zuerst der Verwunderung und dann der Bestürzung gewichen. Wie groß war er mittlerweile? Wieviel wog er? Und wie viele Kilo vermochte er wohl zu stemmen? Welche Kraft würde seine Faust entwickeln, wenn sie mit voller Wucht geschleudert wurde?

Manchmal verurteilte er sich selbst, schalt sich einen herzlosen Dummkopf. Wenn die Realität wirklich so monströs war, wie sie ihm schien, warum merkten die anderen dann nichts, warum empfanden sie nicht die gleiche Befremdung? Seine Schwester zum Beispiel, die Tante, betrachtete diese Entwicklung immer noch als kleines Wunder und fand das Kind bildhübsch, obwohl es jedes andere Kind und später jeden anderen Jungen überragte. Und auch seine Mutter, die Großmutter, hatte nur Worte großer Zärtlichkeit für ihren großen Enkel. Vielleicht war es ja doch nur Wahnsinn gewesen, der Jahre zuvor seine Frau, die Mutter, zur Flucht getrieben hatte, und vielleicht war die Vision eines Gullivers, die er von seinem Sohn hatte, nichts anderes als die Verirrung einer der Vaterschaft wenig zugetanen Natur.

Und wirklich, wenn er einmal von seinen Gefühlen absah, konnte er kaum leugnen, daß die Entwicklung des Jungen sich äußerst harmonisch vollzog: Er war groß, das ja, aber wohlproportioniert, und auch zeitlich gab es keinerlei Sprünge. Er wuchs heran wie alle anderen, nur eben etwas größer, und es war die Summe all dieser »etwas größer«, die ihm, dem Vater, den Eindruck des Unnatürlichen vermittelte, während die anderen wegen des harmonischen Gesamteindrucks nichts zu bemerken schienen.

Der Vater jedoch fand keine Ruhe, und obwohl er sich Tag für Tag versicherte, daß alles völlig normal verlief, konnte er nachts die Gewißheit nicht loswerden, es müsse sich um eine Ausnahme handeln. Im Dunkel seines Schlafzimmers betete er die Alter/Gewicht- und Alter/Größe-Tabellen herunter, rief sich den Umfang von Hals, Brust, Oberschenkeln und Bizeps in Erinnerung. Dachte immer wieder über die stille und aufmerksame Art nach, die ruhige und gleichmütige Selbstsicherheit, die seit den ersten Lebenstagen aus den klaren Augen des Kindes gesprochen hatten. Verbittert wälzte er sich im Bett hin und her, zerrte an Laken und Decken und versuchte, alles seiner blühenden Phantasie zuzuschreiben, doch der Verstand – sein Verstand – belehrte ihn eines Besseren und drängte ihn, wieder und wieder Zahlen, Tabellen und Maße durchzugehen. Ein Monster, anders konnte er es nicht sagen: ein friedliches, sanftes, gleichmütiges, machtvolles Monster.

Er war nun dreizehn Jahre alt. Wie die Natur es wollte, sprossen ihm die ersten Barthaare, und der Junge kam in die Pubertät: Er befand sich am Eingang des Tunnels, an dessen

Ausgang man ihn einen Mann nennen würde. So hell und zart der Flaum noch war, der sich auf der Oberlippe des Kindes bildete, barg er in den Augen des Vaters doch Anzeichen von Gefahr. In der Reinheit dieses Gesichts lag ein Übermaß an Gleichmut, der grollenden Respekt und sogar Furcht einflößte, und in seiner Stimme, die allmählich die Lage wechselte und anstatt greller Mißklänge nun tiefe Töne anschlug, schwang in den Ohren des Vaters eine bewußte, wenn nicht sogar beabsichtigte Drohung mit. In diesem Alter, erinnerte sich der Vater, hatte er selbst noch kurze Hosen getragen, doch war es quasi unmöglich, diese ungeheuren Gliedmaßen nicht zu verhüllen, die sich allmählich mit einem seidigen Vlies überzogen. Er war groß, er war ein Mann. Die Großmutter und die Tante begannen nun, ihn voll Stolz herumzuzeigen, wie man es früher mit jungen Burschen getan hatte, die von der Universität oder vom Militärdienst kamen. Sie nahmen ihn zu Besuchen bei ihren Bekannten mit, um sie mit der schönen und stillen Masse zu verblüffen, die so verständig und ruhig zu antworten wußte. Manchmal nahmen sie, ohne ihn vorher zu fragen, das ganze Haus in Beschlag, luden ihre Freundinnen ein und genossen deren bewunderndes Erstaunen, welches dem Vater hingegen nur Bestätigung dafür war, daß im Leib seines Sohnes der Teufel hausen mußte. Er konnte einfach nicht übersehen, was gewiß auch seine Mutter und seine Schwester spürten oder wußten, aber natürlich nicht aussprachen: daß die Blicke der Frauen auf diesen ungeheuren Jungen Blicke der Liebe und des Verlangens waren. Verdammnis! Die Erinnerung an seine eigene vertrackte Pubertät, an seine verzweifelte und erfolglose Suche nach Frauen gleich welchen Alters oder Typs, erfüllte den Mann mit dem Gift, das aus dem Gefühl der Ungerechtigkeit erwächst, und ließ ihn hinter der Vollkommenheit eines Engels die Züge des Dämons erkennen.

Denn der Junge war schön, wer konnte das leugnen, obwohl

zunächst vor allem seine Größe und bloße Masse ins Auge stachen. Doch dann kam unweigerlich der Moment, in dem mehr noch die Harmonie der Glieder, die Vollkommenheit seiner Züge beeindruckten, die immer frei von Schatten waren, wenngleich er fast nie lächelte, und die blonde und volle Haarpracht, aus der die eine oder andere Locke sehnsuchtsvoll auf die Stirn herabfiel. Man konnte sagen, daß ebenso, wie er sich im Wachstum von Jahr zu Jahr von seinen Altersgenossen entfernte, auch seine Anmut Jahr für Jahr zunahm und ihn fast mehr noch als seine Körpermaße von der Herde der kleinen und häßlichen Durchschnittskinder abhob.

Dabei hatte er als Vater keinen Grund zur Klage. Nicht nur aus Sicht der erzieherischen und schulischen Erfolge, sondern auch hinsichtlich des ihm gebührenden Respekts und der Liebe, die ihm der Sohn reichlich und ohne jeden Widerwillen, ohne böse Worte und ohne Trotz entgegenbrachte, die bei seinem großen Körper nur lächerlich gewirkt hätten. Warum also wollte es ihm nicht gelingen, das, was seinem Heim da widerfahren war, als göttlichen Segen zu betrachten? Warum durchsuchte er lieber das Zimmer des Jungen nach obszönen Zeitschriften, die ihm Gelegenheit geboten hätten, ihn zu bestrafen, nach einem unordentlich geführten Schulheft, das ihm erlaubt hätte, ihn zu schlagen, nach ein bißchen Unordnung, die ihm Anlaß gegeben hätte, ihn anzuschreien? Was erblickte er nur Übles in dieser Größe? All diese Fragen stellte er sich, wenn er unverrichteter Dinge das anständige, aufgeräumte Zimmer verließ, doch als Antwort schüttelte er nur den Kopf: Der Junge war schlicht und einfach zu groß, um nicht irgendwo ein ebensogroßes Übel zu verbergen. Leute, die das Leben mit ihren kleinen, alltäglichen Makeln durchschreiten, haben nicht so riesenhafte Füße, so lange Arme, blicken nicht mit so großen Augen auf die Welt. Das kleine Übel, das jeder in sich trägt, dient einem jeden als Büßergewand der Arroganz und allen als Garantie,

ebenso wie der Brustumfang, die Länge des Oberschenkel-
knochens, der Abstand zwischen Ellbogen und Handgelenk.
So dachte der Vater in dem Bemühen, die unbewiesene Gewißheit in seinem Kopf zu erschüttern. Doch die Erfolglo-
sigkeit seiner Ausflüge in das Zimmer des Sohnes schüchterte
ihn gegen seinen Willen so sehr ein, daß er schließlich die wenigen Male, da der Sohn wie andere Kinder etwas angestellt
hatte oder ungehorsam gewesen war, nicht mehr den Mut
aufbrachte, ihn zu tadeln. Darin sah er die Bestätigung des
Bösen, die teuflische Genugtuung, die mit sarkastischem
Gurgeln in den unzähligen Schlupfwinkeln dieser erhabenen
Kreatur nistete.

Für den Vater begann nun eine schreckliche Zeit des Wartens: des Wartens auf ein tadelnswertes Tun, auf eine krimi-
nelle Handlung, deren Schwere die Furcht vor der Masse
überwogen, den gerechten Zorn entflammt und ihn von jeglicher Zurückhaltung befreit hätte. Und da er trotz allem Spio-
nieren nur mindere, wahrhaft verzeihliche Sünden hatte ent-
decken können, sank die Schwelle der Vergehen stetig ab, in
einem aufreibenden Wettlauf zwischen Bestrafung und Ehr-
furcht, zwischen Haß und Züchtigung. Merkwürdigerweise
paßte sich das Verhalten des mittlerweile zum Jugendlichen
gereiften Jungen wie von selbst den neuen, unausgesproche-
nen Regeln und Grenzen der Schuld an. Und entsprechend
auch sein immer geringeres Fehlverhalten, das stets knapp unterhalb der Grenze blieb und das der Vater keineswegs als den
Wunsch nach Gefallen und Zustimmung interpretierte, sondern ohne jeden Zweifel als den Beweis sowohl für eine über-
natürliche Fähigkeit, in der Seele der anderen zu lesen, als
auch für eine so subtile, verletzende Ironie, wie sie nur von
einem aufs höchste übelwollenden, bösen Geist herrühren
konnte. Noch schlimmer aber waren die seltenen Gelegenhei-
ten, zu denen der Sohn trotz aller Vorsicht gegen die ihm auf-
erlegten Regeln verstieß. In diesen Fällen kam der Junge, noch

bevor der Vater überhaupt die Situation erfaßt hatte, zu ihm gelaufen und beichtete ihm im Ton größter Aufrichtigkeit das eigene Verschulden und versprach, sich zu bessern. Unter diesen Umständen vermochte der Zorn des Vaters sich nicht recht zu entfalten und auszubrechen, und innerlich wuchs das stete Gefühl des Unbehagens, jene verhaßte Furcht, die der Anblick des Sohnes in ihm auslöste. Vor allem aber wuchs das Gefühl des großen Schweigens, das sich wie eine wattierte Decke zwischen sie schob und jedes Wort vom Vater an den Sohn, vom Sohn an den Vater aufsaugte, als sei es durchlässig für Bedeutungen, nicht aber für Klänge; so blieben von den gesprochenen Sätzen nur einen Augenblick später zwar Gefühle in den beiden Seelen zurück (Wut und Gehorsam, Nachgiebigkeit und Groll), doch jede Erinnerung an die Stimmen war verschollen und jeder physische Kontakt verloren.

Da beschloß der Vater, überzeugt von der Richtigkeit seines Tuns, sich Prüfungen auszudenken, welche die teuflische Kreatur zu Fall bringen würden. Es galt, so meinte er, sie in Versuchung zu führen. So verschwand ein großes, dunkles Porträt vom Großvater des Jungen von der Wohnzimmerwand und wurde mit einem prächtigen Frauenakt ersetzt, der weniger realistisch als verheißungsvoll war. Zuallererst blieb die Frau des auf diese Art zweimal Verstorbenen davor stehen, doch anstelle des zu erwartenden Tadels erklang ein zufriedenes Grunzen – der Vater vernahm es, als er rein zufällig unbemerkt hinter ihrem Rücken vorüberging, während sie das Gemälde mit hocherhobener Nase betrachtete: »Dieser Mann«, sagte die Witwe mit zustimmendem Nicken, »war mir schon immer unsympathisch.« Verletzt und verzweifelt, huschte der Vater unbemerkt hinaus. War er denn ganz allein? Konnte er denn auf niemanden zählen, niemandem trauen in dieser entscheidenden Schlacht, die er zu schlagen hatte, bei diesem Gottesurteil, aus dem er entweder als Vater oder als Henker hervorgehen würde? Doch ließ er sich nicht entmutigen, er gab nicht auf.

Vorsichtig und den Wunsch zügelnd, möglichst schnell die Früchte seines Experiments zu ernten, brachte er zu Hause ein paar Zeitschriften in Umlauf, deren intellektueller Gehalt sich mit geschmackvollen, aber entschieden erotischen Illustrationen paarte. Bei einem Straßenhändler kaufte er eine verzierte Baumwurzel und demonstrierte seinem Sohn mit aufrichtiger Belustigung die Emailmalerei darauf, die den Raub eines Mädchens durch einen großen Affen zeigte: Das Mädchen schien erschrocken, wenn auch nicht übermäßig, während ihr Röckchen an mancher Stelle Einblick auf eine entblößte Hüfte oder die zarte Rundung einer Pobacke gewährte. Noch immer lächelnd und den Kopf schüttelnd, verließ er den Raum des Sohnes, wobei er das lackierte Oval geflissentlich auf dem Schreibtisch vergaß, um dann überraschend zurückzukommen und es wieder an sich zu nehmen; zufrieden stellte er dabei fest, daß es nicht mehr an der alten Stelle lag, sondern aufrecht an den Rand des Tisches gelehnt stand, wo der Blick des Jungen sich leichter auf ihm ausruhen konnte.

Doch erreichte er mit seinem Versuch nicht mehr als ein zartes Erröten und leicht verlegenes Lächeln, mit dem ihm die Zeichnung zurückerstattet wurde. Weder fehlten jemals Playboy oder Penthouse im Stapel der Zeitschriften, noch zog der Frauenakt mehr als den einen oder anderen beiläufigen Blick auf sich, der die Meisterschaft des Striches würdigte. Obwohl er die Vierzehn längst hinter sich gelassen hatte, obwohl seine Entwicklung sich im fortgeschrittenen Stadium befand, vermochte der Vater in dem Verhalten des Sohnes rein gar nichts dieser grausam frustrierenden Begierde zu erkennen, derer er sich selbst erinnerte, keine leeren, abwesenden Blicke und Handlungen, keine ewig einsamen Fluchten.

Tiefer Neid packte ihn angesichts dieser Fähigkeit zu Verstellung und Täuschung, und er beschloß, die Situation auf die Spitze zu treiben: Die verbotenen Zeitschriften lagen nun zuoberst im Stapel, neben den Zigaretten, die er bis zu diesem Moment stets in seinem Arbeitszimmer aufbewahrt hatte, und einige Flaschen mit Spirituosen standen offen herum. Die Zusammenkünfte, zu denen die Tante ihre Freundinnen lud, wurden nun nicht mehr skeptisch geduldet, sondern forciert, und der Vater ließ es sich nicht nehmen, heimlich die wohlwollenden Reaktionen der schönsten und verführerischsten unter den Damen auf diesen Neffen zu beobachten, der mächtig wie eine Eiche, schüchtern wie eine Jungfrau und schön wie ein Gott war. Doch was nutzte das alles? Auf jede Herausforderung, jede Verlockung antwortete der Sohn mit anmutiger Zurückhaltung, und selbst wenn er jener einen dankbaren Blick zuwarf, die ihm zur Seite sprang und mit erhobenem Zeigefinger auf die zudringlichen Gefährtinnen wies, bedachte er die Verführerinnen mit einem nachsichtigen Lächeln, das den armen Damen nur weitere Verdammnis bedeutete. Und während der Vater darauf harrte, endlich eine Liederlichkeit aufzudecken und zu bestrafen, erkannte er an seinem Sohn eine mit der Reife errungene Männlichkeit, die Keuschheit dessen, der die Liebe nicht verachtet, sie aber nur als Ganzes mit Küssen, zärtlichem Geflüster, der Süße des Erwachens – kurz, mit all ihren Gefühlen ersehnt. Da gab er auf. Trotz seiner festen Überzeugung, daß es sich um eine Lüge handelte, um einen gemeinen Betrug, gab er vor, ihm die Freundlichkeit, den Gehorsam, die Fügsamkeit abzunehmen, die der Junge immer deutlicher an den Tag legte, als gehörten diese Qualitäten so selbstverständlich zu seiner Natur, daß sie beim Wachstum die gleiche Entwicklung wie der Körper genommen hatten. Was im übrigen nun etwas langsamer vonstatten zu gehen schien, aber immer noch wahrnehmbar war, bedrohlich wie ein Fluch, unaufhaltsam wie das Schicksal.

Die Jahre verstrichen, versanken eines nach dem anderen in dem Schweigen, das die beiden Männer trennte. Es war fast genau sechs Monate nach seinem sechzehnten Geburtstag, als der Junge eines Abends später als sonst nach Hause kam, die Hose zerrissen, im Gesicht die Spuren einer Schlägerei. Die erste Reaktion des Vaters war Unglaube. Vielleicht aufgrund der immensen Körperkräfte seines Sohnes, vielleicht wegen der ruhigen Sicherheit, die von seiner Gestalt ausging, vielleicht, weil er nie zuvor davon gehört hatte, daß der Junge in eine Rauferei verwickelt gewesen war, und sei es zwischen Kindern; jedenfalls hatte sich mit den Jahren in seinem Unterbewußtsein die Gewißheit nicht nur der Unverletzlichkeit, sondern auch der Unantastbarkeit des Sohnes festgesetzt. Wer hätte sich ihm auch nähern, wer ihn mit bloßen Fäusten oder einer Waffe zum Zweikampf fordern wollen, angesichts der Pranken, die der Junge anstelle von Händen hatte, der Knüppel, die seine Arme waren? Wer würde dieser blauen Mauer seines olympischen Blicks entgegentreten, dieser heiteren Überlegenheit, die ihm ganz leicht den linken Mundwinkel nach oben zog? Und doch war es geschehen und mit einigem Erfolg, wie der immer noch ungläubige Vater feststellen konnte, fast erschrocken über die Schwellung unterhalb des rechten Wangenknochens, über den Riß in der Hose, der vom Knie bis zum Fuß reichte. Und allmählich, während er den großen Jungen betrachtete, der mit gesenktem Kopf reglos vor ihm stand, spürte der Mann, wie sein Erstaunen sich löste, wie eine Wärme ihn durchströmte und ganz langsam den Geschmack und das Ungestüm des Triumphes annahm, bis er auf einmal begriff, daß er sich nicht würde zurückhalten können, der wilden Freude Ausdruck zu verleihen, die in seinem Herzen explodierte, und er mußte schreien, um sie zu verbergen, mußte sie mit Zorn, Empörung, Drohungen tarnen.

Der Junge schwieg. Er hatte versucht, zu erzählen, zu erklären. In wenigen ruhigen und präzisen Worten war ihm eine bewundernswerte Zusammenfassung der Begegnung mit der berühmt-berüchtigten Säulenbande gelungen. Doch kaum hatte er ihre Typologie und Philosophie in knappen Zügen schildern wollen, als er von einer Kaskade väterlicher Schreie unterbrochen wurde. In jenem Geschrei lag keine Frage, den Vater interessierten nicht das Wer, Warum oder Wie, er wollte weder ein Leugnen noch ein Eingeständnis der Schuld hören: Sie war offensichtlich, sprach überdeutlich aus jener Strieme, die das schöne bleiche Gesicht bläulich färbte, aus der zerrissenen Hose, die den Blick auf eine Socke freigab, welche mit merkwürdig unpassender Sorgfalt über die wohlgeformte Wade gezogen war. Mit gesenktem Kopf lauschte der Sohn der Anklage, blickte erst auf, als es zur Urteilsverkündung und zur Strafe kam, und er schüttelte den Kopf als Zeichen der Ablehnung. Angesichts dieser hellen Augen, so klar selbst bei ihrer ersten Rebellion, fühlte der Vater, wie sein Zorn verrauchte, der ihm Kraft verliehen hatte, und er fürchtete zu wanken und sich für immer zu verlieren. Da zwang er sich zu einem letzten Aufschrei, und mit einem Schwung, der ihn selbst überraschte, trat er einen Schritt vor, hob den Arm und traf den Sohn mit Wucht genau auf die verletzte Wange, als habe der Bluterguß ihm als Zielscheibe gedient. Dann verließ er türenschlagend das Zimmer, ohne sich noch einmal umzudrehen.

Es war ein Abend Anfang April, Ostern war nicht mehr fern und die Luft süß, und süß war auch der Geschmack, den der Mann im Mund hatte, süß wie ein Blutstropfen. Er hielt die rechte Hand in der Jackentasche vergraben und preßte die Handfläche an die Hüfte, die Finger weit ausgestreckt, um in jedem einzelnen das Prickeln zu spüren, fast ein Vibrieren, diesen Genuß, den die Fingerkuppen an die Erinnerung meldeten. Nun, wo er nicht mehr jenen Blick vor Augen hatte, war das Gefühl des Triumphes mit voller Macht zurückgekehrt, zügellos. Das Bedürfnis zu schreien entlockte seinem lächelnden Mund winselnde Töne, welche die Passanten verängstigten, und mit unberechenbaren Sprüngen wechselte er spontan die Richtung, da die Freude, die durch sein Inneres strömte, ihm keinen geraden Weg erlaubte. Er mußte laufen und laufen, bis die körperliche Anstrengung den Druck in seinen Schläfen minderte und die Kurzatmigkeit ihm erlaubte, den Mund zu öffnen, ohne daß ihm ein fürchterlicher Schrei entfuhr. Jäh erschöpft ließ er sich auf eine Bank sinken, die sich ihm in den Weg stellte, breit und weiß in dem fast sommerlichen Dunkelblau der Nacht. Er blickte sich um und sah, daß er bei den Säulen von San Lorenzo angekommen war.

In seinem bisherigen Leben hatte er an diesen Ort immer nur in architektonischen oder archäologischen Kategorien gedacht: sechzehn korinthische Säulen aus dem zweiten oder dritten Jahrhundert nach Christus auf dem Vorplatz der Kirche San Lorenzo Maggiore, so stand es im Lexikon. Er erinnerte sich vage, hier ein paarmal das Mädchen getroffen zu haben, das später seine Frau geworden und dann so schnell wieder verschwunden war, nachdem sie diesen monströsen Sohn zur Welt gebracht hatte. Nun jedoch waren die im Licht der Laternen prächtig aufragenden Säulen schon lange kein Treffpunkt für verliebte Pärchen mehr, sondern ein berüchtigter Aufenthaltsort für Jugendbanden. Er wurde gewahr, daß der Platz zwischen Säulen und Kirche voll von ihnen war. Jungen in nietenbesetzter schwarzer Lederkluft lümmelten neben ihren Motorrädern herum und rauchten verdächtig riechende Zigaretten, auf den Maschinen saßen rittlings ebenfalls in schwarzes Leder gekleidete Mädchen und präsentierten ihre nackten Beine. Er hatte schon von ihnen gehört. Halbstarke, dachte er, die nur in der Gruppe mutig sind, Passanten belästigen und bedrohen, verprügeln, ausrauben. Das Gesetz? Natürlich, aber die Zeit des Gesetzes ist knapp bemessen und für schwerere Delikte reserviert. Ganz zu schweigen davon, daß die Jugendlichen im Gefängnis nur die Schule des Verbrechens durchlaufen würden und aller Wahrscheinlichkeit nach irreparable Schäden davontrügen. Nein,

nein: ein kluger Kommissar tat besser daran, einige seiner jüngeren und verwegeneren Beamten auszuwählen, die kräftig und gut geschult waren, aber keinen Spaß am Prügeln hatten, woran es auf der anderen Seite leider nicht mangelte; sie konnte er losschicken, um den Kleinkriminellen eine anonyme und nachhaltige Lektion zu erteilen.

Zu dieser Überzeugung war er angesichts der Horden von Jungen und Mädchen gekommen, die in schwarzen Trauben den lichtbeschienenen weißen Marmor des Platzes belagerten, als ihm plötzlich aufging, daß sie es waren, die seinen Sohn verprügelt hatten. Bei dem Gedanken an denjenigen, der die Strieme und den Riß in der Hose aller Wahrscheinlichkeit nach mit einem ungleich höheren Preis bezahlt hatte, zuckte er mit den Schultern: Einzig wichtig war, daß es ihnen gelungen war, ihn anzugreifen, ihn zu berühren, ihn zu treffen. Was bedeutete es schon, zu wievielt sie sich auf ihn gestürzt hatten? Was bedeutete es, wie viele geprellte Wangenknochen und blutige Nasen jener Strieme und der zerrissenen Hose gegenüberstanden? Verprügelt, Teufel noch eins, sie hatten ihn verprügelt, und nicht zu knapp. Er war nicht mehr unantastbar, unverletzlich, der falsche Heilige, der eingebildete Teufel, er hatte seine Meister gefunden, die in der Lage waren, ihn anzugreifen und ihm ein Zeichen aufzuprägen.

Erneut von Euphorie gepackt, sprang er auf, ohne die neugierigen Blicke und abfälligen Bemerkungen zu beachten, die er auf sich zog. Langsam schlenderte er zwischen den Grüppchen umher, beäugte Nietenjacken und nackte Beine, von starker Pomade aufrecht gehaltene Haartollen und ebenfalls mit Nieten gespickte Lederbänder um die Handgelenke und Arme der Krieger und Amazonen. Er suchte nach einem Zeichen, das ihm sagte: Ich, ich war es, und bei dieser angestrengten, wenig hoffnungsvollen Suche merkte er nicht, daß er eine Provokation darstellte. Platzend vor Wißbegierde maß er mit den Blicken Schultern und Armmuskeln, Statur und

Brustumfang, um zumindest eine grobe Auswahl zu treffen, eine erste Sichtung vorzunehmen, die sein Forschungsfeld eingrenzen würde. Jemand schnaufte wütend, ein anderer rempelte ihn an, doch er setzte wie trunken seinen Slalom durch die schwarzen Gestalten fort, umspielt von den aufblitzenden Autoscheinwerfer, die sich in den Jackenbeschlägen reflektierten. Er blieb erst stehen, als drei Hünen, größer und breiter als die anderen, sich aus einer Gruppe lösten und auf ihn zukamen.

Doch er kannte keine Angst, nicht mehr. Er sah ihnen entgegen, mit einem Lächeln im Gesicht und ohne den Blick zu heben (denn auch er war nicht gerade klein, bei Gott), und er war sich sicher, er wußte einfach, daß sie es waren. Der kleinste von ihnen hatte zugleich die breitesten Schultern, und so wie diese bloßen Schultern, die unter der Weste hervorschauten, zugerichtet waren, mußten gigantische Schläge auf sie niedergeprasselt sein. Nicht weniger gewaltig waren die Schläge auf die Nase ausgefallen, wo die Nachwirkungen unter den Rändern eines breiten Heftpflasters in einem großen, dunklen Flecken hervortraten, als habe die Nacht von den Gesichtszügen Besitz ergriffen. Die zwei anderen sahen kaum besser aus. Der mittlere hatte ein geschwollenes Auge, und einer seiner Arme steckte in einer schwarzen Lederschlinge, die er um den muskulösen Hals trug, der dritte und größte aber war eines guten Teils seines Irokesenkamms beraubt, und das Licht der Laternen glitzerte auf einer unschönen Kruste, die sich an der entsprechenden Stelle des Kopfes bildete.

Doch in den Augen des Mannes waren sie die Sieger, die Vollstrecker. Was machte es schon, daß sie sich zu dritt gegen einen gestellt hatten, ließ sich doch dieses Wesen, das sich kontinuierlich selbst vervielfachte und sie an Statur und Körperkraft allesamt übertraf, ja auch kaum als eins bezeichnen. Sie, die Ungezähmten und Unzähmbaren, hatten erreicht, was ihm als Vater seit jeher verwehrt geblieben war: Man hatte sie provoziert, so wie er seit Jahren provoziert wurde, und sie hatten reagiert. Sie waren nicht den Einflüsterungen der Vernunft gefolgt, nicht auf die trügerische Unschuld hereingefallen: In der massigen Gestalt, in dem klaren Gesicht, in den blauen Augen hatten sie den Feind erkannt, waren auf ihn losgegangen, hatten ihn angegriffen und getroffen. Was machte es schon, daß die erste Begegnung zu ihrem Nachteil ausgegangen war? Wichtig war nur, daß in jener Auseinandersetzung die elfenbeinernen Mauern, die den Sohn bis zu jenem Tag umgeben hatten, eingestürzt waren und ihn trotz aller Größe und Kraft entblößt und schutzlos dem nächsten Angriff ausgesetzt hatten.

Allerdings ist er immer noch zu stark für mich, sagte sich der Vater in einem Anfall verzweifelter Ehrlichkeit, während die drei herankamen und ihn einkreisten.

»Was willst du?« fragte der Kleinste. »Was suchst du hier?«

Er schüttelte den Kopf. Er fühlte sich erneut verloren, allein mit seinem Problem und der Gerechtigkeit, die sich seinem Griff zu entwinden drohte. Doch dann legte sich eine Hand schwer auf seine Schulter und rief ihn in die Wirklichkeit der Säulen zurück, jagte ihm einen Angstschauer über den Rücken und schenkte ihm gleichzeitig neue Hoffnung.

»Ich suche jemanden«, sagte er.

Der andere versetzte ihm einen Stoß, so daß er zurücktaumelte und gegen den Größten von ihnen fiel, den skalpierten Irokesen.

»Wen?« fragte dieser, legte ihm nun seinerseits eine Hand auf die Schulter und schubste ihn zurück. Mühsam fand der Mann sein Gleichgewicht wieder, als ein weiterer Stoß ihn zu Boden fegte. Da spürte er den Haß dessen in sich aufsteigen, der abgewiesen wird, der sich anbietet und kein Gehör findet. Er rappelte sich auf und trat den dreien erneut entgegen, die ihn grinsend ansahen und bedrohlich näherkamen. Mit erhobener Hand hielt er sie zurück.

»Ich suche jemanden«, sagte er kalt.

Sie schienen erstaunt, vielleicht auch ein wenig einge-schüchtert. Ihm wurde klar, daß sie ihn nun für einen Polizi-sten hielten und wußten: Wenn dieser Mann einen Grund suchte, sie einzusperren, hatten sie die Grenze bereits über-schritten. Sie mußten sich fragen, was er von ihnen wollte. Er nutzte die Pause, um eilig nachzudenken. Was sollte er als nächstes sagen? Vielleicht könnte er einfach schweigen oder mit einem zweideutigen Satz Zeit gewinnen, um dann zu flie-hen und in irgendeiner nahen Bar Schutz zu suchen, in der keine hundert Meter entfernten Trattoria? Ob er schneller wäre als sie? Und wäre er dort drinnen in Sicherheit? Die drei starrten ihn an, er starrte zurück. Die Scheinwerfer, die die Kirche und das Säulenheer anstrahlten, zeichneten scharfe Li-nien in ihre Gesichter und ließen jeden Blick böse erscheinen, obwohl weder der Mann noch die drei wußten, ob sie zurück-weichen oder angreifen, provozieren oder fliehen sollten.

»Wen suchst du?« fragte der Kleinere, der Anführer der Bande, noch einmal, doch der Mann schüttelte den Kopf.

»Nicht hier«, sagte er.

Woher war diese Eingebung nur gekommen, wer hatte sie ihm geschickt? Die drei änderten schlagartig ihre Haltung: Immer noch auf der Hut, aber nicht mehr drohend, vermit-telten sie nun, ihn nicht mehr zu fürchten, sondern als einen der ihren anzuerkennen, als ihren Bruder. Nun würden sie sich anhören, welche Dienstleistung er von ihnen erbat, und über den Preis verhandeln. Er dachte immer noch fieberhaft nach: Was sonst hätte er tun können, wollte er nicht nach Hause zurückkehren und riskieren, daß seine Strafe zurück-gewiesen wurde? Und selbst, wenn sie akzeptiert und erdul-det würde, was nützte das? Die Gerechtigkeit des Augen-blicks konnte nicht ausreichen, er wollte die Wahrheit, damit die Gerechtigkeit dauerhaft anhielte und in diesem großen Körper den Weg zum Herzen, zur Beichte und zur Reue fände. Die Strafe mußte wie zufällig auf ihn herabkommen und in ihrer Göttlichkeit ein bleibendes Zeichen setzen.

Nun endlich flogen seine Gedanken. Schon sah er den Hinterhalt vor Augen, den Angriff, den Kampf, den glorreichen Sieg. Dann, in etwas weiterer Zukunft: gezähmt und bekehrt, der Junge hatte die Lektion gelernt, sein heller Blick verbarg nicht mehr das Böse, in seinem Lächeln lag echte Zuneigung, und vielleicht würde er auch aufhören zu wachsen, sogar ein wenig schrumpfen, wenigstens drei oder vier Zentimeter, unter dem Gewicht der Schläge und der Demütigung.

»Nicht hier«, sagte er. »Kommt mit.«

Sie folgten ihm, der Anführer und die anderen zwei, als sei er ihr Herr. Die Grüppchen von Jugendlichen, die die Szene wie versteinert beobachtet hatten, erwachten aus der Starre, erweckten den Säulengang zu neuem Leben, den weiten Platz zwischen den großen Marmorsoldaten und der Kaiserstatue vor der geschwungenen Fassade der Kirche. Ein paar Mofas heulten auf, um Lärm zu machen, und ein Mädchen lachte ein schönes, lautes Lachen, doch der Mann, der an ihr vorüberging, sah, daß sie einen stupiden Blick und einen großen, vulgären Mund hatte. »Und wenn ich statt dessen …«, dachte er, schüttelte aber den Kopf und ging weiter, dicht gefolgt von den dreien. Er wußte nicht, wohin er sie führen sollte, doch wollte er den Ort aufs Geratewohl aussuchen. Als er ihn entdeckt hatte, drehte er sich so abrupt um, daß sie zurückschreckten. »Dort«, sagte er, »laßt uns dorthin gehen.«

Sie betraten den Park hinter der Basilika, wo der Schein der Laternen kaum mehr hinreichte und bald nur noch undeutlich ihre Schatten ins Dunkel zeichnete: große knochige Gestalten in merkwürdiger Verkleidung, ihr Führer absurderweise in weißem Hemd und Zweireiher. Im Schatten der mächtigen, antiken Kirchenmauern machten sie Halt, vier Köpfe wurden verschwörerisch zusammengesteckt, doch nur kurz. Plötzlich schoß die gestutzte Mähne des Irokesen hoch, der Jugendliche fuhr zurück und scheuchte das Grüppchen auf.

»Nein!« rief er. »Nicht ihn!«

Die anderen beiden schienen der gleichen Meinung zu sein und wandten sich zum Gehen. Doch der Mann übertönte sie. Sein trockener Ruf durchbrach die Nacht, erschütterte die Sicherheit, in der die drei Krieger sich wähnten, und rief sie zur Ordnung:

»Kommt zurück!« befahl der Mann, und die drei kehrten mit gesenkten Köpfen um. Der Mann nahm die Hände aus den Taschen, legte sie zweien von ihnen auf die Schultern und schloß den dritten wie einen Büßer in ihre Mitte ein.

»Ihr werdet es tun«, sagte der Mann, und als sie noch immer ablehnend den Kopf schüttelten, lächelte er und wiederholte: »Ihr werdet es tun.«

Da hob der Anführer den Blick und wagte einen dreisten Versuch:

»Wieviel?« fragte er. »Wieviel zahlst du uns?«

Der Mann brach in schallendes Gelächter aus und warf den Kopf in den Nacken.

»Nichts«, sagte er, »gar nichts, warum sollte ich?«

Der Irokese wandte sich erneut zum Gehen und bedeutete mit einer Armbewegung, daß er nichts mehr mit alledem zu tun haben wollte. »Der spinnt ja«, sagte er, »dieser Mistkerl. Der spinnt ja komplett!«

Doch auch dieses Mal wurde er zurückgehalten. Der Kleinere, ihr Anführer, hielt ihn am Arm fest und sagte:

»Warte noch. Wir gehen gleich.«

Er drehte sich zu dem Mann um, der die Hände wieder in die Taschen gesteckt hatte und die drei lächelnd betrachtete.

»Warum?« fragte er.

»Du weißt genau, warum«, sagte der Mann. »Ehre, Stolz, such dir was aus.«

»Mistkerl!« sagte der Irokese, blieb aber stehen, während

der dritte sich mit der Hand über den in der Schlinge hängenden Arm fuhr und schon verschwinden wollte, bevor er es sich noch einmal anders überlegte.

»Aus welchem Grund?« fragte der Anführer.

»Warum interessiert dich das?« gab der Mann zurück.

»Er hat uns verprügelt«, sagte der Anführer, »da gibt es nichts, wir waren zu dritt, und er hat uns verprügelt, und wenn wir es noch einmal versuchen sollen, reichen unsere Hände nicht. Darum interessiert es mich. Ich möchte wenigstens den Grund kennen.«

Der Mann wich einen Schritt zurück, als hätte man ihm einen Schlag versetzt, das Licht schien schräg auf sein totenbleiches Gesicht.

»Die Hände müssen genügen«, sagte er.

Der mit dem verbundenen Arm lachte: »Meine nicht«, sagte er.

»Sie müssen genügen«, sagte der Mann und kam wieder näher. »Sie müssen genügen«, sagte er zum dritten Mal.

Der Anführer schüttelte den Kopf. »Dann mußt du zahlen«, sagte er, »anders nicht, aber so mußt du zahlen.«

»Aber ihr müßt es tun«, sagte der Mann, »ihr könnt nicht zurück. Ihr wart zu dritt, und er hat euch verprügelt. Ihr könnt nicht zurück.«

»Aber nicht mit bloßen Händen«, sagte der Anführer.

»Anders sind wir einverstanden. Mit bloßen Händen mußt du zahlen.«

Erneut steckten die vier die Köpfe zusammen, doch nach wenigen Minuten trennte sich die Gruppe, die drei Soldaten kehrten in ihr Quartier zurück, der General in die Einsamkeit des Befehlshabers. Ein verräterisch frischer Wind bewegte die Schwüle des Abends, wehte ihm unter das Hemd und ließ ihn erschauern, während der Duft nach Kräutern und Frühling ihn in einen leichten Rausch versetzte. Er dachte an die Feiertage, die nun bevorstanden, an Ruhe und Frieden. Entspannt kam er zu Hause an, schlief ruhig und fest, seiner selbst gewiß. Doch im Sonnenlicht des nächsten Morgen, als er sich für die Arbeit ankleidete, legten sich hauchdünne Bilder über sein Spiegelbild, ohne daß er es verhindern konnte. Es waren keine wirklichen Gestalten, die vor seinen Augen entstanden, sondern vielmehr Empfindungen, so dicht wie heiße Luft, die zitternd Figuren formt, Fata Morganas entwirft, wunderbar und schrecklich zugleich. Sein blauer Anzug war ein vibrierender Himmel, der ein Unwetter versprach, die kleinen Muster im Schlips schienen nach oben Richtung Knoten zu schwimmen, der sie wie in einem hoffnungslosen Mahlstrom verschluckte, doch was in seinem Blick lag, wußte er nicht, denn er fand nicht den Mut, sich in die Augen zu schauen.

Erst am Frühstückstisch erkannte er ihn in dem Augenausdruck des Sohnes. Der Junge schien entspannt, sprach wenig und ohne jede Spur von Bitterkeit oder Groll. So groß also, dachte der Mann fast bewundernd, war seine Fähigkeit der Verstellung. Lächelnd reichte er dem Vater die Butter, dankte ihm für eine Scheibe Toast, die er ganz offensichtlich nur zu diesem Zweck erbeten hatte, da seine langen Armen mühelos über die gesamte Länge des Tischs reichten. Seine Gelassenheit wirkte so unschuldig, daß sie den Vater erneut in Erstaunen versetzte: Es mußte bequem sein, über solche Untiefen zu verfügen, in denen sich jede Doppelzüngigkeit verstecken ließ, ohne daß der Verwesungsgestank nach oben stieg, die Gase, die jede ehrliche Gefühlsregung und jede wünschenswerte Wahrheit zersetzten. Doch dann kam der Moment, in dem der Jugendliche, der gerade die Hand ausstreckte und nach dem Zuckerstreuer griff, dem väterlichen Blick begegnete, und ein Schatten legte sich über seine Augen.

»Was ist los?« fragte der Junge so unvermittelt, daß die Frage brutal klang.

Der Mann schreckte hoch. »Wie?« entgegnete er töricht.

»Was hast du?« fragte der Junge, und auch diese knappe

Frage klang so ungewohnt trocken, daß der Mann erschrak, vor seinem inneren Auge das Pflaster auf der Nase auftauchte, der Arm in der Schlinge, der zerfetzte Haarschopf, und ihm wurde um sich selbst bange. Er stand auf und trat einen Schritt zurück, wobei er fast den Stuhl umwarf.

»Nichts, es ist nichts, was sollte sein?« sagte er. Der Sohn sah ihn weiter an, doch langsam klärte sein Blick sich auf, kehrte sein weicher Ausdruck zurück.

»Er wollte mich schlagen«, dachte der Vater, »einen Moment lang hat er die Kontrolle über sich verloren, konnte sich nicht verstecken, wollte mich schlagen. Eine Lektion. Eine ordentliche Lektion, das ist es, was er braucht. So hart, daß er sich ihrer immer erinnern wird, immer …« Er riß sich zusammen und setzte sich wieder an den Tisch. Schweigend beendeten sie das Frühstück, verabschiedeten sich knapp und gingen.

»Wie lang so ein Tag sein kann«, dachte der Vater, während er durch das offene Fenster seines Büros starrte, wo seit Stunden eine Wolke am Himmel hing, als wolle sie sich niemals mehr von dort fortbewegen. Hin und wieder entriß eine Windböe ihr kleine Fetzen oder fügte ihr neue Flocken hinzu, die sofort mit der weichen Masse verschmolzen. Und obwohl sie reglos an ihrem Stückchen Himmel hing, nahm die Wolke dadurch doch immer neue Formen an in einer raschen Abfolge von Engeln und Teufeln, von Drachen und unbesiegbaren Rittern. »Ich möchte eine Gans sehen«, dachte der Mann, »oder ein Schwein. Irgend etwas Normales, das mich nicht gleich an ein Symbol denken läßt. Ich möchte nicht, daß etwas derart Nebensächliches eine solche Bedeutung bekommt.« Doch er konnte seinen Blick nicht von der Wolke abwenden und beschloß daher, sich auf die Straße zwischen die Häuserschluchten zu begeben, wo es schwieriger wäre, den Himmel zu beobachten, wollte er nicht mit in die Luft gereckter Nase herumlaufen und riskieren, gegen Passanten oder einen Laternenpfahl, eine Mauer oder eine Schaufensterscheibe zu rennen.

Oder gegen eine Säule, wie eine der sechzehn korinthischen aus dem zweiten oder dritten Jahrhundert nach Christus, an deren Fuß er sich plötzlich wiederfand. Was suchte er nur zwischen diesen weißen Altären der Reinheit? Welche Bestätigung, welchen Zweifel? Mit diesen Gedanken ließ er sich traurig auf den Marmorboden unter den Säulen sinken. Er hielt die Hände zwischen den Knien gefaltet und betrachtete Kaiser Nerva, als erwarte er von ihm machtvollen Rat, eine definitive Entscheidung, doch der Mann aus Bronze hatte schon zu viel gesehen, seitdem er sein Lebenswerk vollendet hatte, um noch jemandem helfen zu wollen. Beim Anblick des ehrwürdigen Herrn auf der Säule erwachte in dem Mann am Boden der Wunsch, sich selbst zusammenzufalten und immer kleiner zu werden, bis er schließlich ganz verschwände. Die Sonne stand im Zenit, schien im Weiß des Marmors zerspringen zu wollen, lachte in orangenen Blitzen auf der Straßenbahn, die sich zwischen Statue und Kirche entlangschlängelte. Der Platz wirkte verlassen, nicht aus Mangel an Menschen, sondern weil das Leben auszusetzen schien. In seinem eleganten blauen Anzug wandte der Mann den Kopf hierhin und dorthin und betrachtete eine abgerissene Gruppe von Jugendlichen, die um ein Motorrad herumstanden. Auf dem Sattel saßen ein paar Mädchen mit zerzausten Haaren. Er war überzeugt, daß sie sprachen, Laute von sich gaben, doch er konnte nichts hören. »Wo ist dieses Schweigen?" fragte er sich, doch er wollte die Antwort nicht wissen, er kannte sie schon. Er stand auf, klopfte mit den Händen sorgfältig seine Hose ab, hielt einen Moment inne, um wieder Kontakt mit der Welt aufzunehmen, die mit einem Rauschen auf ihn einbrandete, und wie am Abend zuvor begann er seine Reise durch die Gruppen, beäugt und verlacht, beleidigt und angefeindet. Ein Junge mit einem Arm in der Schlinge löste sich aus seiner Gruppe und kam auf ihn zu.

»Was hast du hier zu suchen, verdammt?« fragte er, doch als er den Mann ansah, erkannte er ihn.

»Ach«, sagte der Jugendliche, »du bist das. Was willst du denn schon wieder?«

»Euch sprechen«, sagte der Mann.

Mit der gesunden Hand packte der Junge ihn am Arm und führte ihn weg, doch mit der Vorsicht eines Gentlemans, der seine Dame begleitet.

»Komm«, sagte er, »die anderen geht das nichts an.« Sie gingen an den Säulen vorbei zu einer Bar, vor der ein paar Männer den Auspuffgeräuschen eines Motorrads lauschten. Bei Tageslicht sah der gerupfte Schädel des Irokesen noch abstoßender aus, und die kleinen Äuglein des Anführers schienen durch das Heftpflaster noch enger zusammenzustehen und verliehen ihm Ähnlichkeit mit einem Tier. Der Mann konnte nicht so recht sagen, mit welchem, vielleicht mit mehreren, einem Affen und einem Schwein zum Beispiel. Der Gedanke an das Niedere und Tierische, zu dem er würde sprechen müssen, erschreckte und bestärkte ihn zugleich: Sie würden ihn nicht zurückweisen, doch sie wären auch nicht wirklich involviert. Sie führten das Leben von Untermenschen, waren nichts anderes als ein Werkzeug, ein Schwert, mit dem die göttliche Hand den Verderbten erschlägt, um ihn zu reinigen und zu retten. So konnte er die beiden, die sich aus der Gruppe lösten und ihnen entgegenkamen, sogar anlächeln.

»Ich komme wegen des Geldes«, sagte er.

»Welches Geld?« fragte der Anführer.

»Ich habe mich entschlossen«, sagte der Mann, »euch zu bezahlen.«

Doch der Anführer schüttelte den Kopf. »Wir wollen kein Geld«, sagte er. »Du warst doch damit einverstanden, erinnerst du dich?«

»Ich habe es mir anders überlegt«, sagte der Mann, »ich bezahle euch.«

Der Kleine wollte erneut ablehnen und schüttelte schon den Kopf, als der Irokese ihm eine Hand auf den Arm legte.

»Warte«, sagte er. »Warum eigentlich nicht? Nehmen wir doch sein Geld.«

»Nein«, sagte der Anführer, »du weißt, warum. Sieh dir deinen Kopf an, falls du es vergessen haben solltest.«

Er hob die Hand, packte ein Haarbüschel und zog daran, worauf der andere einen Schmerzensschrei ausstieß.

»Siehst du?« sagte der Anführer. »Kein Geld.« Und zu dem Mann gewandt, wiederholte er: »Kein Geld.«

»Ich habe es aber schon dabei«, sagte der Mann, »ich kann euch sofort bezahlen. Jetzt. Ich vertraue euch.«

Der mit dem Arm in der Schlinge brach in lautes Gelächter aus. »Er vertraut uns!« rief er. »Er vertraut uns!«

Auch der Anführer lachte, und seine Äuglein verengten sich zu Schlitzen. Jetzt, dachte der Mann, sieht er aus wie ein Bluthund, ein Bluthund kurz vor dem Einschlafen oder vor dem Zubeißen.

Er steckte eine Hand in die Innentasche der Jacke, um das Portemonnaie hervorzuziehen, doch sein Gegenüber sprang herbei und packte ihn am Handgelenk. »Kein Geld«, sagte er.

Da bekam der Mann Angst. »Warum wollt ihr denn das Geld nicht?« fragte er, und in seiner Stimme lag der Hauch eines Flehens.

»Du hast uns doch selbst gesagt, warum«, antwortete der Mann. »Ehre, Würde, wir dürfen nichts riskieren, stimmt's?«

Der Mann schüttelte den Kopf. »Ihr habt es mir aber versprochen«, sagte er. Nun war er in der schwächeren Position, das mußten auch die anderen bemerken. Mit einem Triumphschrei trat der Irokese einen Schritt vor und ergriff den Arm des Mannes, zwang ihn, zurückzuweichen und sich umzudrehen, und versetzte ihm einen Stoß in den Rücken. »Hau ab!« schrie er. »Hau ab, du Mistkerl!«

Im Wegtaumeln rief der Mann noch: »Ihr habt es mir versprochen! Vergeßt das nicht!«

Er kehrte nach Hause zurück und legte sich ins Bett. Ein

leichtes Fieber hatte ihn ergriffen, erhitzte seine Haut bis sie brannte, jagte ihm Schauer durch den Körper, die sich um seinen Magen zusammenkrampften, und er stöhnte auf, um sich Erleichterung zu verschaffen. Argwöhnisch verfolgte er an den über die Zimmerdecke wandernden Lichtklingen, die durch die Spalten der Jalousien hereinfielen, wie langsam der Tag verstrich und der Himmel sich verfärbte. Die Klingen kühlten ab, wurden schwächer, belebten sich noch einmal im Rot der Abenddämmerung und verschwanden ganz. Dann stand er auf, erleichtert, fast ausgelassen. Er hatte nicht die Kraft, auf die Uhr zu schauen, doch er wußte, daß bald alles vorüber sein würde, daß es vollbracht und der Ruchlose dem Licht und der Gnade zurückgegeben wäre. Aber um welchen Preis? Er schüttelte den Kopf. »Den haben wir gemeinsam bezahlt«, sagte er leise zu sich, »ich all die Jahre, er an einem einzigen Abend. Doch in Zukunft …«

Es klingelte. Er bezwang das Zittern, das ihn ergriff, und öffnete die Tür. Er sah einen Unbekannten in Arbeitshose, der eine blaue Kappe in den Händen drehte. Er suche den Jungen, sagte er, diesen ganz, ganz großen.

»Hat er etwas angestellt?« fragte der Mann.

»Nein«, war die Antwort, »ich wollte mich bedanken.«

»Bedanken«, sagte der Vater.

»Ja«, sagte der Mann. »Darf ich reinkommen?«

Der Vater nickte und trat zur Seite, um ihn einzulassen. »Er ist aber nicht da«, sagte er zu den blauen Schultern, »er ist noch nicht zurück.«

Jener sah sich bewundernd um. »Schönes Haus«, sagte er, »saubere Arbeit, ich versteh was davon.« Er hörte auf, sich um sich selbst zu drehen. »Noch nicht zurück?« fragte er.

Der Vater schüttelte den Kopf. »Noch nicht«, bestätigte er.

»Er hat meine Tochter gerettet«, sagte der Mann. Der Vater tastete mit einer Hand hinter sich nach einem Stuhl. Er fand ihn und ließ sich darauf fallen.

»Er hat Ihre Tochter gerettet«, sagte er.

»Ja«, sagte der Mann, »gestern abend, vor der Säulenbande.« Auch er nahm sich einen Stuhl und setzte sich, die blaue Kappe auf den Knien. So weit voneinander entfernt, ohne einen Tisch zwischen sich, sahen sie aus wie in einem Wartesaal, unsicher, wer an der Reihe war.

»Sie wollten sie vergewaltigen«, sagte der Mann schließlich.

»Und er hat sie gerettet«, sagte der Vater.

Der Mann nickte. »Meine Tochter hat es mir erst heute erzählt. Ich habe sie verprügelt, wie ich es schon vor Jahren hätte tun sollen, und da hat sie mir alles erzählt. Gestern abend ist sie ganz abgerissen nach Hause gekommen, aber ich habe kein Wort aus ihr herausgebracht. Immerhin zieht sie nun nicht mehr mit diesen Leuten in diesem schwarzen Nietenzeug herum.«

»Die meisten haben nichts damit zu tun, die sind ganz in Ordnung«, sagte der Vater und fragte sich, aus welcher absurden Hoffnung heraus er das geäußert hatte. Der andere hob die Schultern.

»Ich sage ja gar nichts«, meinte er, »aber ohne Ihren Sohn ...«

»Mein Sohn hat sie gerettet«, sagte der Vater, und der Mann nickte.

»Er hat sie schreien hören und ist hingerannt. Meine Tochter wußte nicht, wie er heißt, aber von dieser Größe gibt es ja nicht gerade viele.« Er lachte. »Ich habe Sie schnell gefunden«, sagte er.

Der Vater betrachtete ihn nachdenklich. »Das stimmt. Viele gibt es nicht von dieser Größe.«

Sie schwiegen. Der Arbeiter drehte verlegen die Kappe in den Händen. »Wann kommt Ihr Sohn denn zurück?« fragte er schließlich.

Der andere schüttelte den Kopf. »Ich weiß es nicht«, sagte er, »er müßte eigentlich schon hier sein.« Dann richtete er sich unvermittelt auf, als hätte er einen Stoß bekommen.

»Ihre Tochter«, sagte er, »wie heißt die? Maria? Maria Magdalena?«

Der Arbeiter stand auf. »Ach was«, meinte er, »wieso das denn? Sie heißt Tamara.«

Der Vater machte eine Handbewegung und lachte. »Nein«, sagte er, »wirklich Tamara?«

Der Mann nickte. »Tamara«, bestätigte er, »Tamara. Was gibt es denn da zu lachen?«

Aber der Vater lachte noch immer, lauter und lauter, wie ein Wahnsinniger. Dann sprang er plötzlich auf und lief hinaus, ohne sich um den bestürzten Arbeiter zu kümmern, die Treppen hinab, auf die Straße, immer schneller, nahm weder Anstrengung noch Atemlosigkeit wahr, nur eine Art Röcheln, das sich seiner Kehle entrang, aber nicht zu ihm zu gehören schien, sondern zu jemandem, der ihn verfolgte. Er erreichte die Säulen, stürmte durch die Gruppen von Jugendlichen und Motorrädern, an der Statue des Kaisers vorbei und weiter, an der Kirchenfassade entlang und in den Park. Dort hielt er einen Moment inne, weil er nicht wußte, wohin. Sein Blick suchte die dunkelsten Ecken ab, er machte einige eilige Schritte auf ein paar Bänke zu, die von weitem wie geduckte Gestalten aussahen, wirbelte herum, hastete in einen düsteren Winkel der Kirchenmauer, dann in einen anderen, dann zurück auf den Rasen, bis er schließlich verwirrt stehenblieb, getroffen von dem Aufblitzen eines Gegenstandes, der durch die Luft geschleudert das Licht einer Laterne aufgefangen hatte. Er tat einige Schritte darauf zu und merkte, daß das Röcheln, das er hörte, nicht mehr sein eigenes war. Jemand rempelte ihn an, floh an ihm vorbei, brachte ihn aus dem Gleichgewicht. Er fing sich und wußte nun, wohin er sich wenden mußte. Er erreichte das Ende der Mauer und beugte sich hinab, um seinen Sohn zu betrachten, dessen riesiger Körper auf dem Boden lag, das Gesicht dem Licht zugewandt, mit weit geöffneten Armen, und das Röcheln erstarb, noch während er sich niederbeugte. So richtete er sich wieder auf, die Hände in den Taschen, sah ihn genau an, denn er wußte, daß er nicht viel Zeit hatte. Tatsächlich löste sich der riesenhafte Körper wie ein unterbrochener Traum auf, zerplatzte wie ein Luftballon, der von einem Dorn gestochen wurde, hauchte sein großes Schweigen aus, und in der Erleichterung seiner Befreiung glaubte der Vater einen zarten Duft wahrzunehmen, der von ihm aufstieg, einen Duft der Heiligkeit.